講談社文庫

到達不能極

斉藤詠一

講談社

目次

一九四六年

アメリカ海軍は、南極観測計画『ハイジャンプ作戦』を実施した。目的は南極基地建設の事前科学調査とされていたが、参加した艦隊には航空母艦や駆逐艦などの戦闘艦艇が多数含まれていた。「事故」により複数の死者・行方不明者を出した上、多くの機材を残置したまま部隊は撤退、作戦は終了した。

一九五五年

十一月、新たな南極観測計画『ディープフリーズ作戦』実施。作戦は翌一九五六年四月に終了したが、経過に関する詳細な記録は公開されていない。

一九五七年

国際学術連合会議《ICSU》の提唱により、地球物理学観測プロジェクト『国際地球観測年』実施。その一環として日本を含む各国は南極に基地を建設、科学観測を開始した。

一九五八年

アメリカ海軍により、秘密核実験『アーガス作戦』実施。南アフリカの南東洋上の艦艇から核弾頭を搭載したミサイルを発射、大気圏高層での高高度核実験が行われた。作戦完了後、記録は散逸し失われたとされる。

一九五九年

南極の平和利用を定めた南極条約が締結。

一九七九年

アメリカの核実験監視衛星『ヴェラ６９１１号』が、南極に近いインド洋上の、クローゼー諸島とプリンスエドワード諸島付近の海域で核爆発とみられる閃光を観測した。核実験に関する公式の通告はいずれの国からもなく、大統領特別小委員会は衛星の誤検知と結論している。

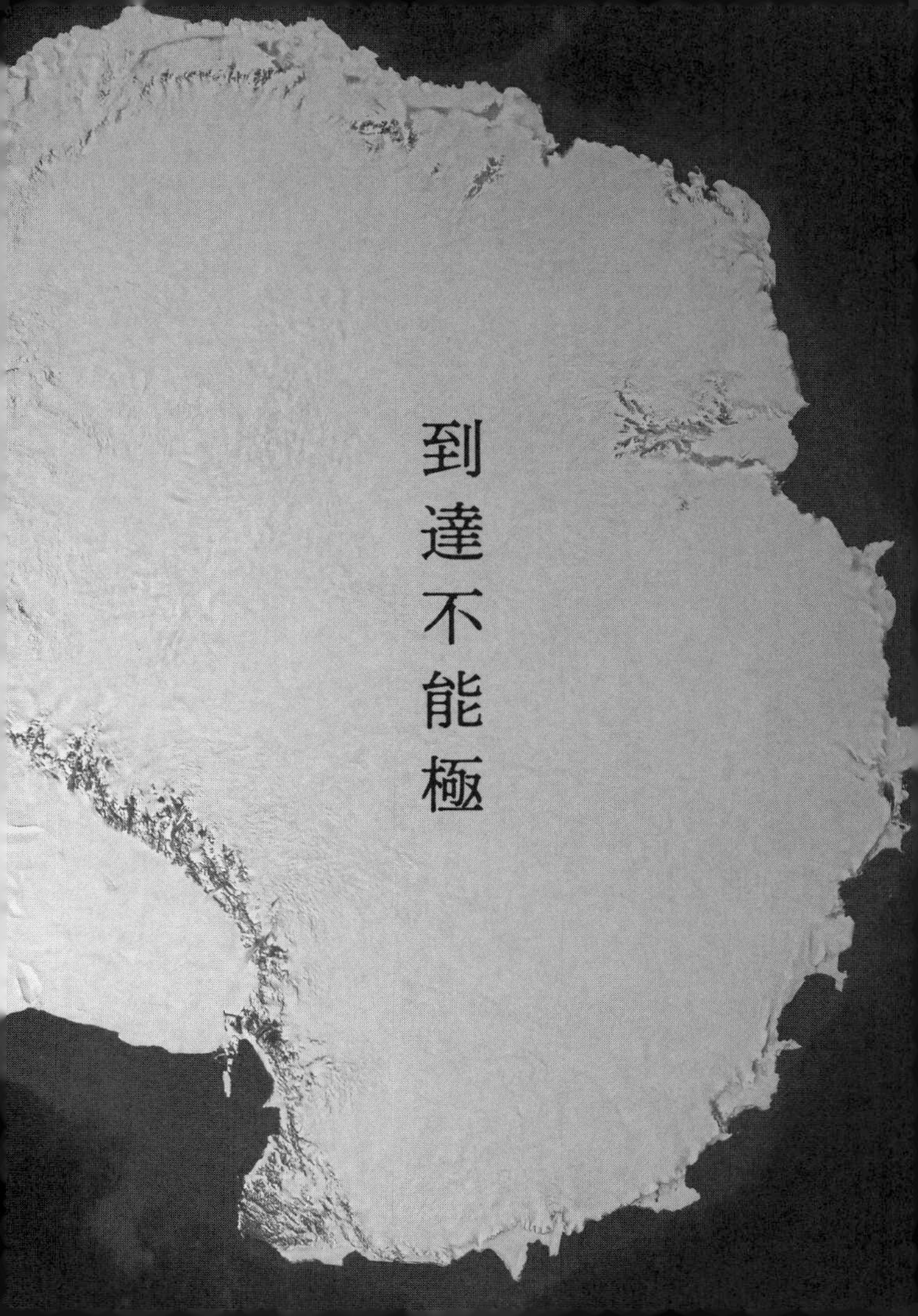
到達不能極

二〇一八年二月

カンタス航空のチャーター機、ボーイング767が、メルボルン空港を離陸して四時間が経っていた。翼の下には濃紺の海が広がり、荒々しい貌《かお》をした島々が飛び去っていく。

チャーター機には、日本からだけではなく、世界各国からの観光ツアーの団体が相乗りしていた。それでも、最大で二百人ほどを乗せられる旅客機の座席に、まばらに座っている人数は五十にも満たない。着陸はせず、ただ遊覧して帰ってくるだけのフライトゆえ、景色を楽しんでもらうために人数を制限しているのだ。

乗客たちは、一瞬たりとも見逃してなるものかと窓にかじりついたり、目的地上空まで熟睡するためシートをリクライニングして休んだりと、思い思いの時間を過ごしている。

旅行代理店・関急《かんきゅう》トラベルのツアーコンダクター、望月拓海《もちづきたくみ》は、機内前部の自席でぼんやり眺めていた窓外の情景から手元のファイルへ視線を戻した。書類のチェックを早く済ませなければならない。目的地へ向かっている途中の今は、ツアコンにわずかに与えられた貴重な時間——参加者の要望に振り回されることなく落ち着いて使える時間だった。新卒入社して五年、そろそろ中堅どころとして会社でも評価されつつある。そのくらいの時間の遣《や》り繰《く》りはそつなくこなせるようになっていた。

手元の書類をめくっていくうちに、参加者名簿の中の、ある老人の名が目に留まった。その老人は、拓海の席の一列前、反対側の窓際に座っているはずだ。拓海はちらりとその方向を見たが、もちろん姿は見えない。

高齢の老人一人だけでのツアー申込は、通常は旅行会社に敬遠される。しかも、持病の心臓病のため、薬を常時服用しているという。通常であれば受付をためらうところだが、現実に彼はこの機内にいた。なぜ受け入れたのか本当の理由はわからないが、それが結局、拓海をこの場に連れてきたのである。

ある日突然、課長に呼ばれ、今の仕事は後輩に任せてよいからこのツアーに行ってくれ、と言われたのだ。理由を訊《たず》ねた拓海は参加者名簿を見せられ、ああ、と納得した。その老人が行くのなら、拓海が同行しないわけにはいかない。

普通なら断る申込だったが、課長にもわからぬ上のほうの決定で、特別に受け入れることが決まったという。それでお前というわけだ、と課長は言った。

困ったものだと思いつつも、そのツアーの行先に興味を持ったのは事実である。拓海の所属する関急トラベル・第三企画事業部は、主にネイチャー系のツアーを取り扱っており、比較的マイナーな土地を対象に旅することが多いのだが、ツアーの目的地はその極めつきともいえる場所――南極だったのだ。

かつて航海者、冒険家たちが恐れ慄《おのの》き、命の危険にさらされながら帆《ほ》を張った海――いわゆる「吠える四十度」「狂う五十度」を、現代のジェット旅客機はあっという間に飛び越え、今や「絶叫する六十度」――スクリーミング・シクスティーズ――に差し掛かりつつあった。スコットやアムンセン、そして白瀬矗《しらせのぶ》といった南極探検の英雄たちが渡ったロス海まで、もう間もなくである。

拓海は、手元の参加者名簿を見直した。年齢、性別は様々だが、一つ言えるのは、白瀬矗たちのような冒険旅行に耐えられそうな者は、自分も含め一人もいないだろうということだ。

英雄たちがこの様子を見たら、嘆くだろうか。あるいは人類の進歩に感嘆するだろうか？

冒険家たちが憧《あこが》れた人類最後の大陸へ足を踏み入れる手段として、この快適なフライトがふさわしいか否かは、拓海にはわからない。だが、少なくとも参加者たちがここへ来るためにはこの手段に頼るしかなく、引き連れる立場の自分に、批判的な発言をする資格がないことはわかっていた。

それにしても、普通のツアーに比べれば、ひと癖もふた癖もありそうな参加者ばかりだ。何しろ、決して安いとは言えない旅費を払って、この特殊なツアーにあえて申し込んでくるような人たちなのだ。

中には、大企業でかなり上の役職についていたという人物もいる。要注意だ。引退して悠々自適の旅なのだろうが、この手の人々に時々見受けられるのは、かつての立場を持ち込んでしまうことだ。拓海も過去に難しい経験をしたことがあった。彼らのような人々は、全員とは言わないが、過去の栄光を誇示しがちなものだ。その権威がおよぶのは、自分の会社の社員、それも自らの在任中でしかないというのに。初めはそれとなく、終《しま》いには露骨にさらけ出されるその振る舞いは、ツアーの雰囲気を壊していく。そして、自分自身がその事態を招いていることに、彼らのほとんどは気づかない（おそらく、現役時代もそうだったのだろう）。今回もそうならない保証はない。

拓海は、権威や出世といったものにまるで興味がなかった。学生の頃から自覚はしているのだが、大勢の注目を浴びたり、指揮を執ったりということが苦手なのだだった。意識を高く持って上を目指す人々、いわゆる上昇志向の強い人々は、権威や出世に興味がない人間がいることを理解できないらしいが、逆に拓海には、それが理解できない。上を目指すという感覚が、よくわからないのだ。

最近、高校の同窓会に出席した際、友人たちの何人かから、滲《にじ》み出てくるような強烈な意識の高さを感じることがあった。中には、既に会社で役付きになっている者もいた。

ほんの十年ほど前、教室の片隅で、くだらない話題で一緒に盛り上がっていたはずなのに、どこでそんな風に分かれてしまったのだろう。拓海にとって、それはひどく寂しいことだった。

愚痴めいた回想に浸《ひた》っていたためか、突然、英語が耳に流れ込んできても、何が起きたのかとっさにはわからなかった。

「エクスキューズ・ミー？」

二回ほど呼ばれてようやく気づき、声の主を探すと、拓海の席を覗《のぞ》き込むように大柄な白人の男が立っていた。年の頃は三十代後半くらいか。初対面のはずだが、親しげな笑顔を浮かべている。相乗りしている他社のツアーの一人だろうか。

「あなたは？」拓海は英語で話しかけた。

「ああ、これは失礼。俺はランディ・ベイカー」

そう名乗った男は、拓海の席から通路を挟んだ向かいが空いているのを見て取ると、勢い良く腰を降ろした。三つほど隣の席の老婦人が顔をしかめたのに気づき、「ソーリー」と頭を下げる。

「私は望月拓海。日本のツアーグループのコンダクターです。あなたは……アメリカからのツアーのお客様ですか？」

「どうしてそう思う？」

「いや、その……アメリカ人っぽい雰囲気ですし、他社のツアコンなら出発前に顔合わせはしていますので」

「なるほど。まあ、そんなところだ」

「私に何か？」

「いや、まあ、別に大した話じゃないんだがね。あの日本人のじいさん、おたくのツアーの参加者だろう？」

ベイカーは声のトーンを少しだけ落とし、視線だけを、件《くだん》の老人が座る方向へ向けた。一瞬、それまでの陽気なヤンキーといった様子とは異なる、猛禽《もうきん》のような鋭い光がその瞳によぎる。

「ええ。何か気になることでも？」

「いや、どこかで会ったかな、と思ってね。誰だか聞こうと思ったんだが」

「ああ、そういうことですと」困惑が表情に浮かんだかもしれない。「お客様の個人情報ですので」

昨今、そうした事柄に敏感なのは、日本だけではないはずだ。

「あ、そりゃあそうだよな。わかった。たぶん気のせいだ。すまなかったな」

ベイカーはあっさりと引き下がると、席を立っていった。

その後ろ姿を見送りながら、拓海は首を捻《ひね》った。

――いったい、何だったんだろう？

＊

何か、ふわふわとした柔らかなものが、頰《ほお》に触れた感触があった。どこからか漂うミルクの匂い。それは陽にあてられた毛布の匂いと混ざりあって、鼻腔《びこう》の奥をやさしく刺激する。

気づけば、赤ん坊の娘が、まとわりつくように隣でまどろんでいた。あれ、俺の子どもはまだこんなに小さかったっけ。

そんな戸惑いは、微笑《ほほえ》みを浮かべた赤ん坊の寝顔を見ているうちにどうでも良くなってくる。その唇《くちびる》は、母親を求めているのか、あるいは何かを訴えようとしているのか、小さく震えていた。そっと触れようと指を伸ばした途端、午後の光があふれるリビングの情景は掻《か》き消え、夢の終わりを告げた。

代わりに視界を満たしたのは、天井――ではなく、二段ベッドの上段の背板だった。自分自身は、二段ベッドの下段で横になっており、ひっきりなしに伝わるエンジンの振動に揺さぶられている。

伊吹哲郎《いぶきてつろう》は、分厚くふかふかだが少々汗臭い羽毛布団を払いのけて半身を起こした。乾燥した空気に喉《のど》が痛み、何度か咳払《せきばら》いをする。

背板に頭のつかえる狭い空間の中で独り苦笑し、伊吹はもう一度幸せな夢の余韻を思い出そうとした。

小さく柔らかく、乳臭い生き物だった娘は、今ではもう、中学生になっている。赤ん坊の頃、実際にあんな場面があっただろうか。それは作られた記憶なのかもしれない。

同じ調子で響いていたディーゼルエンジンの轟音《ごうおん》が不意に高まり、やがてがくんと突き上げるような衝撃があった。身体が一瞬、ベッドの上に浮かぶ。それを機にもぞもぞとベッドから這《は》い出した。布団の上に広げていたオレンジ色のダウンジャケットを羽織り、足元に並べてあるボアつきの分厚い防寒靴を履《は》く。ここの空調は効いているとはいえ、いつ外に出ることになるかわからないのだ。

顔を上げれば、通路を挟んだ向かいにも同じような二段ベッドがある。その上段から声がかかった。

「なんだ、もう起きるのか」

すっぽりとかぶっていた布団から覗いた髭面《ひげづら》――同僚の鳥海《とりうみ》が言う。もっとも、髭面はお互い様だ。

「目が冴《さ》えちまった。ちょっと前に行ってくる」

「俺はもうちょっと寝かせてもらうぜ」

「ああ。おやすみ」

二段ベッドに挟まれた通路を前方へ向かうと、簡素な調理台や、観測装置などが雑然と並ぶ空間がある。何度か、大きな揺れに身体のバランスを崩しかけた。

「しかし、いつまで経《た》っても荒っぽい運転だな。もうちょっとやさしくできないもんかね」

狭い通路を抜けた先、運転席で操向レバーを握る男へ、伊吹は話しかけた。三枚に分割されたフロントガラスから射しこむ光の眩《まぶ》しさに、ダウンジャケットのポケットから取り出したサングラスをかける。

「余計なお世話だ。うるさいからもうちょっと休んでていいぞ。鳥海だってまだ寝てるんだろ」

運転席から言い返した男も、普通の車と比べてかなり離れた助手席で窓の外を監視している男も、揃《そろ》って髭面にサングラスだ。服装も伊吹がダウンジャケットの下に着ているのと同じ、胸にＪＡＲＥ（日本南極地域観測隊）のワッペンをつけたオレンジ色の作業服である。

「これじゃあ眠れるはずがないだろう」と言いながら運転席の横へ顔を出した伊吹は、ガラス越しに外を見た。

荒涼、という単語がふと頭に浮かんだが、すぐに取り消す。この光景は、そんな言葉で言い表せるものではないような気がする。一般的な、荒涼という概念を突き抜けた領域、想像できる範囲のさらに外側にある世界だ。

雲一つない、あり得ぬほど濃い青、むしろ紺色に近い空からは、大量の紫外線を含んだ暴力的なまでの陽光が降り注いでいる。その光が照らすのは、もちろん常夏のビーチなどではない。

どこまでも果てしなく広がる大雪原。遥か彼方《かなた》、そそり立つ高峰の茶色い稜線を除けば、すべてが白く塗りつぶされている。周囲のどこにも、生命の存在を示すものはない。

未だほとんどの部分へ人類が足を踏み入れることを拒む、地球最南端、第六の、そして最後の大陸——南極大陸は、短い夏を迎えていた。

夏の南極は、時折気まぐれな女神のごとく、穏やかなやさしい顔を見せる。今も、微風に撫《な》でられた地表面の粉雪がきらきらと舞い上がっていた。だが女神の気分次第では、すぐに暴風が吹き荒れ始め、雪上車のキャタピラの痕跡をたちまちに消し去るだろう。そして、彼女の穏やかな気分が長く続かぬことは、新任の観測隊員が南極へ来て最初に覚える事柄の一つだった。冷たく豹変《ひょうへん》した女神がもたらすのは、身を切る寒さで凍傷になるといった物理的なことだけではない。人の心に忍び込み、精神の奥底から凍りつかせてしまう何かが、この白い大地には潜んでいる。

伊吹は、自らもまた凍りかけた心を意識しつつ、運転席に座る男に訊ねた。

「二号車はついて来てるか」

「三〇〇メートルほど後ろ。この晴天だ、はぐれる心配はない。もうしばらく、このままの天気で行ければいいんだがね」

『衣笠《きぬがさ》』という名札をつけた作業服の男が、小刻みに揺れる操向レバーをがっしりと摑《つか》みながら答えた。彼は、この小さなキャラバン――雪上車二台と、各車が七台ずつを牽《ひ》く、燃料や物資を載せた橇《そり》からなる――の、実質的なリーダーでもある。

「俺が休んでる間に、どこまで進んだ？」

遠く連なる峰々や、周囲三六〇度に広がる雪原の光景は、一時間ほど前、伊吹が休憩のためベッドへ潜り込んだ時とほとんど変わっていない。カーレースのテレビゲームのように、実際には動いてなどおらず、同じ場所に留まって景色だけがもっともらしく流れているのではという妄想が浮かぶ。

「残念ながら、五キロも進んでいない」

衣笠は、クリップボードに挟んだ地図を差し出してきた。

南極大陸内陸部、ドローニング・モード・ランドと呼ばれる広大な高原地帯にある『ドームふじ基地』。そこから半日ほどの行程にあるARP3航空拠点を目指して雪原を進むキャラバンの位置が、地図には数時間おきに記録されていた。

雪上車は、平均時速八キロと、ひどくのんびりした乗り物である。遠目には平坦な雪原でも、実際には強風が雪を削ってできたサスツルギという凹凸が至るところにあり、時にはクレバスが悪魔の顎門《あぎと》を開けて待ち構えているため、速度を上げて走るわけにはいかないのだ。

高低差二メートル近いサスツルギを、長さ七メートル、重量十一トンのSM100S雪上車が乗り越える振動で、伊吹は数センチほど床から浮かび上がり、軽く舌を噛《か》んだ。

「くそっ。まったく、なんでこんなところに好きこのんで来たんだか」

伊吹が呪詛《じゅそ》の対象としたこの白い土地――南極大陸は、およそ九八パーセントを平均厚さ二キロメートルの氷で覆われ、その下に埋もれた陸地はオーストラリア大陸の約二倍の面積を持つ。標高の高い内陸部の気温は夏でもマイナス三十五度から四十五度、観測史上の最低気温はマイナス八十九度にも達する。

世界地図においては、その景色と同じように白く塗られていることが多い。南極に国境はないからだ。一九五九年に締結された南極条約により、この大陸での政治・経済・軍事活動は禁止されている。

定住者はおらず、この大陸の上で活動している人間のほとんどは、各国が派遣している調査隊の隊員である。

その一翼を担う伊吹たち、この年の日本南極地域観測隊が、海上自衛隊の砕氷艦――大抵の場合は南極観測船と呼称される――『しらせ』で昭和基地に接岸したのは、前年の十一月だった。

昭和基地での準備を経て、十二月半ばには伊吹を含む十名が、雪上車五台からなるキャラバンで大陸の内陸部にある『ドームふじ基地』を目指した。ドームふじ基地は、標高三八〇〇メートルにあり、沿岸部の昭和基地からは、およそ一〇〇〇キロメートル、三週間ほどの旅だった。

ドームふじ基地は、通常は無人だが、各種観測を行う際には観測隊員が派遣される。一九九五年の基地開設時から行われている、氷に閉じ込められた太古の地球環境を掘り出す「氷床掘削《くっさく》」を実施するため、伊吹たちは派遣されたのだ。

そして、一ヵ月に及んだ氷床の掘削作業は一段落し、派遣隊はまもなく帰路につくことになっていた。一部の科学担当要員は飛行機でひと足先に日本へ帰国するのだが、彼らを中継地まで運ぶための小型機が着陸できる雪原を地ならしし、航空燃料をあらかじめ集積しておく必要がある。ゆえに、伊吹たちは二台の雪上車で、そのARP3航空拠点と呼ばれるエリアへ向かっているのだった。科学担当ではなく、基地のメンテナンスを主な仕事としている伊吹がそのメンバーに入るのは、当然のなりゆきではあった。

がくん、という衝撃が伝わり、運転席の横で中腰の姿勢を取っていた伊吹は、頭を天井にぶつけた。

「おいおい、頼むよ」

運転手の衣笠が「すまんすまん」とあまり申し訳ないとは思っていなそうな返事をした。「氷の表面の、起伏が激しいんだ。解けたり凍ったりを繰り返すうちに、ひどく段差ができている」

「温暖化の影響かな」助手席の、気象観測を担当する熊野《くまの》が呟《つぶや》いた。

南極観測隊の隊員に、地球温暖化という現象、そしてそれがもたらす影響を疑っている者はいない。

南極沿岸地域の至るところで、数万年のあいだ氷雪に埋もれていた表土が露出していたし、氷河は目でわかるほどの明らかな後退を続けている。今回の観測隊による調査では、コウテイペンギンの繁殖地がまるごと一つ消滅したことが確認された。十数年という、地球の歴史からすればほんの瞬きする程の間に、様々な異変が指数関数的に増加していた。

だが、南極大陸を囲む暴風圏、いわゆる「狂う五十度」「絶叫する六十度」といった海域よりも北、人類文明の世界では、地球温暖化という言葉は偽善と結びつけて語られることが多くなっていた。自然保護団体が温暖化の危機を訴え、多くの人々がそれに深く頷《うなず》いていた時期は、過ぎ去ってしまった。

世界の人々は「正義」にうんざりし始めている節があった。前世紀の終わりから今世紀初頭にかけ瞬く間に地球を電子の網で覆い尽くしたインターネットは、理想に燃え正義を訴える人々にとって格好のツールになり、政治経済にも影響を与えるようになった。だが一方で物言わぬ市民たちの意外なほど多くは、ネット空間で声高に主張され、振りかざされる正論に耳をふさぎ始めていた。

――言っていることはわかるよ。正しいよ。だけどね……。

結局のところ、人間の心理とは、反抗期を迎え始めた少年少女の頃からそう変わりはしないのかもしれない。先生の言葉が正しければ正しいほど、聞く意欲は失《う》せ、反発心は芽生える。

自らの正義に酔う人々は、その言葉を投げかけるべき相手である大衆が、無表情な顔の下で何を考えているのか、気づいていなかった。

長く続く不況が、大衆の心変わりを後押ししたことは否めない。人々の最大の関心事は数十年、数百年先の地球環境ではなく、明日、あるいは今日、仕事にありついて金を稼げるかどうかだった。パンが食べられないのに、革命を語ることはできない。

このようにしてポピュリズムの波は世界を呑《の》み込みつつあった。政治家がその風潮に気づかぬはずもなく、波に乗って複数の大国の指導者が入れ替わった。彼らにはいくつもの共通点があったが、その一つは、科学的な、冷静な意見が自らの主張と相容《あいい》れないものであれば、無視、あるいは弾圧する傾向にあるということだった。

見たいものしか見ない、聞きたいことしか聞かない。地球温暖化など、あり得ない。

そうした指導者を支持する大衆もまた、それを信じた。もっとも、どちらが先かという点においては、議論の余地はある。指導者とは、鏡に映された大衆の姿でもあるのだから。

「それにしても、こないだのアメリカ大統領の演説はまいったよな」

助手席の熊野が、呆《あき》れた口調で言った。

「ああ、あれか。温暖化は嘘だ、なんて鬼の首を取ったみたいに言い切ったやつ」伊吹は、振動に負けないようにグリップを摑み直しながら答えた。

「そうそう。なんか根拠になるデータがあるとか言ってたけどさ」

演説で大統領は、地球は寒冷化に向かっている、そのような学説があると断言した。

だが、大統領はその一部だけを抜き出して語っていた。実際のところ、その説は、地球全体として温暖化は継続しつつあると結論づけていたのだ。あくまで、ある条件を満たす場合のみ、きわめて短いスケールの時間、限られた地域において、寒冷化が起こることもある、というだけだ。しかし、物事を自らに都合よく解釈するのが政治、あるいはメディアである。彼らにとって、科学的真実の探求などは二の次であり、大衆の耳に心地よく、かつ刺激的に響けばよいのだった。それが彼らの仕事なのかもしれないが。

「ひどい話だな。アメリカ海洋大気庁《NOAA》の連中、何も反論しないのかね」

「予算を減らされるのが怖いんだろ。まあ、うちらも人のことは言えないけどな」熊野は自嘲《じちょう》気味に笑った。

「お話し中すまんが、あれを見ろ」

衣笠が操向レバーから片手を離し、彼方を指差した。その先の白い雪原に、一直線に黒い亀裂が走っている。左から右まで見渡す限り、その線は途切れることなく続いていた。

「……クレバスか」伊吹はため息混じりに呟いた。

氷が解けてできた、巨大な割れ目だった。

「こんなもの、事前の衛星写真にはなかったぞ」と、熊野。

「今この瞬間にも、温暖化が進んでるってことさ。困ったな。あの様子じゃあ、乗り越えられない」

「明らかにね。雪上車の全長を余裕で超えてる」

「どのくらい迂回《うかい》することになるかな」伊吹は訊ねた。

「見える限り、ずっと続いてるからな……。どっちへ行ったほうがいいものか」衣笠は困り果てた表情を見せた。

二号車へ待機するよう指示を送る熊野の声を聞いているうちに、伊吹の頭にひらめくものがあった。――そうだ。積荷の。

「なあ、あれ、ここで使ってみるか」

伊吹が「あれ」と言った途端、何のことかわかったらしい。衣笠はにやり、と笑った。

「滑走路がいらないというのはありがたいな」

あれ、とは南極観測隊の新装備である、無人観測ドローンのことだった。ドームふじ基地の周辺は未踏査地域も多いため、この機会に航空偵察を進めるよう遠征に持参していたのだ。

基地到着後は氷床掘削と並行し、数度の飛行を行っていた。基地の撤収準備に入ってからは出番も減っていたが、今回滑走路を整備するARP3航空拠点の周辺にはまだ調査していない地域もあり、滑走路造成作業の合間に飛ばそうとしていたのである。

気象観測を担当する熊野も、天候はしばらく持つだろうと太鼓判を押した。その判断を信じ、伊吹と衣笠は、雪上車の後部へ向かった。ダウンジャケットのジッパーを首元まで引っ張り上げる。ニット帽の上からゴーグルを装着した後、フードを被《かぶ》り直し、最後に分厚い手袋をはめた。

「おっと、忘れてた」伊吹は、二段ベッドの上段でまだ眠っている鳥海に、「ドア開けるから、ちゃんと布団にくるまっとけよ」と声をかけた。

「……なんだって」

寝ぼけた声が聞こえたが、それには返事をせず、最後部のドアの前に立った。ああ、また外か。

ドアハンドルを回し、一気に押し開けた。信じがたいほどの冷気が車内に押し寄せ、快適な空気を攪拌《かくはん》していく。衣笠と一緒に外へ出ると、急いでドアを閉め直したが、その前にベッドから悲鳴が聞こえてきた。

すまんな、と鳥海へ心の中で謝りつつ、悲鳴を上げたいのはこっちだ、とも思う。陽が射す日中であっても気温マイナス四十度、車内との寒暖差にすると五十度ほどもある世界へ、一気に足を踏み入れたのだ。

空は美しく澄み渡り、ゴーグルを通しても鮮やかな紺に近い青に見える。そして、純白の大地。写真として観賞するなら、一種爽快《そうかい》な、涼しげな風景だろう。夏の日本であれば、かき氷の宣伝にでも使えそうだ。だが、ここは現実の南極、それも最奥部といっていい。

少し呼吸をしただけで、鼻の穴の中に痛みが走った。鼻毛の周りの水分が凍りついたのだ。首を覆うように立てた襟《えり》に当たる髭も、次第に重く、硬くなってきた感覚がある。

南極へ向かう『しらせ』の艦上や、着いたばかりの頃の昭和基地では、覚悟していたほどの寒さを感じず、南極といっても拍子抜けだな、と思ったものだ。しかし昭和基地で何度かブリザードを経験し、さらに内陸部にあるドームふじ基地への遠征に参加してからは、ここがまさに地の果て、本来は人間の暮らす世界ではないということを思い知らされていた。

南極に来た者の多くが、バナナで釘を打ったり、濡《ぬ》らしたタオルが瞬時に板のように凍りついたりするのを試すのだが、この地域ではそれどころの話ではない。あらゆる水分が、瞬時に凍結してしまうのだ。ある点を過ぎると、寒さは痛さの同義語となる。

今は風がないだけまだましか、とポジティブに考えながら、衣笠を促し、雪上車が牽引《けんいん》している荷物運搬用の橇の一つへ向かった。踏みしめる白い足もとは、雪というよりはアイススケートのリンクのような固い氷である。雪は積もることなく、強風に飛ばされてしまうのだ。滑《すべ》り止めの複雑なパターンが刻まれている防寒靴とはいえ、慎重に歩を進める。橇までの十数メートルが遥かな道のりに感じられた。

口を開くだけで喉が痛みだすため、ひと言も交わさず、目当ての橇にたどり着いた。梱包《こんぽう》を解く。固定ベルトのジョイントは大きめに作られており、分厚い手袋をしたままでも簡単に緩められるようになっている。

二人がかりでコンテナを取り出し、氷の上に置いた。複数箇所にあるバックルを解除して蓋《ふた》を開ける。

中には、プロペラ式のラジコン飛行機のようなものが、大きな部品ごとに分けて収納されていた。アメリカのエアロバイロメント社製、『ピューマAE』。アメリカ軍も偵察などの任務のため、RQ－20の名で採用している無人航空機だ。

野戦用にも使われるだけあり、容易に組み立てられるよう設計されているが、ここは南極である。気温は極めて低く、刺すような強風も吹き付ける中、分厚い防寒手袋も精密な作業に適しているとは言いがたい。それでも何度かこなして慣れていることもあり、十分ほどで準備は完了した。

まったく、俺たちは過酷な環境でこの機体を扱うスペシャリストといって良いな、と伊吹は思った。メーカーで宣伝に使ってもらいたいくらいだ。

だが、そのような一般には凄《すご》さの伝わりづらい自負の代償として、身体は極限まで冷え切っていた。作業に集中することで意識から遠ざけていた殺人的な冷気が、再び全身をぴりぴりと刺激する。携行式のコントロール装置の電源を入れた衣笠が「寒い寒い、さっさと片付けよう」と小さく口を動かし、ポケットから取り出したカメラで映像を撮り始めた。

「おいおい、何撮ってるんだよ」極力、冷気が口に入り込まぬよう防寒着に唇を埋もれさせて伊吹は言った。

「飛ばすところを極地研のホームページにアップするんだ。失敗する場面が撮れたら、個人でユーチューブに上げようか。そのほうが稼げるかもしれん」

「黙ってないと口が凍るぞ」

伊吹は、笑いながら機体を摑んで持ち上げた。

ピューマAEの本体は全長一・四メートル、翼の端から端までは二・八メートル。

それなりに大きいが、持ってみれば意外に軽く、五キロ程度しかない。伊吹はスイッチを入れて機首のプロペラを回転させると、紙飛行機の要領で本体を持ち、角度をつけて放り投げた。

機体は失速することもなく、揚力を得て上昇していった。コントロール装置から指示を与えるまでは、プログラムに従って長円形の周回飛行を続けることになる。

高度一〇〇メートル付近で機体が安定飛行に移ったことを見届けると、伊吹と衣笠はコントロール装置を持ち、雪上車の中に急いで戻った。

暖かな車内に入るやいなや、血が巡り始めて全身がむず痒《がゆ》くなる。

「いやあ、なんだか暑いなあ」

「寒いだの暑いだのと、わがままばかり言うな」

また眠りこんでいた鳥海にちょっかいを出すこともせず、伊吹は運転席後部の作業スペースに置かれたノートパソコンにコントロール装置を接続した。電池の関係もあり、滞空時間は二時間しかない。その間に、長く伸びたクレバスの切れる箇所を見つけなくてはならない。

コントロール装置は、少し大きめの、テレビゲームのコントローラーといった風情である。接続したパソコンの画面に映し出されているのは、ピューマAE機体下部、回転式モジュールに内蔵した光学カメラが現在捉えている映像だ。

「なんだかノイズが多いな。ドームふじ基地から飛ばしていた時は、ここまでひどくなかったような気がするが」

「それよりルートを探さないと」

ドローンの操作は、衣笠のほうが熟練している。伊吹は設定を済ませると、後ろから覗き込んでいた衣笠と席を代わった。衣笠はすぐに、コントローラーの両脇にあるスティックを操作し、機体の向きを変えた。クレバスに沿って、できるだけ広範囲を撮影できるようなコースを取っていく。

衣笠がスティックを動かす度、画面の中の情景が傾きを変えた。

「毎度思うけど、ゲームみたいだな」伊吹は感想を口にした。

「ほとんどゲームだよ。今どきは、これで戦争までするんだ」

「変な世の中だ」

それからしばらく、衣笠は無言でスティックを操作していたが、画面に目を向けたまま、また口を開いた。

「なあ、知ってるか」

思わせぶりな口調だ。

「なんだよ」

「こないだ、科学班の奴に聞いた話なんだけど。はっきり秘密とされたわけでもないみたいだが、実質、箝口令《かんこうれい》が敷かれてるようなものらしい。ま、そうは言っても結局はこんな風に広まっちまうんだけどな」勿体《もったい》をつけるように、衣笠は言葉を区切った。

「だからなんだっての、早く言えよ」

「ドームふじ基地の下にも、氷底湖らしきものが見つかったってのは聞いてるよな」

「ああ」

氷底湖とは、分厚い氷床の下にある湖だ。南極大陸には、ロシアのボストーク基地付近にあるボストーク湖をはじめ百以上の氷底湖が存在し、その一部は繋《つな》がって水の流れがあるとも考えられている。

しかし、そんなことは秘密でも何でもない。伊吹はいらだちを隠さず、先を促した。

「それがどうしたんだよ」

「今回の氷床掘削でな、水が流れてきてる部分を掘り当てたそうなんだが、そこから妙なものが上がってきたんだと」

「妙なものって」

「それが、何かの機械部品らしいんだよな」

「機械？　掘削してるのって、三〇〇〇メートル近い地下……じゃなくて氷の下だよな。なんでそんなとこから」

「俺にもわからんよ。とにかく、何かの部品だって」

「掘削装置の一部が外れたとかじゃないのか」

「いや、そういうのとも違って、ひどく古いものらしいぜ」

「その部品、どこにあるんだよ」

「さあ？　基地のどっかにあるんじゃないか」

「本当かなあ。なんだか胡散臭《うさんくさ》いなあ」

「ま、そう思うのも無理はない。俺だって、半分くらいはまだ疑ってるけどな。真相はわからん」

伊吹の反応が芳《かんば》しくなかったからか、衣笠は話を変えた。

「家族と話したか」

ドームふじ基地では回線の関係上、私的通話は通常認められていなかったが、撤収を前に一度だけ開放されたことがあったのだ。伊吹は家庭の事情をあまり人には話していないが、衣笠はそれを知るごく少ない一人だった。

「いや……やめておいた。俺が使う時間があるなら、他の奴に使ってもらったほうがいい」

「そういうこと言うなよ」

衣笠はやれやれと首を振り、何か言いかけたが、伊吹は「この話はやめよう」とそれを制し、別の話題を持ち出した。「『しらせ』からヘリを呼べれば、いろいろと楽なのにな」

もちろん、それが無理であることはわかっている。昭和基地に接岸中の『しらせ』はＣＨ－１０１という輸送ヘリを搭載しているが、昭和基地周辺での輸送や観測任務に引っ張りだこで、はるばるドームふじ基地の支援に来てもらう余裕はなかった。そもそもＣＨ－１０１の航続性能では、この付近まで来られても戻ることはできない。

「そりゃあ無理だ」ヘリの話は、ただの戯言《ざれごと》であると衣笠もわかったのだろう。苦笑しながら、伊吹の意を汲《く》んでくれたのか、また話題を変えた。「そういえば、今回の『しらせ』は、なんだか乗員が多かったような気がしたな。海自は定員割れで困ってるって話だったが」

衣笠は、これが二度目の南極だった。

「どうなんだろうね。本来の人数に戻っただけかもしれない」

「まあ、そうかもな」

会話はそこで、切《き》れ端《はし》を宙に残すようになんとなく終わった。

二人はしばらく無言で、ドローンからの映像を覗き込んだ。相変わらず、クレバスに切れ目はない。この地の果ての、さらに果てまで続いているのではと思わせるほどだ。

クレバスと並行して飛ぶために、衣笠は時折機体の向きを微調整する。その都度、映像もカクッ、と機械的な動きを見せた。また衣笠がスティックを操作し——。

伊吹は、軽い違和感を覚えた。何かが、一瞬映り込んだような気がする。

見間違いか？　だが……。思い切って伊吹は口にした。

「なあ、ちょっと戻れるか」

「え？」

「いや、さっき、何か変なものが映ったように見えたんだ。少しでいいから引き返してもらえないかな」

滞空時間のことを考えると、クレバスの切れ目が見つかっていない現状では、寄り道をしている場合ではない。それは伊吹にももちろんわかっていた。それでも、気になってしまったのだ。

「仕方ねえなあ。大発見じゃなかったら、なんかおごれよ」

南極ではビールをおごろうにも、嗜好品も含め、すべて配給制である。衣笠も本気で言っているわけではないだろう。

衣笠が大きくスティックを倒す。画面の中で白い地平線が垂直近くにまで傾いた。旋回し、一時的に引き返すコースに乗ったのだ。

クレバスよりも少し外れた部分を中心に映しながら、ドローンは逆コースをたどっていく。やがて――。

「それだ！」

伊吹は叫んだ。白い雪原の中に、ぽつぽつと黒いものが点在している。角ばった部分の多い形状は、雪原のところどころに露出した岩石とは明らかに違う。何らかの人工物だ。

「昔の調査隊が放置していった物資とかかな」

「いや……。それにしては妙な形だ」

「高度を五〇まで下げて、もう一度上を飛んでみよう」

衣笠の操作で、画面の中、氷原が近づく。録画は一応しているが、二人とも画面に目を凝《こ》らした。先ほどよりもディテールが明瞭になった白い大地が、かなりのスピードで飛び去っていく。

「そろそろだな……くるぞ……きた！」

画面に映ったのはほんの一瞬のことだったが、それが何であるか、すぐに理解できた。

「飛行機……だな」衣笠も、伊吹と同じ結論に達したようだった。

「ああ。折れた翼だ。プロペラらしいものも転がっている」

「大変じゃないか。どこかの国の飛行機が墜落したんだ。救援を呼ばないと」

「落ち着けよ。おそらく、相当昔のものだろう。かなり凍りついて、埋もれているみたいに見えた。もし最近墜落したんなら、そこまでにはなっていないはずだ」

「それはそうか……。でも、この辺で飛行機が墜落した記録なんて聞いたことがないぞ？」

「なら、いったいあれは何だ――？」

その時、突然画像が乱れ始めた。ノイズが走り、次の瞬間にはブラックアウトしてしまう。機体の状況を示すウィンドウも、それまで表示されていた数字がすべて消えていた。

「どうした」

「わからん。急に通信が途絶したようだ」

「電池が切れたか」

「いや、まだ十分にあったと思う。通信関係の故障かな。そうだとしたら、自律飛行に切り替えて、発進した地点まで戻ってくるはずだけど……」

――だが結局、予定の時間を過ぎても、ドローンが姿を現すことはなかった。

＊

『当機は、既にロス海上空に入っております。海上に氷山が浮かんでいるのがご覧いただけるかと思います――』

カンタス航空のチャーター便は、高度を徐々に落とし始めている。窓の外、濃紺の海を時折行き過ぎる氷山は、一つあたりの大きさを増してきていた。陽光を反射し白く輝くその色には、よく見れば薄い青がちりばめられている。その光景の、上辺の美しさだけでなく、その奥に潜む凶暴さ。それが、乗客たちの期待だけではなく、不安をも煽《あお》っているのだろうか。行楽の賑《にぎ》やかさに満ちていた機内はいつしか、たまに小声の会話が交《か》わされるだけの静けさに支配されていた。

『まもなくロス棚氷《たなごおり》の上空へ差し掛かります――』

ロス棚氷は、南極大陸へ大きく湾のように入り込んだロス海の南部を覆う、陸上から繋がった巨大な氷である。氷の厚さはおよそ二〇〇メートル以上、面積はフランス本土に匹敵する。

そろそろ、乗客たちは眺望を求めて機内を左へ右へと移動するようになり、その対応にも忙しくなるだろう。そうなる前にトイレへ行っておこうと思い、拓海は自席を立った。

ツアー客のほとんどいない、機内後部にあるトイレへ向かう。トイレの前のカーテンを開こうとした時、その脇の席にいる男に気がついた。大きな身体を縮めて、座席から頭が出ないように座っていたので遠目には気づかなかったのだ。先ほどの、ベイカーという男だった。

同時に、目が合った。ベイカーはさっと何かをポケットに仕舞ったが、何をしていたのか聞くのは憚《はばか》られる。団体行動から離れたい気持ちはわからなくもない。拓海はポジティブに解釈した。

一瞬の間を置いて、「やあ」とベイカーが陽気に声をかけてくる。

「トイレなら、そこは使用禁止らしいぜ」

「えっ、そうなんですか」

「乗客が少ないからな。後で掃除する手間を省きたいんじゃないか」

両方の手のひらを上に、やれやれというジェスチャーをしたベイカーは、ハハハ、困ったもんだな、とまるで困っていなそうに陽気に笑った。

「しかしあんた、なかなか英語が上手《うま》いな。さすがはツアコンだ」

「ご冗談でしょう。聞き取りづらいとか、ロシア語みたいだとか言われたことはありますが」

「ま、上手いというのは正直お世辞だ。でもロシア語みたいというのは確かにそうだな」

「学生時代に第二外国語で選択してたからですかね。ロシア語がわかるんですか」

「すまん、それもお世辞さ」

ベイカーはにやりと笑みを浮かべた。

拓海は、もう少しこの男と話してみたくなった。立ったまま話を続ける。

「ところでベイカーさんは、南極へ行かれるのは初めてですか」

当たり障りのない世間話を振ると、ベイカーは意外な回答を返してきた。

「初めてというわけじゃない」

「へえ。前はどんなツアーで？」

「いや、なんというか、仕事だよ。オフィシャルな仕事」

さらに予想外な返事だった。

「オフィシャルというと……観測隊員だったのですか？」

「まあ、そんなようなものだね」

「観測隊で、どんなお仕事をされていたんですか」

拓海の質問に、ベイカーは一瞬だけ考える様子を見せた後、言った。

「えーと……うん、まあ雑用というか。ただの事務屋だよ」

ベイカーの口調に、曖昧《あいまい》で歯切れの悪いものを感じたが、気安く突っ込みを入れられる関係ではない。拓海はそれ以上何も言わなかった。

ふと、腕時計に目を遣って、思い出した。

――まずい、会社へ連絡を入れておかないと。

南極上空へ差し掛かる頃、一度電話を入れることにしていたのだった。課長が心配しているだろう。トイレの前に電話だけはしておいたほうがよさそうだ。

「失礼、ちょっと会社に電話をしないと」ベイカーに断りを入れ、立ち去ろうとする。

「日本人は大変だねえ」

「アメリカの会社だって、そうでしょう」

「俺の仕事はわりと自由なんでね」

ではまた、と拓海は機内前寄りの自席に戻った。

鞄《かばん》から大きめの携帯電話を取り出す。インマルサット衛星を介した、衛星電話だ。便利なものだ。スコットやアムンセンたちの時代にこれがあったら、悲劇の遭難ということもなかっただろうに――。

そんなことを考えながら、ボタンを操作する。ここを押すんだったよな。で、しばらく待って、と。……あれ？

こんなに時間かかったかな？　と訝《いぶか》しんでいるうちに、画面にエラーの表示が浮かんだ。何か操作ミスをしたとも思えない。電波の状況だろうか。拓海は空いている窓際の席に移り、携帯電話の位置をあれこれ動かした上で、あらためて接続のボタンを押してみた。

しかし、エラー表示は変わらない。いくらなんでも、電波をまるで拾わないということがあるだろうか。

故障か、まいったな、と拓海が頭を抱えたところで、拓海の席よりも数列前、仕切りのカーテンの向こうで物音がした。このフライトでは乗客には提供されておらず、関係者の打ち合わせに使われているビジネスクラスのエリアだ。

やがて、カーテンを揺らし男性の客室乗務員が飛び出してきた。出発前の打ち合わせで何度か話をしたことがある顔だ。ひどく慌《あわ》てた様子だった。

どうしたんだ？　不思議に思っていると、拓海の顔を見つけたようで、ずかずかと近づいてきた。顔を近づけ、耳打ちしてくる。

「ビジネスクラスへお越しください。各ツアー会社のスタッフに集まっていただいています」

「どうしたんですか」

拓海の問いに、立ち去りかけていた乗務員はもう一度顔を近づけ、さらに声を潜めて言った。

「まだお客様には言わないでください。十数分前、管制との交信が途絶しました。GPSも受信できなくなっています。当機は今、外部との交信を一切断たれています」

拓海は最初、乗務員の言っていることがよく理解できなかった。彼が他のスタッフを呼びに立ち去った後になって、次第にそれが意味する重大さを認識し始める。すっと血の気が引く気分を味わった瞬間、機体が大きくガタガタッと揺れた。それは、過去に何度か経験した乱気流とは異なる、何かしらのトラブルを感じさせる動きだった。

不吉な予感は一瞬ののち、現実の脅威へと変わった。まず、不意に機内へ静寂が訪れた。絶え間なく聞こえ、耳に馴染《なじ》んでいたエンジン音が消えたのだった。それまで自由に席を移り談笑していた乗客たちの笑顔が凍りつく間もなく、ベルト着用を促すサインが一斉に点灯する。

その数秒後には、戸惑いの声が大きくなるのを阻むように、酸素マスクが勢いよく一斉に降りてきた。

冗談じゃない。拓海は信じられぬ思いでその光景を眺めた。ほんの数分前までの日常を、非日常の暗い膜が覆っていくようだ。通信途絶、エンジン停止、そして酸素マスク。混乱するままに昔観た映画を思い出し、翼に死神でも掴まっていないかと窓の外へ視線を送る。だがその先の情景は何ら変わることなく、青空の下、ただひたすらに白い氷原が地平線の彼方にまで広がっていた。

一九四五年一月

ひどく暑い。

郷里では松飾りをようやく片付けている頃だというのに、この土地では、陽光がぎらぎらと容赦《ようしや》なく降り注いでいる。舗装されていない滑走路の、白い砂礫《されき》の照り返しが眩しく、目を開けていられないほどだ。

マレー半島中部の西側、マラッカ海峡に浮かぶペナン島。かつて大英帝国の植民地であり、「東洋の真珠」と呼ばれた島の支配者は、三年と少し前に交代していた。

島の南東、マレー半島との間の狭い水路に面した小さな飛行場に、新たな支配者――しかしその座を失う未来が見え始めている――の一部隊が駐留していた。日本帝国海軍第一三《ひとさん》航空隊である。

滑走路脇、英国軍の置き土産である大きな格納庫の扉は開いており、薄暗い庫内へ天窓から光の柱が伸びていた。その光に淡く照らされ、翼を休める飛行機。上面を濃緑色、下面を明灰色に塗り分けられた機体に、白く縁取られた日の丸の赤が映える。

全長二〇メートルの葉巻型の胴体と、そこからすらりと伸びた全幅二五メートルの翼を持つ大型機は、一式陸上攻撃機。陸上から発進して敵艦を攻撃するための飛行機だ。他国では爆撃機に分類されることもあるが、帝国海軍は中型陸上攻撃機、略して中攻とも呼ぶ。かつてこの格納庫の中には、一式陸攻の他にも零戦など多くの機体がひしめいていたものだが、今は随分と余裕を持って並べられている。

その格納庫の入口に、まだあどけなさを残した顔立ちの青年が、わずかな日陰に隠れるようにして立ち、ぼんやりと滑走路を眺めていた。青褐色の第三種軍装、その右《みぎ》袖《そで》に縫い付けられているのは、二等兵曹の階級章だ。左胸の兵科表示とあわせて、青年の正式な階級は二等飛行兵曹であることを示している。

「星野《ほしの》！　星野二飛曹！」

格納庫の奥からの呼び声に、青年――星野信之《のぶゆき》二等飛行兵曹は庫内を振り返ると、「はい！」と大きな声で返事をした。

一式陸攻の翼の陰から、飛行服を着た、背の高い男が姿を現した。

「台場《だいば》大尉」

「よお」

台場と呼ばれた男は片手を上げると、彫りの深い、髭を蓄えたその顔に笑みを浮かべた。十八歳の信之にはずいぶん年上に見えるが、実際のところはまだ二十七歳である。中国大陸渡洋爆撃で初陣《ういじん》を飾って以来、マレー沖海戦、ソロモン海戦などを経て、戦死率の異常な程に高い中攻隊で戦い抜いてきたという台場は、普通その歳では経験するはずのない様々な辛苦を味わったのだろう。台場が酒を飲みながら、俺は死にそびれた、と漏らすのを聞いたことがある。部下に対してはいつも穏やかに微笑んでいるが、その心には深く暗い何かが潜んでいるらしいことを、信之は察していた。

台場がここペナンの第一三海軍航空隊へ異動になったのは、今まで生き抜いた彼を死なせたくなかった上官の温情だと、信之は伝え聞いていた。第一三海軍航空隊は、実戦部隊ではない。予科練——海軍飛行予科練習生を卒業し、前線へ投入される前の搭乗員に実戦機での最終的な教育を行うための、練習航空隊であった。外地とはいえ連合軍の主攻路から離れたマレー半島付近は、まだかろうじて制空権が維持されており、ごく稀《まれ》に英空軍との接触はあるものの、大規模な航空戦とは無縁の地域だ。前年のマリアナ失陥以降、連日連夜B‐29の猛攻にさらされている日本本土よりも、よほど飛行訓練には適している。

そのため、基地には比較的長閑《のどか》な雰囲気が漂い、世界を巻き込んだ大戦争が大詰めを迎えようとしていることすら、忘れてしまいがちである。

未熟な状態のパイロットでもすぐに戦地に送られ、実戦機の不足分を練習機で補おうとすらしている戦局においては、はるばると外地のこの部隊まで回される訓練生は少ない。そうした訓練生たちはきわめて幸運な部類に入るといえたが、信之も、その僥倖《ぎょうこう》を得た一人だった。

「今日は、飛行作業はないな」台場が聞いてきた。

「はい」

昨今の情勢では、機体はもちろん、燃料も不足している。飛行訓練の課程もかなり間引かれていた。いずれ、錬成途上でも実戦部隊へ引き抜かれる日が来るのだろうと、信之は半ば覚悟していた。いつまでもここで惰眠を貪《むさぼ》っていられるはずはない。

予科練で基礎教育を受けた同期は、ほとんどが戦線へ投入され、その何割かは既に靖国《やすくに》へ去っていた。卒業時、第一志望として記入した戦闘機隊へ回されていたら、自分もその中の一人だったかもしれない。運命とは不思議なものだ。籤《くじ》引きの結果、第三志望にも書かなかった中攻の電信員として、このペナンで、まるで南国の休暇のような日々を過ごしている。

「ご命令ですか」何でもいい、何かしら仕事であれば。信之は思った。

「ああ。作業がないなら、ひとっ走り『ベルリン』まで行ってきてくれないか。権田《ごんだ》司令が、第十五根拠地隊との打ち合わせをしているはずなんだが、届けてもらいたい書類があるんだ」

「あ……はい」

信之は戸惑いつつ返事をした。何でもいいとは思ったが、少し予想外だった。もちろん『ベルリン』へ行くのは、やぶさかではない。むしろ命令なのであれば、堂々と行けるのだからありがたいことだ。

信之は、台場の後について格納庫の中へ入り、奥にある事務室で書類を渡された。

「じゃあ、頼んだぞ」

台場は書類を預けながら、信之の目をじっと見つめてきた。

気づかれているのだろうか、と信之は少し不安になったが、まあいいか、と開き直った。いつ死ぬかもわからぬ身なのだ。そんなことを心配しても仕方がない。

書類の持参を命じられた先――ベルリンとは、今まさに米英ソの部隊が競い合うように陥落を目指しているドイツ第三帝国の首都ではない。どうしたわけか、英国統治時代からドイツ人が経営する『ホテル・ベルリン』なる施設が、ペナン島の中央にそびえる丘――ペナン・ヒルの中腹に建っているのだ。

日本軍によるペナン島占領後、軍や政府関係の指定旅館として使われるようになったそのホテルへの来客は絶えて久しいが、ペナン島の軍政を司《つかさど》っている第十五根拠地隊の軍人や軍属が数名長期逗留《とうりゅう》し、実質的な事務所として使っていた。

そして、その『ベルリン』へ、これまでも信之は何度となく書類を届けに行かされたことがあった。訓練生という立場ゆえ使い走りをさせられる場面は多いが、同期生が命ぜられた時にも手を挙げて代わりに行くほど、積極的にその用事を引き受けていた。

そのわけに、台場大尉は気づいているのだろうか——。

一度は開き直ったくせに、また悶々《もんもん》としながら信之は自転車を漕《こ》ぎ進めていく。それが、戦争という巨大な愚行と悲劇の中であっても変わることのない、青春と呼ばれる年代特有の心の動きだとは、信之本人はもちろん気づいていない。

自転車は、異国情緒に満ちた街並みをすいすいと駆け抜ける。街は、陽光の下で白く輝いていた。信之は、このペナンが初めての海外である。生まれ育った山口県の田舎町と、予科練があった霞ヶ浦《かすみがうら》航空隊の周辺しか知らぬ信之にとって、英国風とマレー風の混淆《こんこう》した街の風景は、驚きの連続だった。ペナンに来て三ヵ月ほど。慣れてはきたが、まるで絵本の中にいるような違和感はまだ消えてはいない。

街は、平和である。少し前まで、陸軍憲兵の目を気にして控えめにだが、クリスマスや新年を祝う看板や張り紙、飾り付けが、街の至るところに見られたものだ。

その祝祭の雰囲気は、信之にとって好もしく思えるものだった。もう遥かな遠い過去に思えるが、実のところまだ両手の指で数えられるほどの昔、子どもの頃の正月は賑やかだった。憲兵隊が、祝い事をなぜああも目《め》の敵《かたき》にしているのか理解できない。

一月も半ばを過ぎて新年を祝う空気はもうほとんど消え去っていたが、信之が感じる寂しさは、そのことだけではなかった。次回のその情景、それがペナンだろうが日本だろうが、昭和二十年のクリスマス、そして昭和二十一年の正月を、自分が見ることはおそらくないのだろう。そう思うと、ひどく寂しくなるのだった。もちろん覚悟はしているつもりだが、具体的に考えると胃のあたりに縮むような痛みを感じる。

重い気分を振り払うように、ペダルを漕ぐ足に力を入れた。丘に差し掛かり、次第に傾斜の増す道を、立ち漕ぎで上っていく。

さすがに息を切らし始める頃、ホテル・ベルリンの、ベルリンというわりには英国調の建物が見えてきた。

エントランス脇に自転車を止め、笑う膝《ひざ》を無視して階段を駆け上がると、ガラスの嵌《は》められたドアをノックした。返事はない。数秒ほど待ち、ぎいい、と油の切れた音をさせて重いドアを押し開けた。軽く喉の調子を整えてから、暗い館内へ声を張り上げる。

「失礼します！」

できるだけ大きな声で、はきはきとした口調になるよう、信之は意識した。

「帝国海軍、星野二等飛行兵曹。第一三海軍航空隊司令、権田中佐へのお届け物があり、参りました。どなたかいらっしゃいませんか」

言ってから、どなたか、ではないなと苦笑した。信之が期待しているのは、ただ一人だけなのだ。

一、二、三……と心の中で数える。五まで数えた時、返事が聞こえた。期待は、裏切られなかった。

玄関に一番近い、ドアを開け放した部屋の奥から、軽やかに歌うような「はーい」という少女の声。日本語ではあるが、ほんの少し訛《なま》っている。

やがて、小さな人影がその部屋から走り出てきた。

扉を開けて立つ信之の後ろから射し込む光が、スポットライトのように玄関ホールを照らしている。その中へ飛び込んできた少女の金色の髪が、きらきらと輝いた。

敬礼をした信之は相手に聞こえぬように小さな声で、つい最近フルネームを教わったばかりの、彼女の名を呼んだ。ロッテ・エーデルシュタイン。舌が絡みそうになるが、それでも、美しい名だと思った。

「あ、星野さん、久しぶり。また来てくれたんですね」

鼻の高い、信之からみれば典型的な欧米人としか思えない見かけの少女。その小さな唇を震わせて、流暢《りゅうちょう》だが微《かす》かにイントネーションの異なる日本語がこぼれ出た。楽器の調べにも似た彼女の声を聞く度、信之は小鳥の囀《さえず》りを連想し、浮き立つような気分になる。

だが信之は、きわめて事務的な口調で用件を伝えようとした。

「ロッテさん、第十五根拠地隊の総務担当へ繋いでいただけますか。打ち合わせに来られている第一三海軍航空隊司令の権田中佐へお渡しする書類をお持ちしました」

結局、初めに彼女の名を口にした時点で声が震えそうになり、体面を保つことに必死にならざるを得なかった。

「はい、わかりました。わざわざ大変でしたね」

少女の大きな鳶色《とびいろ》の瞳に見つめられ、信之は動悸《どうき》が早まるのを感じた。必死でそれを気取《けど》られまいとしながら、答える。

「いえ、任務ですので」

自分で思う以上に堅苦しい口調になるのは、どこかしら緊張しているからだろう。それを軍人ゆえの態度として相手の少女は受け取ったらしく、深々とお辞儀を返すと、このホテル・ベルリンを実質的な事務所として使っている第十五根拠地隊の担当者を呼びに行った。

しばらくして現れた担当者は軍属の民間人で、丁寧に書類を受け取ると、またすぐに戻っていった。

用事はあっさりと済んでしまった。ロッテの姿はない。

ここへ来る度に彼女はお茶を用意してくれるのだが、呼ばれもしないのに居座るわけにもいかない。信之は肩透かしをくらった気分になった。

やむを得まい。これで今回のベルリン訪問は終了だ。次はいつになるのだろうか。ひょっとすると、これが最後になるのかもしれない。

ぐずぐずと逡巡《しゅんじゅん》した末に、失礼します、と声を発しかけた時、はたして願いが通じたのか、少女が再び部屋から顔を出した。

「星野さん、その……よかったらお茶でもいかが」

「いえ、任務中ですし」

いったん断ろうとしてみせたのは、毎度のポーズに過ぎない。もちろん、彼女にはお見通しなのだろう。本当にいいの？　という悪戯《いたずら》っぽい笑みを浮かべる。それもまた、毎度の儀式ではあった。

「じゃあ、少しだけ」

くだけた口調で言うと、ロッテも「こっち」と軽やかに信之をいざなった。

玄関脇の、彼女が出てきた部屋に通される。

正面の広い窓を通して、緑に溢《あふ》れた庭――庭というより庭園と呼ぶべきか――が目に飛び込んできた。その緑に反射した眩しい陽光が、天井の高い、開放的な室内を隅々まで照らしている。

この部屋には今まで何度か入れてもらったことはあるが、いつもならば奥のソファーに座り、静かに微笑んでいるホテルの支配人（きちんと聞いたことはないが、彼女の父親だと思っている）と、日本人の通訳の姿が見当たらない。どうしたのだろう、と思った次の瞬間には、この部屋に彼女と二人だけだという事実に思い至り、軽く慌てた。

先に信之を部屋の奥へ通したロッテが、後ろ手に扉を閉める。かちゃり、という小気味良い金属音が、どこか背徳的に響いた。

「あの、支配人は」

思わず、小声になる。このホテルに何人も詰めている根拠地隊の連中、特に軍属ではなく軍人に、この状況を気づかれると面倒なことになりかねない。

「軍の偉い人と、一緒にお出かけしたわ」

ロッテは、信之と二人きりであることをまるで気にしていないように、ごく自然に話した。年頃の男女二人が同じ部屋にいるという状況に、かくも過敏なのは日本人だけなのだろうか。

「それより、この前はありがとう」信之をソファーに座らせた後、サイドボードからティーカップを取り出しながら、ロッテは言った。

「え？」

「ほら、本を貸してくれたでしょう。宮沢賢治」

「ああ、すっかり忘れてた」

そんなことはなかった。信之は、よく憶《おぼ》えていた。正直なところ、信之に詩を読むような趣味はない。ただ、彼女から日本語の本を読みたいがまだ長い文章は自信がないと聞いて、台場大尉がそれを持っていたことを思い出し、必死に頼んで譲り受けたものだった。

「とっても良かった。日本語の勉強にもなったし」

ロッテは詩集を丁寧に本棚から取り出し、そっと信之へ渡した。「ありがとうございました」

詩集をポケットへ入れた信之は少し慌てて、話題を変えた。

「それにしても、日本語が上手いよね。話す分には、ほとんど日本人と変わらないよ。ドイツからペナンに来た後で覚えたって言ったっけ？」

前にも同じことを聞いているはずだが、ロッテは静かに微笑み、ティーカップに貴重品の紅茶を注ぎながら「そうよ」とだけ答えた。

「でも、お父さんは日本語話せないよね。いつも通訳の人が一緒だし」

「うん、ヘルマンさんは、話せないよ」

ロッテは、支配人のことは必ず、ヘルマンさん、と呼んでいる。自分の親なのにそうしているのは、日本語の使い方がまだよくわかっていないからだろうと信之は思っていた。しかし、これほど日本語が上達しているというのに妙ではある。そういえば彼女の母親らしき人を見かけたことはないが、どこにいるのだろう。

そんなことを考えながら、信之はティーカップを持ち上げたまま、正面に座るロッテの顔を見つめてしまっていたらしい。彼女は少し頬を赤らめ、「どうしたの」と聞いてきた。

我に返った信之は、取り乱したように席を立った。

「あ、ごめん、そろそろ戻らないと」

本当はもう少しいても問題はないし、せっかく入れてくれた紅茶ももったいないが、席を立ってしまった以上、また座るわけにはいかない。それに、いまの自分にこれ以上の贅沢《ぜいたく》は許されないような気がした。この土地に来て、彼女と知り合うことができたのは、そもそも何故か。自らが軍人であるという冷たい現実を、信之は今さらのように思い出したのだった。

「もう帰るの」

彼女がそう言ってくれただけで、満足だった。

立ち上がった信之の目を、緑の庭から照り返す光が射抜く。その白い光の中に、束《つか》の間《ま》の幻想を見た。いつか、この戦が終わった時。あらゆる幸運を味方につけた俺は、再びここへ戻ってくる。そして、彼女と暮らすのだ——。

「ちょっと待って」

ロッテの声が、妄想を破った。「これ、持っていって」戸棚から持ってきた紙袋を、彼女は差し出した。

「何、これ」

「お菓子。わたしが作ったの。隊の皆さんでどうぞ」

ロッテは袋に手を入れ、一つだけ取り出した焼菓子を、「先におひとつ」と信之に手渡した。

「あ、ありがとう」

人形の形をした亜麻色の小さな焼菓子を受け取る時、彼女の指が、軽く信之の指に触れた。痺《しび》れるような、電気が走ったような気がした。

焼菓子を、わざとおどけた仕草で厳《おごそ》かに押し戴《いただ》き、口に含む。笑うロッテの顔を直視できず、ちらりと見ながら、信之は心のうちで呟いた。ああ、彼女はなんという か、可愛い、うん。そして、この菓子はすごく美味《うま》い。

「これ、なんてお菓子?」

「レーブクーヘンっていうの。アーモンドとかシナモンとかを入れた生地を、好きなかたちにこねてから焼くのよ。いろんなの作ったから見てみてよ」

ロッテは袋の口を開けて、信之へ手渡した。たしかに中には、人形や星など、様々な形の菓子が詰まっている。

「あのさ」

できるだけ長く味わおうと思っていた菓子が口の中であっという間にとろけてしまうと、信之の唇から不意に言葉がこぼれた。まったく意識していなかったことなので、自分でも驚くしかなかった。

「なに？」ロッテが小首を傾《かし》げる。

「いや、その、今度さ」

何を口走っているんだ、俺は。

彼女は微笑んだままじっと待っている。その瞳には、期待の色が浮かんでいるのだろうか。もちろん、それを覗き込むことなどできはしない。

「い、いや、なんでもないんだ。ごめん。失礼します」

逃げるように部屋を出ると、ちょうど、紺色の九五式小型乗用車、通称くろがね四起がエントランス脇の駐車場から出ていくところだった。開いた窓から、権田司令の顔が見えた。

司令の視線と、信之の視線が交錯する。普通、航空隊司令ともなれば数百人もいる部下の顔などいちいち覚えてはいないだろうが、第一三海軍航空隊は小所帯ということもあり、権田司令は部下一人ひとりの事情をよく把握していると評判だった。

エントランスに立てかけておいたつもりが、いつの間にか風に倒されていた自転車を起こし、もらった焼菓子の袋を後輪の荷台に括《くく》り付ける。その様子を、玄関からロッテがずっと見ていることはわかっていた。振り返ってもう一度敬礼を送ると、信之は走り出した。

後ろで彼女がどんな顔をしているか気になったが、振り返りはしなかった。そのまま何の興味もなさそうに、室内へ戻ってしまっているようなら、とても耐えられない。

いまこの瞬間、少しだけ首を後ろへ向ければそれを確かめられるのだろう。だが、怖かった。今のところ信之にとって唯一の実戦飛行であるニコバル諸島強行偵察作戦に参加した時、英軍機に追われたことがあったが、それとはまた違う、しかし確固たる恐怖だった。

ペダルを漕がずとも加速していく丘からの下り坂、信之の心は千々《ちぢ》に乱れていた。爽快さを感じる暇はなかった。

やがて麓《ふもと》の森を緩やかにめぐる道に入り、ペダルに力を入れ始めた時、どこかから飛行機のエンジン音が聞こえてきた。

——あれ、今日は飛行作業はないはずだけどな。

本土空襲が始まる以前にペナンへ送り込まれ、実戦経験の少ない信之にとって、爆音すなわち敵襲を疑うということは第一の選択肢ではない。ここに台場がいれば、首根っこを摑まれ道路脇へ組み伏せられているところだろうが、信之はそのままペダルを漕ぎ続けた。

端《はな》から友軍機だと決めつけている信之にとって幸運なことに、実際その通りだった。

故郷とは異なる種類の緑色をした樹々。その樹叢《じゆそう》の、道の形に開けた空を、さらに濃い緑に塗られた飛行機が一瞬横切る。脚を出し、基地への着陸態勢に入っているのがわかった。

それは普段乗り慣れた一式陸攻だったが、予科練時代から鉄拳とともに刷り込まれた習慣で、信之は尾翼の機番を読み取った。

74番。あれ、あの機体は……。

一式陸上攻撃機二三丙型。長距離偵察任務用に一機だけ試作されたが実用化は見送られたため、試験機材を降ろして通常仕様に戻され、他の量産機とともに第一三海軍航空隊へ配備された機体だった。しかし試作改修時の作業に起因する不具合が多く、予備機として格納庫の奥に仕舞い込まれていたのだ。

長距離偵察作戦など、昨今の戦況ではそうそう実施されない。あるいは、帝国海軍がそのような作戦を実施することは、二度とないのかもしれない。

だが最近、シンガポールの基地から来たという技術者たちが何やら改修を行っていることないことを聞かないというのは、軍隊に入ってすぐに身体で覚えた鉄則である。もちろん、教えられないことを、信之は見ていた。詳しくは教えられていない。

好奇心はあったが、基地に戻れば誰かが噂《うわさ》しているだろう。

それよりも飛行機を見たことで、信之の心にはある思いが沸々と湧きあがっていた。

俺は、いつ死ぬかわからない身なのだ。悔いのないようにしなければいけないのではないか。

しかしその次には、また違うことを思う。

いや、やり残したことがあれば、そのために生き延びようとするはずじゃないか。

信之にとって、結局のところ死ぬ覚悟など、表向きのことでしかないのだった。何しろ、まだ十八歳なのだから。

二〇一八年二月

酸素マスクが降下してくる。それは映画でしか知らぬ事態であり、自分が実体験するなど、想像したこともなかった。だが、現実に目の前ではいくつもの酸素マスクが揺れている。案外安っぽいマスクなんだな、と拓海は奇妙なほど冷静に思った。

機内はざわついているが、この時点ではパニックというほどではなく、ただ何が起きているのかわからない混乱のほうが大きかった。人々の困惑が、恐怖の感情へと切り替わろうとする直前、機長からの放送が流れた。

『こちらは機長です。エンジンおよび操縦系統にトラブルが生じました。エンジンがすべて停止し、機体は滑空している状態です。姿勢は安定していますが、これ以上の飛行は不可能であるため、不時着を試みます――』

英語で行われた放送の内容を理解するのに普段よりも少し時間を要したが、その間に、かろうじて自分の為《な》すべきことを拓海は思い出した。いや、むしろ何かをしなくては恐怖に押しつぶされそうになるというのが、正直なところではあった。

乗客の全員が、英語を理解できるわけではない。それを訳して、伝えるのは自分の仕事だ。拓海は、自社のツアー客が固まっているとおぼしきエリアを確認した。シートベルト着用とはいうが、やむを得ない。そのあたりまで歩いていく。できるだけ落ち着いた様子になるよう、努力した。何も心配は要りません、皆さん落ち着いて――そう声を出しかけて、気づいた。

既に皆、落ち着いている。他のツアー団体からは、ちらほらと悲鳴が聞こえてくるが、どうしたことだろう、この人たちの落ち着きときたら。

理由はすぐにわかった。例の一人参加の老人が、年齢に見合わぬ機敏さで通路を動きまわり、皆に声をかけていたのだ。やはり年齢を感じさせぬ、落ち着いた声だった。

「大丈夫、下は雪原です。不時着の衝撃は吸収してくれるでしょう」

まるで経験したことがあるような口ぶりだが、それも皆を落ち着かせるためだろうか。

近くまで来て立ち止まった拓海に気づいた老人は、大丈夫だ、というように大きく頷いた。その顔を見て安堵《あんど》を覚えた自分を、拓海は情けなく思った。

機体の振動が、やや大きくなってきた。機首のほうが下がっている感覚がある。つまり、高度を徐々に下げているということだ。おそるおそる視線を向けた窓の外、白い大地は明らかに近づいており、氷原の起伏がより鮮明に見えた。

再び恐怖にとらわれ立ちすくんだ拓海は、肩をぐっと摑まれ、手近な席へ無理矢理に座らされた。

機体後部の席に一人でいたはずの、ベイカーだった。

「どうしたんですか。ちゃんと席に座っていないと……」

「俺なら大丈夫。ちょっとコックピットへ行ってくる」

「どうして？　あなたはスタッフじゃないでしょう」

「だが、オフィシャルな仕事だと言ったろう。まあなんというか、助言だよ」

それだけ言い残し、ベイカーは通路を前方へ歩み去っていった。制止しようとした客室乗務員へ、ポケットから何やら取り出して見せている。乗務員はおとなしく道を開け、ベイカーの姿はビジネスクラスとの間を仕切るカーテンの向こうに消えた。

彼はいったい何者なのか、気にはなったが、それを詮索《せんさく》している状況ではない。それからの二十分ほどは、人生で一番長い時間になった。

エンジンは停止しているものの、舵《かじ》は利くようで、機体は何度か向きを変えた。

『幸い、滑空して降りられる範囲に、現在は使用されていませんが、滑走路を併設したアメリカの観測基地がありました。そこへ着陸を試みます』再び、機長からのアナウンス。

この状況で幸いという表現を使ってよいものかどうかはわからなかったが、滑走路というからには、何もない氷原に降りるよりはましなのだろう。そうであることを祈った。

再び窓の外を見ると、さらに高度は下がっているようだ。通常なら空港に近づいてもう間もなく着陸するという時、意外なほど家々の細かな様子が見えるものだが、それと同じように、氷原の細かな凹凸まではっきり把握できた。

消失したエンジン音の代わりに、機体の周りを流れるごうごうという風の音が大きく聞こえる。やがて機体の下部扉が開き、着陸脚が降りる音がした。だいぶゆっくりとした、ぎこちない調子に感じられる。もしかすると、手動で降ろしているのかもしれない。

『まもなく着陸します。滑走路とはいえ、雪に覆われているため、通常のようなスムーズな着陸は困難です。胴体着陸と同じ姿勢を取ってください』

その放送を聞いて、勇敢にも、客室乗務員たちは通路の間を歩き回って頭を守る姿勢を実演した。もういいから早く席について、あなたもその姿勢を取らないと。拓海が近くにいた乗務員に声をかけると、強張《こわば》った笑顔で「仕事ですから」と気丈な答えが返ってきた。

だが、次に機長から業務連絡のような放送が入ると、乗務員たちもついに席へ戻っていった。

いよいよか。

拓海は、乗務員が実演してくれた通りにシートベルトを締め、頭を守るように手で覆うと、腰を折り、両足の間に頭を埋める姿勢をとった。

――ああ、畜生、俺の人生にこんな場面が残されていたとはね。これが最終章でないことを祈るけれど。

風切り音が、急速に大きく強くなっていく。悪魔の悲鳴のようなその音が最高潮に達した数秒後、ずしん、という腹に響く衝撃が、足元から伝わってきた。

＊

「くそっ」

衣笠が何かを呪うような声を上げ、伊吹は訊ねた。

「……やっぱり、駄目か？」

雪上車の中、ピューマAEのコントロール装置の前で、お手上げという仕草をした衣笠が頷く。

ドローンとの通信は、依然として回復しない。異常を起こした場合は自律飛行で戻ってくるはずなのだが、到着予定時刻を過ぎても、冷たく晴れあがった空には何の影も見えなかった。

半ばやけになり、適当に装置をいじっているとしか思えない衣笠へ、伊吹はなんとなく言った。「何が起こってるんだろうなあ」

「俺に聞くなよ」

その時、衣笠に代わって運転席に座り、二号車と無線で話し合っていた熊野が、二人に声をかけた。

「ちょっと、話を聞いてくれないか。鳥海も」

長々とベッドで横になっていた鳥海は、伊吹と衣笠がドローンの操作にあたっているため、さすがに起こされて助手席に座っていた。

伊吹と衣笠が、運転席のそばまで移動する。熊野は通信機からコードで伸ばしたマイクを運転席近くに置き、二号車も含めた全員と話ができる状態にしていた。

「全員に話があるんだが、いい知らせと悪い知らせ、どっちからがいい」熊野は真面目な顔で言った。

「そういうの、嫌な予感がするな。どっちも聞きたくない」衣笠が茶化す。

「ちゃんと聞けよ」

「だったら最初から、もったいぶった聞き方すんなよ」

「すまん。正しくは、悪い知らせと、ずっと悪い知らせがあると言いたかった」相変わらずにこりともせず、熊野が言った。

「……ろくなもんじゃないな」

「じゃあ、まず悪い知らせからいこう。ピューマAEについては、規定の時間を過ぎた。諦《あきら》めて、正式に喪失手続きを取ることになるな」

「まあ、仕方ないか」

伊吹はものわかりがよさそうに言いながらも、準備しなければならない膨大な量の書類を想像し、気が遠くなった。

「で、ずっと悪い知らせってのは」鳥海が促すと、少しだけ緊張した面持ちで、一拍おいて熊野は答えた。

「ドームふじ基地との交信も途絶えた」

「……どういうことだ」

基地と交信できないというのは、ドローンを失うのとはわけが違う。下手《へた》をすれば命に関わる。皆の間に緊張が走った。

冷静に説明する熊野の声にも、戸惑いの色が感じられる。

「俺にもまだわからん。電波状況が非常に悪いせいだと思うんだが……」

「大規模な太陽フレアが発生しているとか？」

鳥海が言った。太陽フレアとは太陽面における爆発現象のことであり、放出される高エネルギー荷電粒子が地球大気に到達した際には、通信障害を引き起こす場合もある。

「いや、少なくともここ最近は、その警報は出ていなかった。ただ、現象としてはそれに近いかもしれん。ドームふじ基地どころか、昭和基地や、諸外国の基地とも軒並み通じないんだ」

「通信機の故障……ってわけでもないんだな。昨日もチェックしたばかりだもんな」

衣笠の問いに、熊野は無言で頷いた。

「となると……どうする。ここはいったん、ドームふじ基地へ戻ったほうがいいと思わないか」伊吹は皆に問いかけた。

「しかし、ARP3の整備は、予定よりも遅れている。単純に太陽フレアの関係で通信が途絶しているだけなら、いずれ回復するはずだし、このまま計画を続行しても問題ないんじゃないかな」

熊野の言うことももっともだが、伊吹は危険な予感を抱いた。それは、大事故が起こる時のパターンではないか。

その話の間も、鳥海は助手席でヘッドセットを片耳に当て、何かしらの通信が入らないか注意し続けていた。繋がらないのは承知で駄目もとというのはわかったが、その様子からして、上手く行っていないのは明らかだった。

だがその時、これは、という表情になった鳥海が、急に通信機のダイヤルを調整し始めた。

「どうした、繋がったのか」誰よりも先に訊ねたのは、熊野だった。

「えーと、待ってくれ……違うな。ドームふじじゃない」

ヘッドセットを強く耳に押し当てながら、鳥海が小さく叫んだ。

「どこか、他の基地か？」と訊ねた伊吹に、鳥海が髭面を大きく横に振る。そして、戸惑ったような声で呟いた。

「これは……遭難信号？」

*

不時着した瞬間の拓海の記憶は、ひどく断片的だ。恐怖のあまり、脳が記録することをやめたのかもしれない。

着陸の衝撃は、明らかに通常よりも強かった。何度か機体がバウンドしたような気がしたのは、記憶が飛んでいるからではないだろう。その後は、時折ごつん、という抵抗を感じながらも、スピードはまるで緩むことなく、氷原を滑走していった。ああ、むかしスキー場へ車で行く途中、雪道で滑った時と似てるな……と奇妙なほど冷静に思ったのは覚えている。つい数十分前には永遠に続くと思っていた、自らを取り巻く日常が、非日常へと転がり落ちていく。

まったくブレーキの利く気配のない滑走が続き、しばらくすると、大きな破断音が不吉に響いた。機首ががくんと下がる。機首の脚が折れたことは容易に想像がつき、着陸に失敗した飛行機が炎上する映像を連想した。同じ思いに至った人は多かったらしく、機内のそこかしこから悲鳴があがった。その多くの人々と同じように、数秒後、拓海は自己防衛本能が機能している証しとして気を失った。

実際のところは、それほど長い間ではなかったのかもしれない。意識を取り戻した時、周囲は異様なほどの静けさに包まれており、その中で拓海は頭を抱え目を瞑《つむ》っていた。そっと開けた目に映るのは、床と、自分の靴だ。軽く足に力を加えてみると、その靴が動いた。良かった、足はきちんとついている。

次に、抱え込んだ膝に挟まれていた身体を持ち上げ、周囲を見渡してみた。まだぼんやりとしている視界に、機内の様子が飛び込んでくる。

埃《ほこり》っぽさを感じる空気の中、多くの者はまだ座席に蹲《うずくま》っていたが、何人かは頭を起こし、あたりを見回していた。やがて、ため息の重奏を経て、場違いなほどテンシヨンの高い拍手がところどころで上がった。

少し離れた席の、乗客の一人と目が合う。大企業の役付きだったという人物だ。目に涙を溜《た》めていた。それに気づいたらしい相手は恥ずかしそうに顔をそむけ、ハンカチを取り出した。何も恥じることはないですよ、と拓海は思った。自分自身、頰に湿り気を感じていた。

窓の外を見た。脚が折れているためだろう、翼は平常の着陸時よりも明らかに地面に近い位置にある。そしてその地面はどこまでも白く、常に細かな氷のかけらが巻き上がっていた。空は、飛んでいる時に見るのとはまた違った濃さの青だ。望んだわけではないが、いま自分は南極大陸にいるのだ。

だが、妙な感慨に浸っている余裕はない。為すべきことを為さねばならない。ツアーコンダクターとしての責務を果たすのだ。拓海はシートベルトを外して立ち上がった。

幸い、自社のツアー客は全員、怪我もなく無事だった。驚くべきことに、例の老人が今も皆に話しかけ、落ち着かせてくれていた。

他社の客にも、怪我人はいない様子だ。近くにいたアメリカ人のツアコンと、これからどうするか話し始めた時、放送が流れ始めた。機内の電源はまだ生きているらしい。

『こちらは機長です。大変ご心配をおかけしましたが、不時着に成功しました。ただし、着陸脚が破損したため、離陸は不可能です。ここで救援を待つことになります。遭難信号は既に発しておりますので、救援が来るまでしばらくご辛抱ください――』

機長の話は、水と食料は非常用に多めに積載しているので、節約すればかなり持つ、と続いた。拓海が放送の内容を翻訳し、自社のツアー客へ話して聞かせたところで、放送の続きが流れた。

『各ツアーのコンダクターは、ビジネスクラスにご参集ください』

拓海がビジネスクラスとの間のカーテンをくぐると、奥にあるコックピットのドアを背に、機長と副操縦士が並んで立っていた。拓海を含め、次々とやってくる各社のツアコンたちが、ビジネスクラスのシートに座っていく。ビジネスクラスのシートに座ることなど、ツアコンといえども滅多にないが、今は座り心地を味わう余裕もなかった。

全員が揃ったのを確認すると、機長が話し始めた。

「ご心配をかけて申し訳ありません。脚はともかく、なんとか機体を壊すことなく不時着に成功しました。怪我人はいなかったようで、何よりです。ここは、アメリカのプラトー基地という、現在は使われていない基地の滑走路です」

「こうなった原因は何なんですか」

着席したツアコンの間から上がった質問に、副操縦士が答える。

「まだはっきりとはわかりませんが……まず通信系統の一切が途絶しました。GPSも含めてです。これにより機位を喪失し、緊急手順に入ったところで、今度は電気系統がダウンしたのです。二重、三重の予備システムまで含め、電子制御を行っている部分のすべてです。エンジンはそれで完全に停止してしまいました。幸い、舵機《だき》は油圧によるマニュアル制御で動かせますので、滑空して不時着することができたわけです」

「全システムダウンなんて、あり得るんですか」

「予備システムまで含めて一斉にダウンするなど、通常はあり得ません。ただの整備不良や欠陥であれば、予備システムまで落ちることはないと思います」

「ならば、何らかのテロとか？」

「可能性はありますが、今は調べようがありません」

「乗客の中に犯人がいるとしたら」

「それなら、既に何らかの行動を起こしていると思いますが、それぞれのお客様の中に、怪しい人物はいますか？」

機長が逆に問いかけると、ツアコンたちはお互いの顔を見合わせながらしばらく考えを巡らせ、今のところはいないようだと口々に答えた。

「可能性は排除せず、慎重に行動するべきでしょうが、下手に疑心暗鬼になってもいけない。この状況で、我々に必要なのは、チームワークです。連帯を崩した集団を生かしておいてくれるほど、ここの自然は甘くはない」

機長のその言葉を補足するように、ごおっ、という突風の音がして機体がぐらぐらと揺れ、皆の間に怯《おび》えが走った。

気を取り直したように、また別のツアコンが言った。

「そうですね……。もちろん、全員で協調していかなければいけないのは理解しています。それにしても、離陸はできないとなると救援を待つしかありませんが、いつ頃になるんでしょう。通信系統もダウンしているんですよね？」

「はい。操縦系統がダウンするよりも先に、通信ができなくなっています。不時着時に遭難信号は自動で送出されていますが、伝わっているかはわかりません」

「じゃあ、我々がここにこうしているとは、誰も気づいていないかもしれないということですか」

「たしかに通信は途絶していますし、レーダーからも消失しているでしょう。ただ、決められた時間に戻ってこないことで、何らかの異常が起きたとはわかるはずです。その時点で、救難活動は始まるでしょう。あとは、我々を見つけてくれるまでにどれほどかかるかですね」

「通信は回復できないんですか」

「いろいろ試してはいますが……。原因がわからないのです。機器に故障はありません。外部に要因がある可能性が大きいです」

「外部？　電波障害などでしょうか」

ツアコンの一人が言うと、別のツアコンが「もしかして、太陽風による磁気異常とか。南極付近ではひどくなる場合もあると聞いた」と呟いた。

ああ、私も聞いたことがある、と何人かから声が上がったが、もちろん結論は出ない。それからは、当面の生活についての質問、というよりも協議へ移っていった。電気はどうなるのか、トイレは、食料は。いずれも、制限はされるが、節約しながら使えば一週間程度は凌《しの》げそうだということだった。

その期間を聞いた人々の反応は、まちまちだった。十分だと思った者。それしかないのかと思った者。

一週間。長いようで、短い時間だ。その間に、救援が来るだろうか。現代においては、難しいことではないようにも思える。しかし、飛行機が何の痕跡も残さず消息を絶ち、何年経っても見つからないこともあるのだ。ましてや、ここは地球上で最も文明から遠い土地である。

拓海の胸の中で、くろぐろとした不安の渦が大きくなり始めた時、機長がコックピットのほうを振り返って何やら声をかけた。少しの間、やりとりから意識をそらしているうちに、違う話題に移っていたらしい。

コックピットから、別の人物が姿を現した。

不時着を前に、カーテンの向こうへ消えた男――ベイカーだった。

「彼は、アメリカの政府機関の一員として、南極に滞在した経験をお持ちです。当面の我々のサバイバルには欠かせない人物です。この飛行機に乗ってくれていたのは幸運でした」

「機長のお知り合いですか」

「いえ……。先ほど、お申し出いただいたのです」

機長はそこで、皆へひと言、とベイカーを促した。

「ランディ・ベイカーです。以前、合衆国政府機関のメンバーとして、南極の基地にいたことがあります。今回この飛行機に乗り合わせたのは幸か不幸かわかりませんが、我々皆が無事に帰れるよう、全力を尽くしたいと思います」

控えめな拍手が上がる。皆、カーテンより後方に残している自分たちのツアー客のことを気にしていた。いい加減、乗客たちの心配も限界に達している頃だろう。

ベイカーもそれを察したようで、「ミーティングはいったん、中断しましょう。早く乗客の皆さんへ状況を説明したほうがいい」と宣言した。続けて、機長へ確認する。穏やかだが、有無を言わさぬ口調ではあった。

「皆さんをここへ集めて、まとめて説明しますが、いいですね」

「お願いします」

しばらくして、ツアー客全員が機体前部のビジネスクラスへ集まった。全員分の座席はないため、一部の者は通路に座り込んでいる。

機長と副操縦士、それに紹介を受けたベイカーが、現状と今後の見通しについての話をした。英語圏以外の国からの団体では、それぞれのツアコンたちが途中で適宜《てきぎ》通訳を行った。

説明の内容は、ミーティングの最後にベイカーから強く進言されたこともあり、先ほどの関係者向けのものとまったく同じだった。ライフラインが持つのはあと一週間という事実も正直に伝えられた。伝えてしまえばパニックを誘発するとして、ツアコンの中には反対意見を口にする者もいた。当面の間は伏せておいたほうがよいのでは、ということだ。しかし多数決により、情報に差異は設けないと定められたのだった。

拓海は、ツアー客たちがこの状況に動揺してチームワークが乱れる事態を恐れていたが、幸いそのようなことはなかった。取り乱したり、乗務員やツアーのスタッフに突っかかったりする者は一人もおらず、皆が現状を受け入れ、協調していくことに同意してくれた。この場にいる誰を責めたところでどうにもならないと、皆が理解しているようだった。

中でも、拓海のツアー客たちからは舌打ちひとつ聞こえてこない。その冷静さをもたらした要因の一つが、件の老人にあることは明白だった。

その老人は、落ち着き払った様子で、拓海が訳す説明を聞いている。まったくこの人ときたら、この状況でも、これほどの冷静さを保っている。心臓の病気のことが気になってこっそりと尋ねた時も、「問題ない。念のため薬はかなり多めに持ってきているからね。それよりも他の人たちの心配をしてくれ」と、平然と言われてしまった。

「通信が途絶して三時間。救援隊は、既に行動を開始しているとみて間違いないでしょう」ベイカーが、大きな声で皆を安心させるように言った。

それは確かにそうだろうが、我々を見つけられるかどうかはまた別の問題だ。拓海は思う。救援隊が万一来なければ……。その時に備えて、できることはあるだろうか？

水も食料も、さらに節約しなければならないはずだ。もっとも、水についてはあまり心配ない。いざとなれば、機体の周囲には有り余るほどの雪氷があるのだ。ただ、トイレはよく気をつけなければならない。トイレから混乱が始まるというのは、災害時の盲点だと以前にテレビで観たことがある。その時は本当に他人事でしかなく、そんな事態は嫌だな、などと漠然と思っただけだった。まさか自分が、しかもこんな地の果てでその状況に置かれるとは。

拓海は苦笑しながら、ふと窓の外を見た。猛烈な吹雪の合間にも、まれに風の止《や》む瞬間が訪れる。もはや滑走路なのか氷原なのかわからないが、とにかく飛行機の停止している平面から盛り上がった低い丘と、そこにへばりつくような、小さな建物が見えた。久しぶりに見る人工物だ。例の、プラトー基地だろう。案外近いんだな、と拓海は思った。そこには通信機があるかもしれないし、食料だってあるかもしれない。ちょうど、前方ではベイカーがその話をしているところだった。

「我々が着陸したのは（ベイカーは不時着という用語を使わなかった）、プラトー基地の滑走路です。ここはアメリカの基地でしたが、一九六九年に閉鎖され、今は無人です。ただし」ベイカーは強調するかのように、一拍置いて続けた。「無人とはいえ将来の再開に備えてメンテナンスはされており、緊急用の物資も備蓄されています」

一週間後には、そこへ向かう必要が出てくるかもしれない。手が届きそうなほど近くに見えるとはいえ、南極の中でも気象条件の厳しいエリアである。探索行に向かうとすれば、ベイカーを始めそれにふさわしい人間がいるはずだ。自分がそこに含まれることは、拓海には到底思えなかった。

一九四五年一月

夢を見ていた。時々見ることのある、それが夢だと自覚できる夢だ。

信之は、長い道を前に立ちすくんでいる。道は曲がりくねりながら、遠く山の彼方へ消えていた。小鳥たちの飛び交う空は青く晴れているが、山の向こうには雨の予感をはらんだ積乱雲が高く伸び上がり、その下層部は既に黒ずんでいる。

その道は、おそらく何かの婉曲《えんきょく》な比喩《ひゆ》だろうと、信之には想像がついていた。何もこんな面倒なことなどさせなくてもいいのに、と声にならぬ声で悪態をつくと、それまで一人だけだと思っていた傍《かたわ》らに、よく知っている少女の姿があった。

くすくすと手を口に添えて笑っている。慌てる信之の手をごく自然に取り、彼女は歩き始めた。

すると、彼女の進む先の黒雲が、まるで巨大な手で摑み取られたように、さっと掻き消えた。そして彼女はもう一度自分のほうを向き——。

大抵の場合は波に洗われる砂の城のごとく消えてしまう夢の記憶は、その日に限って顔を洗った後も、簡素な朝食を摂《と》った後も、澱《おり》のように信之の頭の片隅に残っていた。

最後にロッテと会ってから、もう一週間ほどが経つのに、彼女のことを思う頻度は増すばかりだった。ついには妙な夢まで見るとは、重症だなと信之は自嘲した。

もっとも、いつまでも夢の反芻《はんすう》ばかりしてはいられなかった。朝食後すぐに、信之を含む数名は、司令室へ出頭を命ぜられたのだった。

少し離れた事務棟へ朝の陽射しの下を歩いていくと、後ろから追ってくる足音があった。乾いた土に落ちた影が近づいてくる。

「星野、もしかしてお前も呼ばれたのか」

肩に手をかけられた。振り向くと、信之の目の高さよりも少しだけ下に、薄笑いを浮かべた顔があった。

「砧《きぬた》さん」

上等整備兵曹の砧彰吾《しょうご》は、一緒に飛ぶことが多いペア（通常は七人乗りの一式陸攻ではその七人全員をさし、台場大尉を機長とする一団を台場ペアと呼ぶ）の一人、搭乗整備員だ。

砧はペアの中でも口数が少なく、何を考えているのかわからない、信之が少しだけ苦手にしている人物だった。今も、口角は上がっているものの、どろりと濁ったような目は笑っていない。

「何事だろうなあ」

「そうですね」

それきり話が続かないことに困っていると、また後ろから小走りに追ってくる人物がいた。

「よお」

追い抜きざま、快活に笑いかけてきたのは、やはり台場ペアの一人、副操縦員の淀《よど》橋《ばし》飛曹長だ。

「淀橋さんも呼ばれてるんですか」

「後から高津《たかつ》も来る。台場大尉は先に行ってるらしい。だけど、渋谷《しぶや》と中原《なかはら》はどうも呼ばれてないみたいなんだよな」

皆、台場ペアの一員で、高津一飛曹は偵察員、渋谷二飛曹と中原二飛曹は機体中央と尾部にある機銃の銃手だ。

「何事だろうなあ」砧がまた同じことを、ぼそりと誰に言うともなく呟いた。

「まあ、行ってみればわかるだろう。ほら、走れ」

淀橋に嫌味のない口調で言われ、信之は走り出した。砧も渋々といった様子だがその後に続く。

少ない経験の中でも、いくつかのペアと付き合ってきたが、信之はこのペアが、嫌いではなかった。

事務棟の前では、先に着いていた機長の台場大尉が煙草《たばこ》をふかしていた。

「おう、来たか。高津は」

「すみませーん！」

息を切らしながら、高津一飛曹が駆けてくる。少し間の抜けたところのある彼にも、信之は好感を抱いていた。

「よし、入るぞ」

ペナンを母基地とする第一三海軍航空隊は、小所帯の訓練部隊ゆえ家族的な雰囲気ではあるものの、それでも司令の前に出頭するとなれば、下っ端の信之にとってそれなりに緊張する場面だ。ペアの仲間が一緒であることに感謝しながら司令室へ入った。

「台場以下五名、参りました」

整列した面々から一歩前に出て、台場が言う。全員敬礼をした。

「ご苦労。もうちょっとこっちへ来て、楽にしてくれ」

古いマホガニーの机の向こうで、肘掛《ひじか》け椅子に座る航空隊司令の権田中佐が、皆を招くように手を振った。頭はすっかり禿《は》げ上がり、カイゼル髭を生やしている。信之は権田司令を見かける度に、卒業した尋常小学校の校長先生を思い出す。

こうした場だから緊張はするが、普段の司令は気さくな人物で、信之のような下士官や兵にも「調子はどうだ」などとしばしば声をかけてくれていた。そのあたりからも、校長先生を連想してしまうのだろう。

司令室は、かつて大英帝国空軍が使用していただけあり、調度品は豪華だった。その中で権田司令だけが奇妙に浮いて見える。設備を持て余しているかのようなその姿は、西欧諸国から植民地を奪った後の日本を風刺する漫画にも似ていた。

全員が一歩前へ進んだところで、皆の顔を見渡し、権田司令は言った。

「諸君らに、特別任務を頼みたい」

司令の言い方はあくまで軽く、その次には、ちょっとそこまでお使いに行ってきてくれないか、とでも言い出しそうな調子だった。それもあって信之は初め、その意味を理解できずにいた。皆も同じだったのだろう。数秒ほどの沈黙の後で、ようやく「おぅ……」という、声にならぬ声が一同の間に流れた。

信之も、司令の言葉の意味がやっと腑《ふ》に落ちた。心を躍らせる。特別任務。単なる実戦ではない。特別なのだ。ついに自分にも、御国のために役立つ出番が回ってきたのだ。

「どのような任務でしょうか」

確認する台場の声にも、心なしか興奮が感じられた。

「うむ。帝国には、数少ないが同盟国が存在することは知っているな。誠に遺憾ながら、世界には我らの理想を理解してくれない国のほうが多いようだが」権田司令は皮肉めかした口調で言った。

「その、数少ない同盟国の一つは既に白旗を掲げましたが。残る一つも、風前の灯《ともしび》と聞いています」皮肉ならば台場も負けてはいない。昭和二十年の帝国海軍において、このような発言が許されることはある種の奇跡ともいえたのだが、その幸運な部隊にいる当事者たちにはそれを知る由《よし》もない。

「あまり大声で言わんほうがいいな。帝国海軍の基地とはいえ、陸サンの憲兵隊の目や耳がないわけではなかろう」権田司令は苦笑した。「その、まもなく地図から消え去ってしまいそうな国は、我が国よりも科学力の点では優れていることは知っているだろう。ただ、あそこまで遠い国と同盟したというのが、浅学な私には今ひとつ理解できんのだがね」

司令自身も、引き続き際どい発言を続けている。いったいこの話はどこへ向かうのだと、信之は戸惑っていた。

「ともかく彼《か》の国からの技術協力を得るために、このペナンを中継基地として何隻もの潜水艦が行き来をしてきた。つい数日前にも、また一隻、Uボートが入港したな」

「はい。入港した日に、港務部からの書類を、丘の上にいらした司令のところまで星野二飛曹に届けさせました」

「おう、そうだったな。あの時はご苦労」

権田司令は信之のほうを見た。信之は目礼しながら、司令のその仕草は少しわざとらしいなと思った。

「そのUボートに、高名な科学者が乗ってきたのだが、ペナンでフネを降りたそうだ。その人物を、ある場所へ送り届けてほしい。それが、君たちに頼みたい任務だ」

信之は落胆した。なんだ、それではただの運び屋ではないか。攻撃任務ではないのか。

「日本本土へ飛ぶんですか。しかし、それならそのまま潜水艦で行ったほうがよいのではないでしょうか。本土への飛行は、制空権を失った今では昔のようにはいきませんよ」

「いや、目的地は別のところだ。日本本土ではない。潜水艦にはドイツから日本へ届ける資材が積まれているため、そのまま本土へ向かわねばならん。なので、その学者先生は、ここから別行動せざるを得ないというわけだ。聞かれる前に断っておくが、ドイツの潜水艦が使えないなら代わりに我々のを出せば、というのは愚問だぞ」

「わかっております。無理ですな」

台場はため息混じりに言った。帝国海軍が合衆国海軍との決戦に向けて整備してきた伊号潜水艦隊は、その他多くの艦艇と同様、本来の目的とは異なる作戦へばらばらに投入され、磨り潰《つぶ》されていた。

それでも、すべての潜水艦が失われたわけではない。投入しようと思えば、できるはずだ。だが……。信之は推測した。万一作戦が失敗した場合、潜水艦一隻よりも一式陸攻一機の損害のほうがましだ。上層部がそう考えてもおかしくはないだろう。乗員数の面でも潜水艦の数十名と一式陸攻の数名といった差はあるが、この数年、個人の命の重さなど世界のどこに行っても羽毛ほどの重みもなくなってしまったのだから、そこはどうでもよいのかもしれない。

「そうそう、運ぶ対象はもう一名いるのを伝えておかねばならん」

権田司令が再び信之へ視線を向け、意味ありげな表情を浮かべた。何だろう。良い人だが気まぐれという、隊内で囁《ささや》かれている司令の性格を信之は思い出した。

「そのもう一人は、以前からこの島にいる。件の科学者と関係がある人物だ。だからこそ、その先生はここで潜水艦を降りたのだ。ちなみにその科学者の名は、ハインツ・エーデルシュタイン博士という」

……エーデルシュタイン？　まさか。

信之の脳裏に、丘の上のホテルの情景が浮かんだ。あの扉の向こうの、鳶色の瞳。

権田司令は種明かしをするような、どこか無邪気な顔をして言った。

「そう。ホテル・ベルリンのロッテ嬢だよ」

「彼女は、支配人の娘ではないのですか」

信之はつい口に出していた。それまでの会話は、権田司令と台場大尉がしていたものだ。部下の中でも最下級である信之が口を挟める場面ではない。台場は信之へたしなめるような視線を送ってきたが、そこに含まれる心配といたわりを、信之は感じた。

権田司令は、信之を叱《しか》るでもなく、穏やかに答えた。

「誤解している者も多いようだが、支配人は、ロッテ嬢を娘だと言ったことは一度もないぞ。支配人の名は、ヘルマン・シュルツ氏だ。一見、家族に見えるような振る舞いもしていたが、何らかの事情があったらしい」

信之はロッテとのやりとりを思い出した。

――そういえば、今まで彼女ははぐらかすような言い方しかしていなかった。

「彼女の名は知っているな？」

司令は信之に聞いていた。信之はまた別の覚悟を込めて、その名を口にした。

「ロッテ・エーデルシュタイン嬢です」

「そのとおり」

台場が、あらためて司令に訊ねた。「しかし、彼女と、その本当の父親というのはいったい何者なんですか。我々がわざわざ連れていく目的地というのは、どこなんでしょう」

運ぶのは俺たちなのだから、もったいぶらずにいい加減教えてくれてもよいでしょう、と台場の目は言外に物語っている。

権田司令は、少し間を置いてから答えた。

「……初めは他所《よそ》の部隊を回す予定だったらしいがね。うちにお誂《あつら》え向きの機体があるということを、大本営かどこか知らんが、気づいた奴がいるんだろうな。ろくに使いもせず、眠らせている長距離試作機。ちゃんと仕事をしてみせろというわけだ」

「長距離飛行が必要になるということですね。それで、今になってあの機体を整備させていたと」

「そうだ。少し長めに飛んでもらうことになる」司令はまだ、はっきりと目的地を言わない。

「長めというのは、どの程度でしょうか」

「そうだな……。戦争中でなければ、あの亜欧連絡飛行に成功した神風号のように、日本中から讃《たた》えられたかもしれん距離、そして行き先だ」

「それは残念ですな」諧謔《かいぎゃく》のこもった口調で台場が言った。

信之は、内心面白くなってきたと思っていた。それに、長く飛べば飛ぶだけ、彼女といる時間が伸びることになるのだ。潜水艦よりも飛行機を選んだ、どこの誰かも知らぬ作戦参謀に、信之は心の中で密かに感謝を叫んだ。

しかし、ペア全体に目を配らねばならない台場は、隣で困った顔をしている。どこまで飛ばせられるのか、技術的な問題はあるか、等など、機長として目を配らねばならぬ事柄は、信之には想像もつかぬほど多いに違いない。そしてその困惑は、飛行にともなう危険や恐怖をまだろくに知らぬ信之以外の、全員に共通する認識であるようだった。

戸惑う顔をざっと見回した後で、ため息をつくように権田司令は言った。

「そうくさった顔をするな。潜水艦が運んできた資材をドイツ海軍から受領する条件が、学者先生と娘の身を目的地へ運ぶことなんだ。二人がその場所で何をするか、それは私も聞かされておらん。だが一つ言えるのは、これは帝国の未来を救うかもしれない、きわめて重要な任務であるということだ。いいな」

「はい」全員が背筋を伸ばし、唱和した。中攻乗りとして、運び屋扱いをされることへの不満は消えぬとしても、彼らはやはり、不毛な任務であっても御国のためならば命を懸ける軍人であった。

「ではあらためて、どこまで飛べばよいか、ご命令ください」

直立不動の体勢を維持したまま、天井の一点を見上げ、台場大尉は格式ばって指示を乞《こ》うた。

権田司令もそこは慣れたもので、机の上で両手を組み直すと、厳かに言った。

「南へ、飛んでもらいたい」

その翌日から、長距離試作機、一式陸攻二三丙型を用いての事前訓練が始まった。燃料は、かつてないほど潤沢に使えた。中でも特に時間を割いたのは、未知の洋上を飛ぶための航法訓練である。

夜間の洋上飛行時には、天体を頼りに針路を決める天測航法が必要になる。主に航法を担当するのは偵察員である高津一飛曹だが、実戦では何があるかわからないため、偵察補助員を兼務する信之も一通りの技能を身につけることが要求された。

天体の高度、角度を測る六分儀の扱いは、難しかった。子どもの頃から星や宇宙に対して人一倍興味を持っていた信之といえども、今は星にロマンを感じている余裕などない。

「慌てなくていいぞ。何なら、もう一度同じ航路を飛んだっていい。何しろ燃料は満タンに入れてもらってるんだ」副操縦員席から淀橋飛曹長が言った。その右隣では、機長の台場大尉が前方を睨《にら》んでいる。

「こんな贅沢は久しぶりですなあ」偵察員席に座る高津一飛曹がのんびりしたことを言うと、「ドイツさんの手前、ケチなことは言ってられんのだろう」と皮肉めいた口調で、砧上整曹が暗い窓の外を見ながら返した。

信之は会話に気を取られていたため、天測の結果にもとづいて変針を伝えるタイミングがわずかに遅れた。

「あ……右五度変針でした、すみません」

台場が急ぎつつもわずかに操縦桿《そうじゅうかん》を倒し、機体が小さく傾いた。

「しっかりしろ！　実戦なら命取りだぞ」

温厚な台場にしては、珍しく鋭い口調の叱責《しっせき》だった。

その場の雰囲気を変えるように、淀橋が言った。「しかし、渋谷と中原がいないと、ちょっと寂しいもんですな」

一式陸攻二三丙型74号機は長距離飛行の軽量化対策として機銃を取り外しているため、今までのペアのうち二人の銃手は機を降り、今回の作戦には参加しないことになっていた。

「そうですねえ。それに、武装がないというのはなんとも不安ですね」高津が続けて言う。

「行き先が行き先ですからね。仕方がないでしょう」と、砧。

「あの二人がいないと、星野は一番下っ端に逆戻りだな」

淀橋が言うように、渋谷と中原は、信之と同じ二飛曹で年齢も近かったため、何かと助け合っていたのだ。

「まあ、二人がいても、下っ端扱いではありましたけど」

冗談めかして信之が言うと、機内に笑い声が満ちた。台場も、信之に笑いかけてきた。

このペアとなら、今はどんな任務でもこなせるような気がした。

出発直前に、最終の仕上げとして本番さながらの夜間訓練が行われた後は、まる一日の休養が命ぜられた。航空機搭乗員にはそのような贅沢が許されている。信之が初めてこの待遇を経験した時には、申し訳なくてかえって休んだ気がしなかった。何しろ、いまこの瞬間にも南方各地の山河で、海で、眠ることもできぬまま絶望的な戦を続けている将兵たちがいるのだ。

台場大尉に一度そう話したところ、「眠れ。死んでも眠れ。高価な飛行機に乗ることを許されたのだから、万全の体調で乗り込み、全力で戦う義務があるんだ」と諭《さと》されたことがある。台場のような考えをしない士官も多くいる中で、信之はこの人のペアで本当に良かったと思ったものだ。

熟睡はできないまでも、死なない程度に眠り、目覚めたのはもう午後の遅い時間だった。信之は下士官搭乗員の休憩室へ顔を出した。日中の飛行作業を終えた、台場ペア以外の搭乗員たちが集っていた。

台場ペアが翌日の朝、特別任務へ向かうことは、搭乗員たちの間では周知の事実である。部屋に入ると、皆の視線を一身に受ける羽目になった。

視線に含まれる感情は、様々だった。やっかみや嫉妬《しっと》、羨望《せんぼう》、あるいは憐《あわ》れみ。つい最近まで同じ部隊の一員だったのに、彼らとの間に、埋められぬ断絶が生じてしまったことを感じずにはいられない。

窓際の椅子に座ると、予科練の同期で、結局ここでまた同じ所属になった瀧田《たきた》二飛曹が近づいてきた。瀧田は、他のペアの偵察員をしている。厳しい訓練をともに耐えた仲間であり、櫛《くし》の歯が欠けるように同期生が戦死していく中では、大事な友人だった。

信之を見下ろした瀧田は、妙に得意げな顔をして言った。

「例の、『ベルリン』の娘だけどな」

嫌な予感がした。瀧田は悪い奴ではないが、いささか人の気持ちに配慮しない面がある。

「星野氏に、特別な情報を教えてやろう」

わざとらしくおどけた言い方が気に障《さわ》り、「いいよ、別に」と信之は顔の前で手を振って興味がないという仕草をした。

「無理するなって」瀧田はお構いなしに、にやにやとしながら話を続けた。「あの娘、何者だと思う」

「何者って……お前も聞いたのか。なんでも、ドイツの科学者の娘らしいな。あのホテルの支配人の娘じゃなかったんだな」

「そう。支配人の娘というのは偽装だった。それはともかく、ここからが本題だ」

瀧田は人差し指を立てると、一呼吸おいて言った。「彼女、ユダヤ人らしい」

「だから何だよ」

目の前の友人が、ひどく狭量な男に思えて、信之は体温が瞬時に上がるのを感じた。どうしてだ、瀧田？　友達だと思っていたのに。

「なあ、瀧田。あんまりユダヤ人がどうとか、言わないほうがいい」

「でも同盟国のドイツが、はっきり言ってるじゃないか。劣等人種だって」

無意識のうちに、信之は拳《こぶし》を繰り出していた。気づいた時には、派手な音とともに、椅子とからみあった瀧田が床に転がっていた。

「何しやがる！」

跳ね起きた瀧田が、殴り返してくる。すばやい動きに信之は不意をつかれ、無防備な頬をその前にさらけ出した。

今度は、信之が床へ伏せることになった。既に熱を帯びていた身体の中で、薪《まき》が一気に燃え上がったように感じる。全身を巡る血液が沸騰《ふっとう》していた。

「何を言ったかわかってんのか！」

自分の口と身体が勝手に動いているのを、頭の片隅にほんの少しだけ残った、冷たい部分が見下ろしているような気がした。友人を殴る痛みは、その小さな意識の欠片《かけら》に、深い傷として刻み込まれた。瀧田の唇が切れて血が飛び散るのと同時に、目に見えぬ血が、信之の心の中にどくどくと溢れていく。

休憩室にいた他の男たちは、信之と瀧田を取り囲みその様子を見守っていた。誰も止めようとはしない。彼らの目に浮かんでいる、暴力を求める暗い悦《よろこ》びの色を、信之はたしかに見た。

瀧田の何発目かが目の上に命中し、暗転した視界の中で星が瞬いた。反射的に殴り返そうとした時、誰かに後ろから羽交《はが》い締《じ》めにされるのを感じた。

誰か瀧田の加勢にきたのか、と身体を硬くしたところで、聞き覚えのある大きな声が耳元で轟《とどろ》いた。

「何をしている！　やめろ！」

台場大尉だった。「お前らに、そんなことをしている時間があるのか！」

大尉の腕に力がこもり、摑まれた肩が、瀧田に殴られた頬よりも痛んだ。ふっと魂が抜けるように、暴力への衝動が掻き消えていくのを感じた。目の前では、瀧田もうなだれている。

「……俺たちは、もう、次には会えなくなるかもしれんのだぞ」

腕をほどきながら、台場大尉は声の調子を落として寂しそうに言うと、信之たちの顔も見ずに部屋を出ていった。

それを見送った信之が部屋を振り返ると、瀧田がばつの悪そうな顔をして、同じように大尉を見送っていた。周囲の者たちも、顔を俯《うつむ》かせている。目が合った瀧田は、信之を睨みつけると、顔をそむけて行ってしまった。その一瞬、瀧田の瞳にうっすらと涙が浮かんでいるのを、信之は見た。

信之も、休憩室から表に出た。晴れ渡る空の下、少しだけ遠回りをして隊舎へ戻る。

衝動的な怒りは、完全に消えていた。瀧田はわかってくれただろうか。友人が、あのような偏見を抱いていることが悲しかった。

信之は、基本的に押し付けることも押し付けられることも苦手ではあるのだが、本人にはどうしようもない生まれや人種に関して、偏った思想を押し付けられるのは耐えられなかった。そうした考え方を持ち合わせてはいないのだった。

それが一種の頑固さであることは、自分でもわかってはいる。戦争がこの段階を迎える中、軍隊にあってそのような意識を守り続ける姿勢が、生きづらさに繋がることも。

だからといって、それを曲げてはならないことを、信之は幼いころより両親に教え込まれていた。信之の両親は、二人とも教師、それも特に進歩的と言われる教師であった。

両親は、実家のある山口県ではなく、今は広島市内の高等学校、女学校にそれぞれ勤めている。マリアナ失陥以来、東京など大都市への空襲が始まっていたが、軍都ゆえ徹底された防空態勢に敵も恐れをなしているのか、広島にはまだ空襲はないという。そのため、両親は家族や親類も広島市内へ呼び寄せていた。この特別任務で自分に万一のことがあったとしても、皆の身はとりあえずは大丈夫だろう——。

午前四時、東の空が微かに白み始めている。夜明けと呼ぶには、まだ早い時間だ。遠くから、こんな時間にもかかわらず祈りを捧《ささ》げるイスラム教徒の詠唱《えいしょう》が聞こえてくる。

格納庫前には、第一三海軍航空隊のほぼ全員が揃っていた。詠唱の向こうから、自動車のエンジン音が聞こえてきた。信之たちが送り届けるべき乗客が到着したのだった。

最近はほとんど出番のなかった、ドイツ軍から譲り受けた高官専用のメルセデス。いま使わずどうするとばかりに整備し直され、念入りに洗車された黒塗りの車体から、白い髭の、背広姿の男性が降り立った。年の頃は五十から六十といったあたりか。おそらくはこの男性が、ロッテの父親という科学者、ハインツ・エーデルシュタイン博士だろう。彼が車内へ差し伸べた手を取り、おずおずと降りてきたのは、ロッテ・エーデルシュタインだった。

信之は、幼い頃に絵本で見た、馬車から降りる西洋の姫君を連想した。ロッテの服装は冒険家のような黄褐色のシャツとズボンだったが、それでも、信之の空想の中で、彼女は純白のドレスに身を包み、足元には赤い絨毯《じゅうたん》が敷かれていた。彼女たちが歩いていく先に、自分がいることが誇らしかった。旅立つ姫君と老賢者を護《まも》る、五人の騎士。そんな妄想にかられる。

近づいてきたロッテは、信之に気づくとぱっと花が咲くような笑顔を見せてくれた。もちろん皆がいる手前、話しかけてくることはなかったが、それだけで信之は、この作戦で命を落としてもよいと思った。

権田司令に導かれたロッテと博士は、ずらりと並んだ隊員たちの前を、軽く頭を下げて挨拶《あいさつ》しながら通り過ぎ、格納庫の片隅に置かれた椅子に腰を落ち着けた。出発まではそこで休んでいてもらうことになる。

案内を終えた権田司令が、信之たちのところへ戻ってきて、声をかけた。

「さて、お客さんもいらしたことだ。準備にかかってくれるか」

はっ、と皆が格納庫の中の一式陸攻へ走り出そうとした時、台場が信之の最も知りたかったことを聞いてくれた。

「司令。できましたら、出発前に教えていただけますか。なぜ、我々を選ばれたのですか」

それを聞いた権田司令は、視線を一瞬だけ信之へ送った。その視線を受け止めながら、信之は思った。度々あのホテルを会議に利用している司令は、ロッテとも話をする機会があったはずだ。自分について、彼女が何か言っていたとしたら？　そして、自分のロッテによせる感情を知った司令は気まぐれに、このペアを指名したというのは考え過ぎだろうか。

もちろん、そんなことまでは訊《き》けない。

「君らが優秀だからだ。それ以上の理由はないよ」

権田司令は、相変わらず信之へ視線を送りつつ言った。「あとは……そうだな。失わせてしまった青春への、せめてもの償いと言うべきか。いや、それが償いになるのかはわからないがね。さあ、準備したまえ」

謎めいた回答に、台場はそれ以上食い下がりはしなかった。

「かかれ」

台場大尉の号令一下、信之たちは一式陸攻に駆け寄った。搭乗整備員の砧上整曹を中心に、エンジンや機体各部の点検作業を整備員から引継ぎ、最終点検を行うのだ。

機体に近づいたところで、他のペアの搭乗員も何人かそこにいることに気づいた。

整備員とともに車輪の点検をしていた瀧田が、信之の姿に気づいたらしく、立ち上がり近づいてきた。油にまみれた腕で顔の汗をぬぐったせいで、歌舞伎《かぶき》役者のような筋が頬についている。

「よお」

瀧田は、少し照れたような笑顔を見せた。

「おう」

信之も応じる。殴られた右頬が、少し疼《うず》いた。

「あのさ。昨日は悪かったな」

「……いや、俺のほうこそ、少し興奮しすぎた。すまなかった」

二人は笑いあった。

「その顔、歌舞伎の隈取《くまどり》みたいだぞ」

「なんだよ、せっかく整備してやってたっていうのに」

「ああ……ありがとう」

「なあ、気をつけて行ってこいよ。どこへ行くのかは知らんが。それと、姫をしっかり守ってやれ」

瀧田はおどけた調子で言うと、信之の肩を軽く叩《たた》き、小さな声で言った。「死ぬんじゃねえぞ。お前とは、靖国じゃない場所でまた会いたい」

「ああ」信之は、力強く答えた。それは、自分のためでもあり、友のためでもあった。

「借りは、まだ返しきってないからな」瀧田は笑って言った。

十五分ほどで、最終点検は完了した。車輪止めを外した機体を、搭乗員、整備員の総出で押していく。機体が格納庫前まで進んだところでいったん止め、全員が権田司令の前に整列した。休んでいたエーデルシュタイン親子は、招かれて司令の脇に立った。

権田司令が、いちだんと大きな声で話し始める。信之はまた、校長先生のことを思い出した。

「諸君らの中には、婦女子を飛行機に乗せて危険な旅へ送り出すこと、ここで言うわけにはいかんが、遠い、遠い場所へ送ることに、抵抗を感じる者もいるかもしれん。私も、率直に言えばそうだ。だが、これは帝国として為さねばならぬ、友邦《ゆうほう》への信義なのだ」

そしてその友邦は、まもなく滅びる。信之はもちろん口になど出さなかったが、おそらく同じようなことを考えている人間が、周囲には大勢いるに違いない。はたして、今さら守るべき信義などあるのだろうか。

「台場大尉以下の諸君の飛行が、後世に名を残すかどうかはわからん。しかし、たとえ後世の人々に記録として知られることがなかったとしても、少なくとも我々は記憶している。諸君らが、信義を重んじる大日本帝国と、帝国海軍を代表し、勇敢な飛行に挑んだことを」

おそらくは、記録など残らないだろう。万一失敗するようならば、なおさらだ。俺は、南方のどこかで名誉の戦死、ということになる。誰も、真実を知らないままに。信之は皮肉めいた気持ちになった。

――それでも、精一杯やるしかあるまい。

権田司令は言葉を区切ると、重々しく言い放った。

「『極号』作戦を発動する。かかれ!」

台場ペアの全員は一式陸攻二三丙型の機体へ駆け寄り、機体左側、日の丸の位置にある狭い昇降扉から順に機内へ乗り込んだ。信之も電信員席に収まると、通信機器のスイッチをひねり、準備を始めた。

やがて操縦席での準備作業を終えた台場は、再び昇降扉まで歩いていくと、ロッテと博士を機内へ招き入れた。手のひらを上に向け、いささか芝居がかった、執事のような仕草をしている。

「こちらの席へどうぞ」

信之の座る電信員席のすぐ後ろ、本来、離着陸時に機銃手が座る席へロッテと博士を案内した台場は、信之にさらりと声をかけた。

「星野二飛曹、ベルトの締め方を教えてさしあげろ」

「えっ」

戸惑う信之には構わず、台場は操縦席へ戻っていってしまった。

何はともあれ、ベルトの締め方を教えなければならない。信之は、席についたロッテと博士の横に立った。

「ああ、ええと、この金具をですね……」

ロッテの身体に触れぬよう、手を伸ばして席から垂れ下がったベルトを掴み、手渡す。それでも、微かに指が触れ合った。頬が熱くなるのがわかる。機内の薄暗さがありがたかった。

しかし、ロッテには日本語で伝えられるが、博士にはどうしたらいいのか。

信之の困惑を察したのか、ロッテが安心させるような口調で言った。「大丈夫、お父さんにはわたしから教えるわ。いろいろと準備があるんでしょ」

ロッテは自分の席を立つと、その後ろの博士の席の横でベルトを手に取った。

「あ、ああ……。ありがとう」

実際のところはもう準備は終わっているのだが、もちろんそうは言わなかった。

しばらくして、台場の声が機内に響いた。

「準備よろしいか」

「偵察員、準備よし」

「搭乗整備員、よし」

「電信員、どうか……電信員!」

「はいっ、電信員、準備よし!」

「了解。74号機、発進準備よろし」

台場が計器盤のスイッチを操作し、機外の整備員にサインを送る。

左右両翼のプロペラは緩やかに回転し始めており、その周囲にいた整備員たちが機体から離れていった。

「コンタクト」

副操縦員の淀橋が計器盤のレバーを引くと、プロペラがそれまでと異なる速さで回り始める。

「発動機一番、二番始動」

台場が足元のブレーキをそっと解除すると、一式陸攻の機体は静かに動き始めた。一列に並び敬礼で見送る他の搭乗員や整備員たちに、信之たちも答礼を返す。機体は誘導路をゆっくりと移動し、滑走路の端まで回り込んだところで一度停止した。台場が最後にもう一度確認をする。

オイル温度、エンジン排気温度、回転数、よし。

「行くぞ」

エンジンの轟音が一際大きくなり、機体が滑走を始めた。ぐんぐんと加速していく。遠く、格納庫前で一列に並ぶ人々は、手もちぎれんばかりに帽を振っている。

両翼に積まれた火星二一型発動機は、一基あたり離昇出力一八五〇馬力の全力を発揮し、一式陸攻二三丙型の機体を夜明けの大空へと引っ張り上げていった。小さな窓の外、樹々や建物があっという間に遠ざかる。

やがて、ぐんぐんと高度を上げる一式陸攻の濃緑色の機体を、昇り始めた朝陽が一瞬白く染めた。翼のジュラルミンが輝きを放つ。

機体が緩い旋回に入った。眼下のインド洋には、陽光を反射する、光の道ができていた。既に小さくなったペナン島に、滑走路と基地の建物がかろうじて見える。ふと、瀧田の顔が頭に浮かんだ。

——俺は帰ってくるよ。靖国じゃない場所で、また会おう。

二〇一八年二月

——まったく、なんで俺が。はあ、こんなところで。はあはあ、こんなことを。

地表すれすれを吹く強風に、雪氷が舞っている。それらはゴーグルの端から少しずつ貼《は》り付いては結晶を成長させ、視界を狭めていく。鼻と口を覆ったフェイスマスクの下では、鼻水が凍って息がしづらく、何より痒い。分厚いグローブをした手でマスクの上から鼻を搔くと、痒みが取れるどころかぴりぴりとした痛みが顔中を走った。

雪氷は、分厚いダウンジャケットにもまとわりつき、身体を動かすのにも重く邪魔になる。払い落とそうとして身震いしていると、それが寒さによる震えなのか自分でもよくわからなくなった。

——まったく、なんで俺が。

何度目になるかわからない、愚痴混じりの問いかけを頭の中で繰り返した。ここに至っても、本当の理由は謎のままだ。

拓海はベイカーと二人、不時着した飛行機から外に出て、閉鎖されたプラトー基地の建物へ徒歩で向かっているところだった。

基地の建物は飛行機から見える範囲とはいえ、当然ながら気軽なハイキングというわけにはいかない。何しろここは、南極高原の中央部。人類の観測史上最低気温を記録した土地なのだ。

見上げる空は、宇宙に繋がっているとしか思えぬ深い青色を見せている。しかしその下では、この土地に入ろうとするすべての生物を拒むような、力を抜けば簡単に飛ばされてしまう強風が絶え間なく吹いていた。

実際に、生物の影はどこにもない。ペンギンくらいいるのではと思っていたが、ペンギンの生息域は沿岸近くで、これほどの内陸部にはやってこないとベイカーが教えてくれた。そもそも、このあたりではウィルスさえ生きていけないという。

そのベイカーは、拓海の目の前を力強く進んでいる。ベイカーも拓海も、飛行機に積まれていた緊急用のオレンジ色をした防寒着を身にまとっているが、それでも袖口や襟元から忍び込む冷気に、もはや肌の感覚は失せ始めている。凍傷、という言葉が頭の片隅でずっと明滅していた。

ベイカーの大きな背中を、拓海は恨みがましく見つめた。

――あんたは前にも来たことがあるから平気なのかもしれないけど、俺はただのツアコンなんだぞ……。

眠れるだろうかと心配しつつも、疲労のあまり熟睡してしまった、不時着の翌朝。一週間後のタイムリミットに備え、すぐにプラトー基地の建物を調べることをベイカーは皆へ提案してきた。

少しでも早く、基地の状況を確認しておいたほうがいいのは道理だった。それに、基地には通信機が残されている可能性がある。

基地へ向かうのはとりあえず二名とされ、そのリーダーとして、ベイカーは自ら手を挙げた。もちろん、誰にも文句はなかった。

だが、ベイカーが相棒としてなぜ自分を指名したのか、拓海には未だにわからない。

人選が難しいというのは理解できる。機内の設備維持などを考慮すると、機長ほか乗務員を外へ連れ出すわけにはいかない。乗客の中にはハードなアウトドア経験のある者はほとんどいないようで、それならツアコンということになる。しかし、他社のツアコンの中には屈強そうな男がいたにもかかわらず、ベイカーはなぜか拓海を指名したのだ。信頼関係が大事だ、と機長たちには話していたらしいが、このツアーで知り合ったばかりなのに信頼も何もないだろう。

登山どころかキャンプすらろくにしたことがない、と拓海は（無理だろうなと思いつつ）ベイカーに伝えたものの、基地はすぐそこに見えているのだから大丈夫だ、ちょっとしたハイキングだよ、と笑って言い返されてしまったのだった。

分厚い飛行機の扉を開けて機外に出、すぐ後ろでまた扉が閉められた時、ベイカーの言葉は単なる気休めだったと気づいたが、もう遅かった。そして、数歩足を進めたところで激しく後悔した。

時に強く――それは考えていたよりもきわめて強く、物理的な恐怖を覚えるほどだった――吹きつける風の中、慣れない者には鎧《よろい》のように重く動きづらい防寒着をまとい、ひどく足を取られる雪氷の上の歩行を続けてきて、もう二時間以上が経つ。

どこまで歩いても近づいているように見えず、幻なのではないかと疑い始めていた基地の建物は、今ようやく現実の存在として目前にあった。悲鳴を上げている全身の筋肉を、あと少しだと騙《だま》し騙し、最後の数歩を進む。そしてついに、その建物の壁に、伸ばした手が触れた。だが、分厚い手袋をしていても凍傷になりそうなほど冷え切り、痺れた指に、ほとんど感触は伝わってこなかった。

「やっと着いた」

拓海が長いため息を吐きながら言うと、ベイカーは「安心するのは早い。これから入口を掘り出さなければ」とろくでもないことを言った。

ひと息ついてすぐ、雪に埋もれ、凍った基地への入口を掘り出す作業を始める。

基地の建物は、オレンジ色のコンテナをいくつも繋ぎ合わせたような構造になっていた。通常の、横から入るドアが開く深さまで雪を掘るのは困難なため、コンテナの上部にある非常用ハッチを探すことにする。

どのコンテナにもハッチはついていたが、ベイカーは、一つのコンテナだけ積雪量が少ないことに気づいたようだった。

「ここは掘りやすそうだ。雪が少ないのは、施設のメンテナンスに来た隊員が除雪したからかな」

少ないとはいっても、実際に作業に取り掛かると、持参した折りたたみ式のスコップを雪面に突き刺すには何度も力を込めなければならず、先ほどまでとはまた違う部分の筋肉を酷使することになった。

運動しているうちに、ダウンジャケットの中が暑く感じてきたものの、脱ぐわけにはいかない。体感温度がおかしくなっているが、周囲は気温マイナス四十度の世界なのだ。荒くなった息は、襟元をすぐに凍らせていく。時々首を回していないと、そのまま肌に貼り付いてしまいそうだ。

信じがたいほどの極寒の中、ひたすらに雪を除《よ》け、氷を砕き続ける。そんな苦行を、三十分以上は続けただろうか。

「見えてきたぞ」とベイカーが言った。さすがに疲れの色が感じられ、軽い調子はなくなっている。

ベイカーがスコップで指した先には、まだ厚さ数センチほど残っている氷のヴェールを通して、コンテナの屋根が見えた。その上に、人一人がくぐれる程度の大きさの、円形の蓋らしきものがついているのがわかる。非常用ハッチだった。

「鍵がかかっているんじゃないですか」

拓海はそう口にしてから、その台詞《せりふ》の恐るべき意味に気づいた。もし鍵がかかっていれば、ここまでの苦労が水の泡だ。

「大丈夫だ。解錠する道具はある」

いったいどんな道具なんだ、と疑問に思ったが、それを見る機会はなかった。ベイカーが最後の氷を割り、ハッチに取り付けられた、大きな金庫についているようなハンドドルを両手で回すと、わずかに動いたからだ。

「不用心だな。近くの基地まで二〇〇キロ離れているとはいえ」

少し意外そうに、ベイカーは両腕に力を込めた。防寒着越しに、盛り上がる力こぶが見えるようだ。

ぐっ……、という声にならぬ声が聞こえた後、ゆっくりとハンドドルが回り始めた。一回転したところで、がこん、という鈍い音がしてハッチが持ち上がった。ベイカーがそれを引き上げる。隣からそっと覗き込むと、開いたハッチの丸い形に、暗黒の空間がぽっかりと口を開けていた。

「本当に入るんですか」拓海は率直に恐怖を表現した。

「そのために来たんだ」

ベイカーは笑いも怒りもせずに言うと、フラッシュライトを取り出し、闇の中を照らした。光の束が、暗い壁面を撫でていく。

「何か見えますか」

「いや……。とりあえず、梯子《はしご》はある。降りるぞ。先に行くか？」

ベイカーが真顔で聞いてきたので、拓海はノーサンキュー、と両手のひらを相手に向け、首を振った。

「そうだよな」と久しぶりにベイカーは笑みを見せ、梯子に取り付いて姿を消した。

拓海は、暴力的なまでの風が絶えず吹き付ける建物の屋根に、一人残された。分厚いフードを通して、まるで悲鳴のような風音が聞こえてくる。

よく考えれば、不時着以来、常に誰かの姿がそばにあった。いま拓海は、南極に来て初めて、一人ぼっちになっていた。この世界の果て、人間が存在することを拒むかのような、敵意を剝《む》き出しにした土地に、裸のまま放り出された気分になる。日常の中で忘れていた、生物としての原始の恐怖。意識の奥底に潜むそれが、じわじわと心の表面に染み出し、黒く浸していこうとしている——。

突然、がっちりと腕を摑んで引き寄せられるような、力強い声がした。ベイカーだった。

「降りてこいよ。電気はつけた」

慌てて心にかかった靄《もや》を払いのけ、梯子に足をかけた。ハッチを閉めた途端に、悪魔の囁きのような風の音が弱まる。辛《かろ》うじて世界のこちら側に繫ぎ止められた気がした。

梯子を降りていく。既にベイカーの手で非常用電源が起動されており、室内には電灯がともっていた。暖房はさすがにつくはずもなく、室温は氷点下――それも室内とは思えぬマイナス二十度ほど――だが、外界に比べれば天国のようだ。

顔を手で覆い温めているうちに、凍った鼻水が溶けてくる。ようやく鼻で息ができた室内はひどく埃っぽかった。くしゃみを連発し、飛んだ鼻水が服の上でまた凍ってしまう。ひどい状況だが、今さらもう気にもならない。

黴臭《かびくさ》いのは気のせいだろう。そもそもこの環境では黴が繁殖することはないはずだ。それでも、長い間無人だった基地である。何か未知の生物がいたりしないだろうか。昔観たホラー映画を、嫌なタイミングで思い出してしまった。

ベイカーを見ると、顔をしかめている。やはり同じようなことを思っていたのかもしれない。

「どうしたんですか」

「いや……なんでもない」

ベイカーは、厳しい顔をしたまま、「こっちだ」と拓海を招いた。基地のコンテナ状の建物は、湾曲したコルゲート板で作られた通路で接続されており、それを抜けた隣の棟に通信室とおぼしき部屋があった。

昨今のデジタル機器に慣れた目からすると、いやに大きく古臭いデザインの無線機が、室内の片方の壁を占拠している。

「アマチュア無線?」拓海は昔、親戚の家でこれに似た機械を見たことがあった。

「そうだ」

「動くんですか」

「やってみよう。機材は昔のままだが、何年かおきに基地のメンテナンスはされている。観測隊が遠征中に遭難して、緊急退避することも想定しているんだ。だから、電気だってすぐに通じたわけさ」

ベイカーはそう言いながら無線機の前の椅子に腰掛け、机の奥の本棚を探した。

「……あった。これだ、操作マニュアル」

「操作の仕方を知らないんですか。元観測隊員なのに」

「あのなあ、アマチュア無線自体は今でも使われているとはいえ、この基地が閉鎖されたのは一九六九年だぞ。こんな古いタイプの無線機は使ったことがない。でも、今どきのハイテク機器より原始的な機械のほうが、こういう時は役に立つものさ」

マニュアルを開いたベイカーは、ツマミを回しつつ言った。既に無線機の電源は入り、何を表しているのかはわからないが、いくつものメーターの針が揺れていた。

「ハローCQ、ハローCQ、こちらはキロ・チャーリー・フォー……プラトー基地。誰か——どこの基地でもいい。どこかの観測隊、聞いていないか」

ベイカーはマイクへ呼びかけているが、小ぶりのスピーカーから流れてくるのはサーッという砂の流れるような音だけだ。

細かな調整が必要らしく、ベイカーはメーターをにらみながら、両手でツマミを少しずつ調整している。

「おかしいな……。まるで妨害されているみたいだ」

ベイカーは、ぶつぶつと小声で独り言を言っている。何も手伝えることのない拓海は、しばらく室内をぼうっと見回していた。

そのため、ベイカーが突然話しかけてきた時には、独り言の続きに聞こえて何を言っているのかわからなかった。

「……え？　何か言いましたか」

「おたくのツアーの、あの老人だよ」

「なかなかの人物だな。下手すればパニックになるところを、彼が上手く抑えているのがわかったかい」

「ええ、たしかに助かりました。あの世代の人は、こういう時に強いですね。さすがは戦争を経験してるだけある。……ああ、この言い回しは日本人にしか通用しませんか」

「あの老人だがね」ベイカーは、相変わらず無線機のツマミを動かしながら、何でもない調子で訊ねてきた。「他に人がいると聞きづらかったんだが、君の親類なんだってな」

――どうしてそれを知っているんだ。

拓海は凍りついたように動きを止めた。自分でも気づかぬうちに、身の上話でもしていたのだろうか？

ベイカーの言うことは、事実ではあった。あの老人は、拓海の大伯父、つまり祖母の兄なのだった。

遠くに独りで暮らしているため、親戚の集まりで何年かおきに顔を合わせるだけで、あまり深く話をしたことはない――その程度の関係だった大伯父から珍しく電話があったのは、半年ほど前だ。このツアーについて問い合わせる電話だった。

高齢者、それも持病のある人には少し厳しいツアーであることを伝え、一度は納得してもらったかに思えたのだが、数週間後、課長に呼ばれた拓海は参加者名簿の中にその名を見つけたというわけだ。

名簿の備考欄には「役員関係」の文字があった。役員経由での特別扱いの申込だという意味だが、大伯父が自分の会社の役員と何か繋がりがあるとは、聞いたことがなかった。それにしても、そこまでして参加したい事情があるのだろうか？

もはや断りようもないが、とりあえず電話をかけると大伯父は、心配は無用、特別扱いもしてくれるな、と穏やかだがきっぱりとした口調で言った。

一人参加の高齢者相手に、身内だろうがそうでなかろうが、特別扱いしないわけにもいかないんだけどな、と内心で拓海は途方に暮れたものだ。結局、参加の理由は聞きそびれたままだった。

「彼から、何か聞いていることはないかい」

ベイカーは、視線を無線機へ向けたまま、さらに聞いてきた。

「何をですか」

「南極について、大事なことを」

――おいおい、何の話だ？

拓海にとって大伯父は、法事の席で静かに微笑み、お茶を啜《すす》っているだけの、無害な人物でしかない。そんな老人が、何かの秘密を握っているとでもいうのか。妙な冗談としか思えなかった。

だが――。仮にそうだとしたら、ベイカーはそれを知るために、自分へ親しげにアプローチしてきたとも考えられないだろうか。不時着は想定外だったろうが、それでも目的を果たすため、あえて二人きりになろうとして、自分をここへ連れてきたのではないか？

拓海はそこまで考えを巡らせた末、いやいや、まさかと首を振った。

しかしその間も、ベイカーは返事を待っているのか、じっと拓海のことを見つめていた。拓海が誤魔化すような、曖昧な笑みを返した時、不意にスピーカーからそれまでと違う、きゅるきゅるという雑音が響いた。二人してスピーカーへ顔を向ける。

『キロ・チャーリー・フォー……こちらはエイト・ジュリエット・ワン……日本南極観測隊。そちらからの信号を受信した。交信はできるか。どうぞ』

思いがけず流れてきたのは、ぎこちない英語だった。ベイカーは拓海に、隣に座ってくれ、と身振りで示した。相手が日本人で、それほど英語が達者ではなさそうであることから、拓海に話させようとしているのだとわかった。

意図を理解した拓海が着席すると、ベイカーはマイクのそばにあるボタンを指差した。

なるほど、これを押しながら話せということか。

「ええ、こちらは……」

＊

「これ、どう思う」

通信機から振り返った衣笠が、皆へ訊ねた。

スピーカーからは、ノイズ混じりの声が繰り返し英語の呼びかけを続けている。

『ハローCQ、ハロー……こちらはキロ・チャーリー……基地。誰か……の基地でも……どこかの観測隊、聞いて……』

その声に耳を傾けた伊吹たちは驚きのあまり、何も口にできないままスピーカーを見つめていた。

通常では起こり得ぬであろう出来事が、相次いでいる。ドローンが行方不明になったかと思えば、基地との交信ができなくなった。そして他の周波数をサーチした時、一瞬だけ受信した遭難信号らしきものは、ノイズの中に消えてしまった。本当の遭難信号ならば大変なことだ。伊吹たちは交代で通信機に貼り付き、再び信号を拾う努力を続けていたのだ。

そして今は、衣笠が通信機の前に座り、十数分ほどしたところだった。

先方からの呼びかけが途切れてしばらくし、我に返った衣笠が「キロ・チャーリー・フォー……こちらはエイト・ジュリエット・ワン……日本南極観測隊。そちらからの信号を受信した。交信はできるか。どうぞ」とあまり上手くはない英語でマイクへ話しかけると、今度は日本語が流れてきた。

『……こちら……ンタス……チャータ……不時着……ラトー基地……』

伊吹たちは顔を見合わせた。これは明らかに、遭難だ。

だが、さらに状況を訊ねる衣笠の声は、はたして伝わっているのかいないのか、スピーカーから流れる途切れがちの音声に変化はない。

「こちらの電波を、上手く受信できていないのかもしれん。出力もひどく低いようだし、向こうの通信機の問題かな」

「でも、飛行機に搭載している通信機だろう？」

「待て……」途切れがちなスピーカーの声をメモしていた衣笠が言った。「断片的だが、わかってきたぞ。向こうは、南極観光のチャーター機で、日本人もいる」

「そうなのか」

「彼らが不時着したのは、南極高原の中央、今は閉鎖されたアメリカのプラトー基地付近のようだ。どうやら、基地に残されていたアマチュア無線機を使っているみたいだな」

「飛行機の通信機が使えないってことか。不時着時に故障したとか？」

「その可能性はある」

「プラトー基地というと……」鳥海が地図を広げ、南極高原のあたりを探す。「ここか。案外近いじゃないか……まあ、南極的規模として近い、ということだが」

「救援に向かうべきじゃないかな。ＡＲＰ３の整備は後回しだ。プラトー基地へ直接向かうルートなら、クレバスとは関係ない」と言う伊吹に、皆が頷く。ただ熊野は、反対するわけじゃないが、と前置きしてから懸念点を口にした。

「問題は、たった二台の雪上車が行って何ができるかだ。観光チャーター機なら、それなりの数の乗客がいるだろう。全員を乗せて帰るなんてできないぞ。そもそも、そこまで行ったら帰りの燃料がなくなる」

「まあ、それはそうだが……。ドームふじ基地に連絡がつけば、救援部隊を送ってもらえるのにな」

残念そうに言う鳥海に、衣笠が答えた。「いったん基地に帰るなんて悠長なことはしていられんだろう。不時着地点へ向かいながら、ドームふじ基地を呼び続けるしかない」

その時、伊吹の頭に閃《ひらめ》くものがあった。「こうしたらどうかな」

皆の視線が、伊吹へ集中する。

「二号車に、ドームふじ基地へ戻れる最低限の燃料を残して、あとはこの一号車へ移すんだ。そして一号車だけでまずは救援に向かい、二号車は基地へ戻り、直接救援要請をする。それから二号車は他の雪上車を連れて、一号車の後を追う。ARP3のために運んできた航空燃料や資材はここへ一時的に置いていけばいい」

「全員を雪上車に乗せられない問題はどうする」熊野が訊ねる。

「一号車が行く時点では、皆を乗せる必要はない。とにかく姿を見せて安心させることが大事だ。二号車と救援隊が着くまでは、プラトー基地を避難場所としてもらえばいい。緊急用に最低限の設備が維持されているはずだからね。この無線通信が何よりの証拠さ」伊吹は答えた。

「その案でいいと思う。どうかな。他に異論はない?」

衣笠が全員を見回す。熊野も大きく頷いていた。「いいと思う」

よし決まりだ、と衣笠は手を打った。一号車に乗っていくのは衣笠と伊吹の二名にすることも話し合って決めた。二人だけではリスクもあるが、急病人など、一部の乗客だけを先に連れていく状況を想定し、少しでも車内のスペースに余裕が出るように、という理由だった。

プラトー基地までは直線で約二〇〇キロ。到着までは急いでも三日程度はかかると見積もられた。途中、補給ができるような他国の基地は存在しない。

＊

拓海は、サーッと砂の流れるような音だけを発している古い型のスピーカーを、じっと見つめていた。数分間、激しいノイズに苦しめられながらも、日本の南極観測隊を名乗る相手にこちらの状況は伝えられたと思う。しかし、唐突に切れた交信は二度と繋がらなかった。

「話はできたのか」ベイカーが尋ねてくる。

「途切れがちでしたが、こちらの窮状を伝えることはできたはずです」

「それなら、救援は期待できるか……。だが」

ベイカーはおもむろに立ち上がり、続けて言った。「救援がいつ来るのかまでは、わからないんだろう？　念のため、使える資材や燃料がないか、基地の中を調べてみよう」

「いいんですか、勝手に」

「この緊急時だぞ。それに、俺はオフィシャルな職業だからな」

オフィシャル、か。聞くならこの機会だと、拓海は思い切って訊ねた。

「その、オフィシャルってのはどういう意味ですか。公的機関といってもいろいろありますよね」

「まあ、政府関係」

実に曖昧な、どうとでも取れる返答だった。やはり、詳しく話す気はないらしい。

通信室を出ていこうとするベイカーに、慌ててついていく。建物の中とはいえ、一人になるのは気が進まなかった。

電灯のない、暗い廊下を進むベイカーの手元から伸びたフラッシュライトの光が、壁や床のあちこちを撫で回している。それは何かを探しているようでありながら、襲ってくる得体のしれぬ何者かを警戒しているような動きでもあった。拓海の脳裏に、またしても映画の場面が浮かんできた。

——まいったな、思い出さないようにするほど、かえってリアルに思い出す。

考えてみれば、ホラー映画にはお誂え向きのシチュエーションだ。南極の、放棄された基地に二人きり。先に殺されるのは、いかにも役に立たない脇役の俺のほうだな、などと考えてしまう。

通信室のある建物から通路をくぐり抜けていくつかの建物を調べたが、いずれも研究棟だったらしく、古びた実験機器しか残されていなかった。

「ここは……管理棟か」

次の棟に入るドアの表示を見たベイカーが言った。「ここなら、何かしら使えるものがあるかもしれん」

拓海は、不意に嫌な予感を覚えた。だが、この先には進まないほうがと口にしかけた時には、ベイカーはドアノブを引いていた。分厚いドアが少しだけ開き、中の空気が流れ出す。通路側の空気と同様、冷え切っていることに変わりはないものの、奇妙な温度差を感じた。そして、さらなる違和感が鼻の奥にやってきた。

「何か臭いませんか」立ち止まったベイカーに、拓海は声をかけた。

「ああ。これは……」

ベイカーは何か口にしかけたが、拓海はそれに気づかず、被せて言った。

「ここ、しばらく使われていないんですよね」

「閉鎖されたのは一九六九年だが、定期的に点検には来ているはずだ」

そう言いながら、ベイカーは覚悟を決めたようにドアを大きく開き、フラッシュライトの光をその中へ導いた。

ベイカーの肩越しに、それが見えた。

初め、拓海の視覚は、ダウンジャケットを着た古いマネキンが横たわっている、とそれを認識した。しかし、やがて思考回路のチェック機能が疑問を呈し始めた。

ここは南極である。なぜマネキンが存在するのか。なぜマネキンなのに茶色く干からびた肌をしているのか。その乾ききった肌の茶色は、どこかビーフジャーキーを思わせた。

ずいぶんと長く感じたが、要したのは実際のところほんの数秒だったろう。拓海の脳は最終的に、いま視界に入っているものを正しく認識した。

それは、ミイラ化した人間の死体だった。

その顔は干からび、眼球も失われていたが、おそらく男性だとはわかった。半開きの口は、最期の瞬間に何かを発しようとしていたのかもしれないが、それが呪詛の言葉なのか、あるいは福音なのか、もはや知るすべはない。

自分でも意外だったが、拓海は悲鳴を上げることも、取り乱すこともなかった。圧倒的に凶暴な大自然の中で、日常とかけ離れた風景を見続けていると、やはり日常とかけ離れた死体などを見ても動じないようになるのかもしれなかった。

「あのう」

拓海はベイカーに声をかけた。オフィスにいて、パソコンの操作にわからないことがあるからちょっと教えて、という時のような、普通の声になった。

「これ、死体ですよね」

「ああ、死体だな」

ベイカーの声は落ち着いて聞こえはしたが、少しだけ混乱している様子も感じられた。

「死体が、どうしてこんなところにあるんですかね」

自分の声が、やけに乾いて聞こえる。

ベイカーは、少し間を置いて返事をした。「……さてな」

「この基地の観測隊員でしょうか？」

「違うな」

断言するベイカーの口調が気になって、拓海は訊ねた。

「どうしてわかるんですか。たしかに、ダウンジャケットにはワッペンの類はついていないですが」

「いや……。まあ、この基地を引き揚げる時に誰かを置いていったなんて、聞いたことがないからな」

「じゃあ、僕らと同じように、外からやってきたってことですか。遭難者ですかね？でも、南極で行方不明者なんていたら、すぐにわかりますよね。この大陸にいるのは、観測隊の隊員だけでしょう」

「俺たちみたいな例はどうなんだ」

「観光の民間人ってことですか？　でも、観光客がたった一人でこんなところには来ないでしょう。いや……登山家とか冒険家って可能性はあるか」

拓海は一人で考えを巡らせ、結局自己完結した。「でも、南極に来るような冒険家なら、誰かしら支援者がいるはずですね。死体を放っておかれることはないか。どう思います」

「俺にはわからんよ」

死体を見つけてからのベイカーの表情には、今まで見たことのない厳しさが浮かんでいる。まあ、人が死んでるんだものな、当たり前かと拓海は納得した。

黙り込んだ拓海に気を遣ったのか、ベイカーは口調をあらためて言った。「俺たちだって、下手をすれば彼のようになりかねないんだ。大事件ではあるだろうが、今は俺たちにも余裕がない。彼には申し訳ないが、後回しにさせてもらおう」

それからベイカーは、一応記録しておこうと言ってポケットから取り出したスマートフォンで写真を撮ると、「行こう。隣は倉庫のようだ」と通路を先へ向かった。死体など見慣れているかのような落ち着き具合だったが、拓海自身もそれほど驚いていないのだから、おかしくはないと思えた。

ベイカーに続いて部屋を出た拓海は、ドアを開けっ放しにしてきたことを思い出した。なるべく死体を見ないように、視線をそらしつつ部屋に戻る。その時、死体の向こう側に、何かが落ちているのに気がついた。

死体からなるべく距離を取りながらしゃがみ、手を伸ばす。ミイラ化してくれていたお陰というのも変だが、強い臭いはなく、気味の悪さもそれほどではなかった。

拾い上げたそれは、小型のデジタルカメラだった。

――死んだこの男のものだろうか？

「おおい、どうした。行くぞ」

ベイカーの訝しげな声が通路を戻ってくる。

「ああ、すいません。今行きます」

拓海はデジカメをポケットに突っ込むと、部屋を出ていった。

「何をしてたんだ？」

「いや、その……遺体に祈りを」

手を合わせてみせると、ベイカーは「いかにも日本人だな」と言い、それから何かを呟いた。

それは「ありがとう」と言ったようにも聞こえたが、聞き返すわけにもいかず、そうしているうちに拓海はデジカメのことを言いそびれてしまった。

＊

救出に向かった初日は、気象条件や雪面の状態にも恵まれ、約九〇キロを走破した。その間も、伊吹と衣笠は交代で通信機へ向かい、自分たちの基地や遭難者と交信する努力を続けていた。

しかし、その努力が報われることはなかった。基地との通信は、昭和基地や諸外国の基地も含め一度も回復せず、不時着機——実際にはプラトー基地の設備から届いていた電波も、いくらその周波数に合わせたところで入らなくなってしまった。

そして、ついには二号車との交信も不能となった。

「どうなってんだ？　こんなことってあり得るか」

いつも楽天的な衣笠の口調に、焦《あせ》りがみられるようになっていた。それはよくわかる。伊吹も、得体の知れぬ恐怖を感じていた。何か、自分たちの力ではどうにもならない圧倒的にネガティブなものが、この広大な、白い大陸を覆いつつあるような気がする。

伊吹は、窓の外を見た。白夜の時期が終わったのはつい最近で、夜になってもしばらくの間は薄明るい。今はようやく、本当の暗い夜が訪れ始める時間帯だった。日中は陽光に照らされた氷の結晶——ダイヤモンドダストが舞い散っていた窓ガラスに、今は自分の顔が映っている。

老けたかな、と思う。本当に遠くまで来たものだ、とも思った。物理的に遠いということだけではない。遠い遠い昔、まだナイーブで柔らかな心を大切に抱えていた日々との、時間的、精神的な隔たりを、この瞬間伊吹は深く理解した。

不意に、子どもの頃の思い出がよみがえってきた。好きだったもの、漫画、音楽。そして、それらにまつわる様々な事柄。

小学生の頃、隣のお兄さんの車――赤いホンダ・プレリュードだった――に乗せてもらうと、いつもユーミンの歌がかかっていたっけ。それを聴きながら夜の道を走る時は、ちょっと大人になったような気がしたものだ。

もう、あの頃思い描いていた「大人」よりも、だいぶ上の年齢に達してしまった。あのお兄さんとはすっかり会わなくなってしまったけれど、元気でいるだろうか。彼だけではない。あの少年の日々、周囲にいてくれた人々は、自分がこんな地の果てで、こんな状況に置かれていることなど想像もしていないはずだ。

二年ほど前まで伊吹は、自分はありふれた存在でしかないと思っていた。ごく平均的な、四十代のくたびれかけたサラリーマン。人生の双六《すごろく》をここまで歩んできた者の多くがそうであるように、今後も代わり映えのしない日々が続くことを疑っていなかった。

大学の工学部を卒業した後、中堅だが特定の商品に強みを持つ機械部品メーカーに就職し、技術者としてキャリアを積んできた。その間、同じ会社で事務をしていた女性と結婚し、子どもも二人でき、気づけば四十歳を過ぎていた。地道に、コツコツと、派手なことはせず、為すべきことを為していく。伊吹が人生と仕事に望んでいたものは、それだけだった。

もしかすると、妻はそんな自分に、少しずつ不満を溜めていたのかもしれない。子どもたちが寝静まった後の、ペンダントライトだけが灯《とも》ったダイニングテーブル。遅い夕食を摂る伊吹に、キッチンで洗い物をしながら妻は言った。

『開発部の中村《なかむら》さん、課長になったんですってね』

『よく知ってるね。誰から聞いたの』

『同期の船井《ふない》さん。彼女も辞めちゃったけど、今でも会社に残ってる他の同期と連絡取りあってるの』

『ふうん』

話しながらも視線をテレビのスポーツニュースへ注ぎ、冷凍の唐揚げをビールで流し込む伊吹は、妻の乾いた眼差しに気づかなかった。いや、あえて気づかぬふりをしていたのかもしれない。

伊吹の会社で年齢相応の出世をしていれば、もう少し余裕のある暮らしができるはず、旅行も外食も、今ほど我慢する必要はないはずだと、妻は知っていた。育児休業を取ることなく退職した妻は、在職中は人事部にいたからだ。

妻の気持ちも、わからなくはなかった。自分にはおそらく、世間一般が男に要求するものの一部が、欠落しているのだ。平均的と自分で思っていても、どうやらそうでもないらしい。

仕事にはこだわるが、マネジメントには興味を示さず、おそらくは今以上の高みへ上ることはなさそうな、先の見えた中年の技術者——それが、伊吹に対する会社、もしくは世間一般の評価と思われた。

そんな人生の袋小路へ迷い込んだ四十男の前に、二年前、突如として分岐点が出現した。

その日の朝、出社してすぐ、伊吹は課長に声をかけられ、会議室へ連れていかれた。評価面談の時期ではないはずだがと訝しむ伊吹の前で、課長の口から出てきたのは、その存在は知っていても、自分の住む世界と重なるなど思ってもいなかった単語だった。

——南極。

いったいこの人は何を言っているのだろうと、うまく呑み込めずにいる伊吹に、課長はまるで子どもに言い聞かせるようにゆっくりと言葉を区切って、あらためて説明した。

南極へ、行って、くれませんか。

会社が、そのような業務を手がけていることは知っていた。常時ではないが、かつて数名ほどが、自社製品のサポートのために南極へ派遣された実績があったはずだ。飛ばし読みをした社内報に書いてあったのを、伊吹は思い出した。

課長の話をまとめると、極地研——国立極地研究所から機材メンテナンスの要請があったため何年かぶりに南極への技術者派遣が決まり、その要員として伊吹に白羽の矢が立ったということだった。伊吹も携わった製品が観測隊に採用されたためらしいが、何も担当したのは伊吹だけではない。それがどうして、自分に？

伊吹の目をじっと見て、課長は畳み掛けるように言った。「伊吹さんが丁寧な仕事をすることは、よくわかっています。ただ、前にもお話ししましたが、もう少し、欲を出してくれると良いんだけどな、とずっと思っていたんです」

伊吹は、なんとも申し訳ない気分になった。上昇志向の強い課長にとって、マネジメントに時間を取られるよりも現場仕事を優先したいという伊吹は、理解しがたく、また扱いづらい存在でもあるのだろう。それはわかってはいるのだが。

「これは、チャンスだと思うんですよ」課長の声は熱を帯びている。

ああ、自分が行けば、課長の実績にもなるのだろうなと伊吹は察した。社員のモチベーションをうまく上げたという実績、さらには厄介払い、とまでは考え過ぎか。

正直、面倒と思う一方で、長く忘れていた何かが心の底で小さな炎を上げたことも、否定できなかった。

今のところ、自分は人生に大したものを何も残していない。子どもたちに誇れることを、成し遂げていない。そんな焦りを、ここ数年感じていたのも事実だ。課長の言うとおり、これはチャンスなのかもしれない――。

かくして、伊吹は極地研への出向および、南極観測隊への参加を引き受けたのだった。

もっともその日、帰宅して南極観測隊への参加を妻に伝えた伊吹を待っていたのは、「あなたが行っている間、お給料とかはどうなるわけ」というきわめて実利的な質問だった。

まずは喜んでもらえることを心のどこかで願っていた一方で、こうなるのはわかっていた、という諦観《ていかん》もあった。それだけ、妻の心は自分から離れているということなのだろう。

極地研へ出向し、およそ一年にわたる訓練と準備の期間を経た前年の秋、伊吹は他の観測隊員たちとともに飛行機でオーストラリアへ向かい、日本から回航されてきた『しらせ』に乗り組んだ。南極を目指す航海の間も、現地に到着してからも、週に一度のテレビ電話の機会には、伊吹は必ず家族を呼び出した。そして、まるで何かのルーティーンのように、盛り上がらない会話をした。傍《はた》から見れば、家族と近況を話し合う様は他の隊員と変わりなく、わかりやすく単純なニュースを求める記者に写真を撮られたら、遠く離れて暮らす家族の絆《きずな》、などと紋切り型のキャプションをつけられるに違いなかった。

しかし、回線の底には冷たい河が流れていることを、伊吹は知っていた。おそらくは、妻もそうなのだろう。そして、子どもたちも。長女は中学生だし、その弟も、もう小学校高学年だ。はっきりとはわからないまでも、この家庭全体に薄く張った氷のようなものの存在に気づいているはずだ。

最後の通信は、伊吹を含む遠征隊がドームふじ基地を目指し、約一〇〇〇キロメートル、およそ三週間の旅に出発する直前のことだった。

会話は相変わらずぎくしゃくと、表面を撫でるだけに終始し、明日からしばらく連絡できない、と告げた伊吹に妻は「そう。気をつけてね」とだけ返してきた。

「さよなら」という言葉を宙に浮かべ、テレビ通話は唐突に終わった。名残惜しさを感じる暇もなく閉ざされた回線と、真っ青な画面に浮かぶ「ＮＯ ＳＩＧＮＡＬ」の文字。隣のブースからは、一万数千キロの彼方で泣く赤ん坊の声が漏れてきていた。

「なあ……おい、どうしたんだよ」

心の谷間へ果てしない下降を続けていた伊吹は、衣笠の声で強制的にそこから引き揚げられた。

「あ、ああ、すまん。ちょっとぼんやりしていた」

「あれ、見てみろよ」衣笠は窓の外を指差した。

漆黒の空に、緑色のカーテンが揺らめいている。見ているうちにそれは、青から紫へと色を変え、また一枚、二枚と数を増やしていった。時には、爆発的に色調や動きを変え、空の半分ほどを覆いつくす。薄い幕を透かして、流星が横切った。

「すげえな……。今夜のは、特にすごい」

「ああ。見飽きたと思ってたけど、まだまだだったな」

しばらく声も出せぬままその光の舞いに見惚《みと》れた後、伊吹は言った。

「あれを見てて思い出したんだけどさ、知ってるか、『グローバルサーキット』って」

「聞いたことあるな。地球の大気自体が、巨大な電気回路になっているとかいう……」衣笠が、窓の外から目を離さずに答える。

「そう。地球の表面と、上空の電離層との間の電位差が保たれてるのは、雷の活動かが発電作用になって、大気中に電流の流れる回路があるっていう説。あんなのを見せられると、そういう壮大なことを考えちまうよな。人間の悩みなんて、小さいもんだ」

「なあ」衣笠が、少しあらたまって言った。「帰ったら、もう一度きちんと、家族と向き合うのがいいんじゃないか。いや、別に説教垂れてるわけじゃない。ただざ、そう思っただけ」

照れくさそうに鼻をかいて窓の外を見続ける衣笠に、伊吹は小さく「ありがとう」と返した。

まだ頭の片隅にあった、少年の日々の残像を、そっと心の小箱に仕舞い込む。青春は終わった。今は、子どもたちがその日々を享受すべきなのだ――。

このところずっと、家族のことを考える度に、気持ちは暗く沈む方向へと向かっていた。まるで都会の底を流れる河が、暗渠《あんきょ》へ呑み込まれていくように。だから、あえて家族の問題を頭から締め出そうとしていた。

だが、揺らめくオーロラと、衣笠の優しさは、それらをすべて、もう一度伊吹の心に連れ戻した。南極の空には、人の心を過去へ繋げる力でもあるのだろうか――。伊吹は窓の外の、光の渦を見ながらそんなことをまたぼんやりと考えた。

一九四五年一月

雲ひとつない蒼穹《そうきゅう》の下、無数の光をちりばめたインド洋の海原が、果てしなく広がる。彼方には、いくつかの青い島影が浮かんでいた。

その情景をしばし見つめていた信之は、不意に現実を思い出した。美しさには、危険が潜んでいるのだ。

どこまでも見渡せる空には、もっと雲がほしい。──敵から隠れるために。

「高津、何か見えるか」

台場大尉が、偵察員の高津一飛曹に確認している。

「いえ……。今のところは何も」

「砧、後方は」

「同じです。問題ありません」

「電信員、星野。電波はどうか」

「各周波数とも、感ありません」外の景色を見ながらも耳元には意識を集中させているつもりではあったが、信之は念のためレシーバーに耳を澄ましてから、報告した。

「了解。各自警戒を続けてくれ――」

それきり、機内の会話はしばらく途絶えた。火星二一型発動機の轟々という唸《うな》り声と、翼がひゅうひゅうと大気を切り裂く音だけが、アクリルガラスの窓を通して響く。

その機内は、ひどく寒い。インド洋上空、それも赤道に近いあたりだというのに、高度四〇〇〇メートルを飛ぶ機内の温度は、零度近かった。一式陸攻の機内は与圧などされておらず、外気とほとんど変わらない環境なのだ。今回の任務のため、通常よりも綿の封入量を増やした飛行服を着込んでいるが、それでも十分とはいえない。

信之は、飛行服の上へさらに外套《がいとう》を羽織っているロッテと博士に、寒くないかと度々話しかけていた。毎回、大丈夫という言葉が返ってくるものの、気にはなる。心配なのは、大丈夫ではなくなったとしても何もできないことだ。

考えても仕方がない。信之は耳元への注意を継続しつつ、再び窓の外を眺めた。願いが通じたのか、一式陸攻はいつの間にか雲の上を飛んでいた。見下ろす雲海の中、機体の影が移動している。

「機長、ジャカルタ離陸時に気象班から渡された情報ですと、この先はさらに雲量が増えそうです」副操縦員席で、淀橋が台場大尉に言った。

「ありがたい。ここからはもう、気象班の支援は受けられない。情報は今のうちにしっかり使わせてもらうとしよう。針路を確認したい。副操、操縦を代わってもらえるか」

「了解しました」淀橋が、操縦桿を握り直す。

「航法を間違えたら、すぐに燃料切れだ。頼むぞ」

「お任せください」

そう言う淀橋の肩を叩いた台場は操縦席から立ち上がると、その後ろ、航法席の横にある小さな台まで歩いてきた。航空図を広げる。

「各員集まれ」

信之、高津と砧の他、ロッテと、彼女が通訳して博士も集まってきた。皆、腕をさすったり、足踏みをして寒さをやわらげようとしている。

台場は皆を見回し、白い息を吐きつつ言った。

「航路を再確認する。ペナンを出発後、我々は南下し、既にジャカルタとクリスマス島で補給を受けた。今は行程中最長区間である、アムステルダム島への航路の途中だ」

大尉の指が地図の上を移動し、広大な、一見何もない南インド洋の一点を指した。よく見れば、ごく小さく、まるでインクの滲みのような島が描かれている。そこまでは、本当に何もない。日本から蘭印までとほぼ同じくらいの距離を、無給油で飛ばねばならないのだ。

目的地のアムステルダム島はもともとフランス領であり、現在はドイツの勢力圏となっている。事前情報によれば、仮設飛行場にはドイツ軍の補給部隊が展開しているという。

「ココス諸島が占領できていれば、ちょっとは楽だったんですがね」

砧がぼそりと言った。ココス諸島は、飛び立ってきたクリスマス島よりも少しだけだが、アムステルダム島に近い。この諸島に対して、結局日本軍は上陸作戦を実施しなかった。それだけ戦局に関係ないということでもある。世界中を戦場としてきたこの大戦において、南インド洋はそれほど表舞台に出てくる海域ではなかった。

「まあ、ないものねだりをしても仕方あるまい」

台場は続けた。「アムステルダム島の次は、ケルゲレン諸島だ。ここにもドイツ軍が展開しているという話だ」

「そして」高津が期待のこもった声で言った。「さらにその次は」

「南極、だ」

台場大尉が誇らしさを交えて口にしたその言葉には、奇妙なほど現実味がなかった。まるで物語の中のような響きのその場所が、この大飛行の目的地なのだ。

その名を聞くまで、誰もが、まったく想像すらしていなかった土地。世界の果て。荒々しくも神秘性を帯びた、白い大陸。

信之に、その土地の知識はほとんどなかった。以前、白瀬中尉の冒険について学校で習ったくらいだ。尋常ではなく寒いところだろうと想像するしかなかった。それは、皆も同じらしい。

「しかし、権田司令のおっしゃっていた、秘密基地というのは本当にあるんでしょうか。よりによって、南極なんて。ほとんど冒険科学小説の世界ですな」

砧が、博士とロッテのほうを気にしながら、少し声を落として聞いた。台場が答える。

「大掛かりな冗談でなければな。今の我が国に、冗談に対してここまで大真面目な反応をする余裕があるとも思えん」

信之は、権田司令の説明を思い出した。

南極で行われているという、戦局を一気に逆転するための秘密の研究。それを完成させるために、エーデルシュタイン博士を送り届ける必要がある。ドイツから直接潜水艦で向かうのではなく、わざわざアジア回りで来たのは、研究の完成にはロッテの助けが必要だからだという。

しかし、ドイツがなくなるまでに、研究は間に合うのだろうか。仮にドイツが滅んだ後、それを日本が引き継ぐことは可能なのか。もしかするとそのために、自分たちは飛ぶのだろうか。

信之はロッテの顔を盗み見た。航空図から目をそらし、不安そうに窓の外を見つめている。

どうして彼女まで巻き込む必要がある？　研究に必要って、どういうことなんだ——？

だがそれ以上、疑問を抱くような時間の使い方は許されなかった。

「機影発見！」淀橋が叫んだ。「二時の方向、機影二」

台場が急いで操縦席に戻りながら、指示を出す。

「持ち場へ戻れ。対空警戒厳と為せ。星野は電波傍受を試してみろ。乗客のお二人は席に着いてください」

信之たちも慌てて自席に戻った。

「左変針三〇度、高度を三〇〇〇に下げろ。増速して、あの雲へ入るんだ」

「機影、転針しました！　当機へ向かいつつあり」見張り窓に貼り付いた高津の声が響く。

「識別できるか」

「……敵です。おそらく米軍の艦載機。『シコルスキー』と思われます」

「副操」台場が淀橋に言った。「操縦を渡してくれ。さらに増速、急降下する」

エンジン音の高まりとともに、一式陸攻は機首を下げ降下姿勢に入った。ぐっと加速し、座席へきつく押し付けられる。

「大丈夫ですか？」信之は後ろを見ずに、ロッテと博士へ訊ねた。

「ええ」

ロッテは機内の騒音に負けじと大声で返事した後、博士にもドイツ語で声をかけた。何と答えているかはわからないが、雰囲気から「大丈夫だ」と言っているらしいことはわかる。

「機長を信じて」

自らに言い聞かせるように、信之はロッテへ話しかけた。「昭和十五年の中国渡洋爆撃からずっと中攻に乗り続けて、生き残ってきた人なんだ。絶対にやられはしない」

「うん」

ロッテは、奇妙に落ち着いて見える。実戦を経験していないため、現実味がないのだろうか。

だが実際のところ、これほどの近距離で戦闘機に見つかってしまっては、絶望的といえる。さっきから自分が言っていることは気休めでしかないな、と信之は思い、数分後に敵戦闘機の形をした死神がやってくるのを待った。ただ慰めといえるのは、ロッテが一緒だということだ。いや待て、自分たちが騎士であるならば、彼女だけでも救う手段を考えなければ――。

「さらに増速」台場が落ち着いた声で告げる。

「エンジンがこれ以上持ちませんよ。回転数が限度を超えています」淀橋が悲鳴を上げた。

「構わん。持たないなら持たないで、敵に食われるだけだ」

「くそっ、機銃を降ろしてなければな」砧のぼやきが聞こえる。「いっそ逃げないで戦えるのに」

「逃げるのは恥ではない」

台場が決然と言った。「逃げることを恐れるゆえに死ぬなど、俺の飛行機では絶対に許さん」

淀橋が前方を指して叫んだ。

「積乱雲です！」

信之は首を伸ばし、操縦席の窓の外を見た。巨大に発達した積乱雲の只中へ、一式陸攻は飛び込んでいこうとしている。

「敵機は」

「まだ後ろについています。距離近づく！」

高津の声に信之も首を曲げ、自席横の窓から後方を見遣った。既に雲へ入りつつあり、急速に視界は狭まってきていたが、一瞬だけ、正面から見てW字形の逆ガル翼を持つ機影を認めたような気がした。日本海軍が、製造元の社名から『シコルスキー』と呼ぶ、Ｆ４Ｕコルセア戦闘機だ。

「電信員！　星野」

台場に呼ばれ、信之は慌てて「はい！」と返事をした。

「電波傍受どうか。敵は何か発信しているか」

信之は、レシーバーを必死で耳に押し当てた。雑音の向こうに、異なる波長の音が微かに聞こえる。敵が発信している電波だ。一式陸攻を発見し、追尾中であると母艦へ伝えているのだろうか。

だが、それを解読するのはもちろん、遠ざかっているのか近づいているのか、焦りもあってまったくわからない。

ああ、畜生。もう、ここまでなのか――。

その時、後ろから伸びてきた白い手のひらが、そっと信之の腕に触れた。

「えっ」

柔らかな感触。振り返らずとも、それが誰の手かわかった。以前、菓子を受け取る時に指先が触れたことがあったが、その時の何十倍もの電気が全身を流れたように思えた。

こんな時だっていうのに、何に動揺しているんだ、俺は。

「あきらめないで。落ち着いて、聞こえているものに集中して」

「いったい何の……」

「大丈夫よ。わたしを信じて」

もちろん、ロッテを信じないはずはない。触れた手のひらから伝わる温かさは、信之の混乱を嘘のように鎮《しず》めた。

――拾える。敵の電波が、わかるぞ。

雑音が不意に消え、敵が発している電波だけをはっきりと認識できた。しかしこれを、どうしたらいい？　その時だった。

「右よ。右三〇度、旋回してください」

ロッテが叫んだ。わけもわからず信之が振り返ると、不思議なことにロッテは目を閉じていた。そもそも、ロッテの席の横の小窓から後方は見えないし、今は雲の中だ。

博士が何事かをロッテに話しかけたが、ロッテは鋭い調子のドイツ語でそれを制した。もちろん意味はわからないが、おそらく「黙ってて」とでも言ったのだろう。

台場が、咄嗟《とっさ》に操縦桿を傾ける。レシーバーの中で、敵の発する音が急速に消えていった。

「どうしてわかるの」

質問には答えず、ロッテは目を瞑り、信之の腕に触れたまま言った。「……そう、左へ行くのね……わたしたちはそのまま、今の針路を維持してください」

「了解。よくわからんが、今は信じよう」

頼るもののない今は、それに縋《すが》ることにしたのだろう。台場は、ロッテに言われた通りに機体を操った。

「敵機はどうなった？」

「さあ……わかりません」という淀橋の言葉に被せて、ロッテが言った。

「左――南東の方角に母艦がいるようです。わたしたちを見失って、引き返したのだと思いますが、今のうちに距離を取ってください」

台場は、今度は疑うこともなくスロットルを操作した。一時落ち着いていたエンジン音が再び高まり、機体が再加速していく。

「いったい、なんなのさ」信之はもう一度訊ねた。

ロッテは博士のほうへちらりと、何かを問うような視線を送った後で、静かに言った。

「そのうち話すわ」

しばらくして、高津が航空食を皆に配り始めた。クリスマス島で積み込んできた、握り飯だ。

「梅干し、食べられますか」

少し緊張しながら高津が話しかけると、ロッテは「はい、大好きです」とにこやかに答えた。

それをきっかけに、何事も直情径行気味な面のある高津は「他に、日本の食べ物は何が好きですか」とまた子どもっぽい質問をした。どうやら、ロッテと話したくて仕方がなかったらしい。それは他の搭乗員も同じだったようで、「日本に行ったことは」「日本語どのくらい話せますか」と、矢継ぎ早に質問を始めた。近くに父親であるエーデルシュタイン博士がいるのにもお構いなしで、普段無口な砧でさえその輪に加わっている。

「おいおい、あまりロッテ嬢を困らせるな」と台場が穏やかにたしなめたが、ロッテは「大丈夫ですよ」とはにかんだ笑みを浮かべただけで、それで皆はますます彼女に好感を抱いたようだった。

信之は、少しだけ嫉妬した。ロッテがペアの皆と打ち解けることはもちろん喜ばしいのだが、他人に向けられるロッテの笑顔を見ていると、なんとなく苛立《いらだ》たしい気分にもなるのだ。そして、そう感じてしまう自分が、信之は嫌だった。

十時間以上を費やして約四〇〇〇キロを無着陸で飛び、ようやく到着したアムステルダム島。しかし滞在は一日に満たず、粗末な兵舎で仮眠を取ってすぐに出発するという慌ただしさだ。

案内をしてくれたドイツ軍駐留部隊の老兵は、何も知らされていないらしかった。ロッテと博士が通訳をし、次の目的地がここからさらに南へ約一五〇〇キロのケルゲレン諸島だと伝えると、あんなところに飛行場はない、やめておけ、と忠告してくれた。

心配になって顔を見合わせた信之たちに、博士が「心配ありません」と自信たっぷりに請け合う。ここまで来れば、もはや博士を信じるしかない。

そこからの飛行は、いちだんと厳しいものになった。目印すらない、どこまでも果てしなく広がるかに見える南インド洋、次第に強まる気流、陰り始めた陽光。次第に口数は減っていったが、困難に立ち向かうゆえか、ロッテや博士も含め、皆の一体感は奇妙なほどに増していた。

その島影を見た誰もが、安堵のため息を漏らした。

ケルゲレン諸島。その中心島であるグランド・テール島の東側、崩壊したカルデラが形作った小さな入江から、微弱な電波が発信されていた。高度を下げていくにつれ、荒涼とした島の情景がわかってくる。南極圏には近いが、常に強く吹きつける風のため、雪はほとんど積もっていない。植物も少なく、岩の地肌が剝き出しの、急《きゅう》峻《しゅん》な山々はそのままの角度で暗い海面へ落ち込んでいる。岩場だらけの海岸に、砂浜はほとんどなかった。

初め、どこにも滑走路が見当たらず信之たちは焦ったが、よく見れば入江の片隅の海岸が均《なら》され、岩肌を模した、茶色と灰色の迷彩を施された仮設滑走路があった。その上を一度飛び過ぎると、滑走路端にいくつか灯りがともった。味方にも知られることなく、ごく少数がひっそりと駐留しているという、ドイツ軍の部隊が点灯してくれたのだろう。

狭く短い仮設滑走路だったが、台場大尉の技倆《ぎりょう》をもってすれば着陸に問題はなかった。着陸して初めて、滑走路脇に小さな格納庫と兵舎があることがわかった。ドイツ軍の整備兵がやってきて、すぐに機体を格納庫へ誘導してくれた。

一見、粗末な造りに見えた格納庫は、分厚いコンクリートで補強されていた。上空で想像していた以上に、地上は常に強風が吹き荒れる世界である。格納庫に収容していなければ、一晩で機体は傷《いた》んでしまうだろう。

格納庫の隣の、やはり小さいが頑丈そうな兵舎へ案内される。個室はないらしく、全員が窓のない会議室のような部屋に通された。板張りの床に厚手のカーペットが敷かれている。
五、六時間ほど休養を取ったらすぐに出発するつもりだったのだが、風はますます強くなり、駐留ドイツ軍の指揮官は「この様子では、今日中の離陸は無理でしょう」と言ってきた。
「何しろここは亜南極、暴風圏です。しばらく天候の回復を待ったほうがいいと思いますが」

台場は、「少し休んでいてくれ」と言い残し、淀橋を連れてドイツ軍との打ち合わせに出かけていった。南極の氷雪に覆われた飛行場への着陸に備え、スキー板を脚部に取り付けてもらう必要があるのだ。

残った皆はすぐ横になり、ほんの数分で、寝息が聞こえてきた。博士ですら、大きな鼾《いびき》をかいている。

信之も横になったまま天井を見つめていると、「あなたは眠らないの」と部屋の端で身体を壁にもたせかけていたロッテが聞いてきた。

「眠ったほうがいいんだろうけど、なんだか眠れなくて。君は？」

「わたしも。ねえ、ちょっとそっちへ行っていい？　話し声でみんなを起こしちゃいけないから」

「あ、ああ……」

信之は慌てて身を起こした。近づいてきたロッテと隣り合うような形で、自分も壁にもたれかかる。

「もう、この先機会は少ないでしょうから、お話ししておきたいの」

いったい何のことだろうと思ったが、信之に口を挟む暇を与えず、ロッテは話し始めた。

「わたしにユダヤの血が流れていることを、知ってるのよね」

二〇一八年二月

冷え切った身体の芯《しん》が、いつまでも元に戻らない。貴重品の温かいコーヒーも、何の足しにもならなかった。

プラトー基地の倉庫から失敬した固形燃料の木箱を、やはり倉庫で見つけた橇に積み、ベイカーと二人で引っ張り飛行機へ戻ってきたのが二時間ほど前。報告もそこそこに、何枚もの毛布にくるまると四人分の座席を使って横になった。ひと眠りしたかったのだが、身体が冷え切っているからか、興奮が残っているからか、睡魔は訪れなかった。南極は睡魔にとっても遠すぎるのかもしれない。

気を遣《つか》ってくれているのか、横になった拓海の近くには誰も近づいてこなかった。やがて眠ろうとする努力を放棄して目を開けた拓海は、ふと思い出してダウンジャケットのポケットから、死体のそばで拾ったデジタルカメラを取り出した。寝たままでデジカメを調べ始める。

慌ててポケットへ仕舞い込んだのでよく見ていなかったが、日本のメーカーのコンパクトデジカメだった。防水・耐衝撃を売りにした、比較的最近のものだ。何世代か前のモデルが会社の備品だったため使ったことがある。

電源ボタンを押し込む。液晶パネルにメーカーのロゴが浮かび上がった。意外だ。根拠もなく、起動しないと思い込んでいた。

表示された操作メニューから、拓海は記録されている画像を呼び出した。

小さな画面に押し込められた、白い雪原。もう見慣れてしまった風景だ。ボタンを押して、画像を送っていく。どれも、何の変哲もない……いや、待て。

遠くに、建物が写っている。どこかの基地だろうか。撮影者は、次第にその建物へ近づいていた。建物のディテールがはっきりしてくる。オレンジ色をした、あまり大きくはない倉庫のような建物。その壁に文字が書いてある。

普通のアルファベットではない。反転した字があったり、ところどころ見慣れない字も混ざったりしている。

遠く去った日々が、突然よみがえってきた。その言語を第二外国語として履修していた学生時代。他の皆がドイツ語やフランス語を選択する中、なんとなく珍しいからという理由で履修届に丸をつけたその言語を、数年ぶりに拓海は解読しようとしていた。記憶の抽斗《ひきだし》を必死で漁《あさ》り、その画面の文字を読んだ。

ポーリウス……ネドストゥプノスチ？

アルファベットを読む程度はできるが、意味はさっぱりである。ああくそ、もう少ししっかり勉強しておけばよかった。代返で単位が取れるのをいいことに授業をサボってばかりいたのが悔やまれるが、少なくとも、これがロシアの基地であろうことはわかった。それだけでも、第二外国語として選択した意味はあったのかもしれない。人生、どこで何が役に立つかわからないものだ。

そして、さらに何枚かの画像を送ったところで液晶画面に大写しにされたマークは、外国語云々《うんぬん》とはまったく関係のない、万国共通のものだった。

黄色地に三つ葉――。それは、放射能の危険を表すハザードシンボルだ。

その時、通路を誰かが歩いてくる物音が聞こえ、拓海はとっさにデジカメを毛布の下に隠した。そこまで疚《やま》しいことをしていたわけでもないのだが、ついそんな行動を取ってしまったのだ。

足音の主は、ベイカーだった。拓海が眠っていると思ったのか、声もかけず通り過ぎていく。

トイレにでも行くのだろうか、と思っていると、また誰かの歩く音が聞こえてきた。やがて、ベイカーの後を追うように、今度は例の老人――大伯父が現れた。先を行くベイカーに気づかれぬため、音を立てずに歩いているようにも見えたが、単に年齢ゆえにゆっくりと歩いているだけかもしれない。

声をかけるつもりで拓海は身体を起こしかけ、慌ててやめた。

大伯父が、トイレよりもだいぶ手前の座席に腰掛けていたのだ。前かがみになって休んでいる風だが、それはまるで隠れながら、何かを監視しているようでもあった。

大伯父の視線の先では、やはりトイレの手前の席に座ったベイカーが、大きな身体を屈《かが》め、繋がらないはずのスマートフォンで何かの操作をしていた。

*

救出に向かって三日目。まもなくプラトー基地、つまり不時着機の付近に到着するというところで、伊吹たちはブリザードに遭遇した。

初めは最徐行でじわじわと進んでいたものの、叩きつけてくる雪で窓の外が何も見えなくなるに至り、運転席の衣笠はシフトレバーをニュートラルに入れて雪上車を止めた。

「これ以上、動くのは無理だ。じきに日も暮れる。今日はここまでだな。さっさと眠るとしようぜ」

夜間はどのみち走ることはできない。衣笠の判断は妥当といえた。できる時に、体力を回復させておいたほうがいい。

早々に布団へ潜り込んだ衣笠の後を追って、伊吹も通路を挟んだ隣の寝床に入った。エンジンを切ったため暖房も効かなくなり、車内の温度は下がり始めている。早く眠ろうと瞼《まぶた》を閉じたが、凍える大気を切り裂く暴風の音がやけに気になった。分厚い鋼鉄の車体を貫き耳へ届くその音は、赤ん坊の泣き声にも聞こえる。赤ん坊は時に癇癪《かんしゃく》を起こし、重さ十一トンの雪上車を蹴《け》り飛ばした。強風にびりびりと震える車体が、時にふわりと浮かぶ感覚があった。

――これはしばらく眠れんな。

疲れた身体は睡眠を渇望していたが、どうにも寝付けない。通路の向こうからは衣笠の寝息が早くも聞こえてきた。まったく、鈍感な奴だ。

苦笑した伊吹は諦めて上半身を起こすと、布団にくるまったまま、ベッドに持ち込んだノートパソコンを開いた。画面には、ドローンのコントロール装置からコピーしたデータ――機体がなんらかのトラブルに巻き込まれる直前の映像が表示されている。ブラックアウトの瞬間から、例の墜落機を映し出した場面まで巻き戻していった。

――なんだろう、どこかで見たことがあるような。

画像処理ソフトで色を強調してみると、墜落した機体は濃い緑色に塗られていたことがわかった。そこで、伊吹はようやく既視感の正体を悟った。それは遠い少年の日、模型屋の店頭で見た色だ。自分ではうまく作る自信がなく、いつも憧れの目で見ていた、零戦のプラモデルの色だった。

一九四五年一月

ロッテは、わたしのことをユダヤ人と知ってるのよね、と申し訳なさそうに話した。その言い方が、信之には少し悲しく、また腹立たしく感じられた。ペナン基地の休憩室で、得意げに話しかけてきた瀧田の顔が頭に浮かぶ。

「知ってるよ。だから何だっていうのさ。そんなの関係ないだろう」

「ちがうの。わたしは、ユダヤ人であることを恥ずかしいなんて思わないわ」ロッテは首を振った。

「それならいいけど、なんだか謝るみたいな言い方をするから」

「謝りたいのは……わたしのそのことで、友達と喧嘩《けんか》をしたんでしょう。機長さん——台場大尉から聞いたわ。嫌な思いをさせてしまって、ごめんなさい」

信之は、台場大尉に対し初めて文句を言いたい気分になった。大尉、余計なこと言わないでくださいよ。だが次にロッテがはにかんだ笑顔でかけてきた言葉に、そんな不満は吹き飛んでしまった。

「それから、ありがとう。……うれしかった」

頬が熱を帯びるのを感じた。慌てて口を開くが、なんだか言い訳のようになってしまう。

「いや、まあ、そのさ、そういう、なに人だからどうとかっていうの、おかしいと思うんだ」

「そんな風に考える人って、今のこの世界では少ないのよ。自分で気づいていないのかもしれないけど……」

それから、ロッテは話してくれた。すぐ隣で眠っている父親――ハインツ・エーデルシュタイン博士はユダヤ人で、やはり科学者だったドイツ人の母親とは学生時代に知り合ったという。その母親は、ロッテが幼い頃に亡くなってしまった。その後ナチスが台頭し、欧州にいては遠からず娘の身に危険が及ぶと予測した博士は、信頼できる知人、遠いアジアの『ホテル・ベルリン』の支配人のもとへ彼女を疎開させたそうだ。

その後、博士の予想どおりユダヤ人への迫害が始まった。ユダヤ人とはいえ重要な研究に携わっていた博士は特例的に収容所送りを免れていたが、戦況がドイツ不利に傾くにつれ、それが許されぬ雰囲気になってきたことや、研究を完成するためには南極に設けられた実験施設へ博士自身が向かう必要が出てきたことで、今回の計画が実行されたのだという。

「このことは、機長さんしか知らないんだけど、知っておいてほしくて。機長さんは、機会があればわたしから話していいと言ってくれたわ。本当は他のみなさんにもと思ったんだけど」

俺だけにじゃないのか、と信之が狭量なことを思ってしまった時、すすり泣く声が聞こえてきた。眠っていたかに見えた高津と砧は、そこまでの話を聞いていたのだった。

「ロッテさん」

がばりと起きた高津が言った。「俺たちは、必ずあなたを南極までお連れしますよ」

「約束します」砧も起き上がって言った。

嬉しそうに「ありがとうございます」と頭を下げるロッテの横顔を見ながら、信之はふと思った。自分自身がなぜ南極へ行く必要があるのかについて、彼女は触れなかった。それは、聞いてはならないことなのだろうか。

そして今、一式陸攻二三丙型74号機は南氷洋を越え、ついに日本の航空機として初めて、南極大陸上空へ到達しようとしていた。だが、その偉業は決して記録に残らぬであろうことを、乗員たちは皆承知していた。

窓の外の、黒さを増した海には、しばらく前から小さな白い山のようなものが漂っている。それらは次第に大きくなり、互いに重なり始めると、やがて海面を覆い尽くしてしまった。ただどこまでも、真っ白く平らな世界だけが広がっている。

ケルゲレン諸島でドイツ軍から提供された航空図によれば、間もなく大陸上空へ入ることになるが、白く結氷した海面と、雪に覆われた大陸の境目はわからなかった。

「エンダービーランド、でいいのか。このあたりは」

操縦席から降りてきた台場大尉が、地図を見ながらぼそりと言った。「オーストラリアが領有権を主張している土地のようだが、そんなところに中継基地があるのか……」

台場は特に訊ねるつもりではなかったようだが、ロッテが通訳し、博士が答えた。

「領有権を主張したところで、誰も送り込んでいないのですから意味はあまりないですね。ドイツはかつて探検隊を送り込んだ経緯から、ここより西のノイシュヴァーベンラントの領有権を主張していますが、そちらには基地を建設する適地がなかったのです。それに、ここはただの中継基地ですからね。本当の秘密基地は大陸内部にあります」

博士の話を伝えるロッテの顔が、心なしか暗いことに信之は気づいた。目的地は近いというのにどうしたのだろう、と不思議に思ったが、いや、目的地に近づいたからここそか、と考え直す。この世界の果てにどれほど留まることになるのかわからないのだから、暗くなるのも無理はない。

台場は操縦席に戻ってしばらくすると、「あそこだな」と指差した。その先を見た淀橋が「そうですね」と操縦桿を操作する。

機体が傾く瞬間、信之の席の窓から、地表の様子が窺《うかが》えた。南半球では夏で、また大陸沿岸部ということもあり、陸地の上にはわずかに雪が解け、岩肌が露出している箇所もあった。そして白く凍った海の中には、一本、直線状に開く黒々とした水面が見えた。その道が行き着く先の海岸には、風を避けるためか低く平たく造られたコンクリートの格納庫があり、近くには灰色の滑走路がある。エンダービーランド沿岸に造られた中継基地であった。

台場大尉は凍った滑走路への着陸を一発で決めてみせたが、航空機による日本人初の南極大陸到達を果たした台場ペアを歓迎してきたのは、ケルゲレン諸島とは比較にならない強風と冷気だった。

それからドイツの整備兵に格納庫らしい建物へ案内され、扉をくぐった皆は驚愕《きょうがく》した。そこは、通常の格納庫ではなかった。滑走路に面した側の庫内には輸送機が翼を休めていたが、その奥のほうにはプールのような水面があり、潜水艦が浮かんでいたのだ。上空から見えた、直線状に砕氷した海面をたどって、ここへ入港したのだろう。

「ドイツ本土にある、爆撃に備えてコンクリートで覆った潜水艦基地をブンカーというらしいが、風雪対策のため同じようなものを造ったそうだ」

「ドイツときたらやることが違うな」

口々に感想を言い合う信之たちは、居住区へ連れていかれた。

二段式のベッドをそれぞれ宛てがわれ、一息ついていると、部屋の外で立ち話をする台場と淀橋、そしてドイツの士官の声が聞こえてきた。台場は片言のドイツ語を話せるが、副操縦員の淀橋にも理解してもらうため、適宜日本語で訳している。ドイツの士官によれば、目指す内陸基地まではさらに一〇〇〇キロ以上あるという。

会話を終えた台場は、ベッドの近くまで来ると皆に言った。

「目的の内陸基地は、南極の中でも海から一番遠い地点にあるらしい。到達不能極とかいうんだそうだ」

――到達不能極。

その言葉は、信之に一種の感慨をもたらした。たどり着けぬ土地。そこへ、これから自分たちは行く。はたして、そこには何があるのか。

そして、そこに着いた時、確実に待っているのは、ロッテとの別れだった。それはおそらく、永遠の別れになるだろう。

だが、できることは何もない。思いを伝えることなど、決してあり得ぬ選択肢だった。

別れるために、俺は彼女を連れていくのだ。

ペナン島から一万キロ近い行程を飛んできた機体の補修、さらには天候の回復待ちで、信之たちは二日ほどを沿岸基地で過ごした。

白夜明け間もないため未だ太陽の沈む気配がない夕方、風雪が収まったのを見計って、信之は基地の外へ出た。基地の裏の、低い丘に登る。もちろん天候の急変には十分注意しており、それほど遠くへ行くつもりもない。もっとも、この寒さでは遠くへ行きたくても無理だろうと、基地を出て数分で後悔し始めていた。

だからといって引き返すのも癪《しゃく》にさわる。強風のため足首が埋まる程度しか積もらない雪を踏みしめ、丘を登った。内陸方向を見遣ると、見渡す限りオレンジ色に照らされた雪原を、何十羽かのペンギンの群れがよちよちと進んでいた。その様子が可愛らしく、口元がつい緩む。予科練にいた頃、休暇の時に上野動物園でフンボルトペンギンを見たことがあった。ペンギンというのは南極の生き物だと思っていたが、どうやら南極にいるのは上野にいたのとは違う二種類だけらしいと、高津が言っていた。それも、生息しているのは沿岸部だけだそうだ。内陸部は、ペンギンも住まぬ世界ということか。

視線を遠くへ向けると、白と灰色だけで縁取られた、険しい山脈が見えた。過酷な環境でもかろうじて生命の息づかいを感じる平野部とは異なり、遠い内陸の山脈から漂ってくるのは、生命に対する徹底した拒絶だった。長く見ているうちに正気を失ってしまうのではと怖くなるほどだ。このような情景を、未だかつて見た経験はなかった。

「すごい景色だね」

いつの間にか、信之の後を登ってきていたロッテが、すぐ隣で言った。

一瞬で頭の中が沸騰してしまうが、それを表情へ出さぬように努めつつ、信之は言葉を返した。

「うん。本当にすごい」

——陳腐な台詞だ。何かもう少し、気の利いたことは言えないのだろうか、俺は。

「ペンギン、可愛いよね。あれ、アデリーペンギンっていうんだって」

「へえ」

「さっき、ペンギン見てにやにやしてたでしょ」

「まさか。そんな顔しないよ」

「してた」

他愛ない会話だが、いつまでも続いてほしいと思った。この時がずっと続くならば、肌の感覚がなくなるほどの寒さだって我慢できるのに。

「そういえばさ、ちょっと前にもらった焼菓子、あれ、なんていったっけ」

「レーブクーヘン」

「そう、その、レーブ……クーヘン？　美味かったなあ」

「そのうちまた作ってあげる。今度は星野さん用に、ペンギンの形にしようかな」

「ほんとに？　やった」

純粋にそう喜んでから、信之はその会話の虚《むな》しさに気づいた。ロッテは、気づいているだろうか。少しだけ、沈黙が流れる。いけない、彼女に嫌なことを思い出させては。

「ねえ」ロッテが、少し口調を変えて問いかけてきた。

「何？」

「星野さん、じゃなくて、名前で呼んでもいいかしら。わたしのこと、ロッテさん、って言うでしょ。苗字で言うならエーデルシュタインさんだよ」

あまり意識せずに名前で呼んでいたが、信之は急に恥ずかしくなった。でも、今さらエーデルシュタインさんとは呼びにくい。

「そうか……。だけど、自分が呼ばれるのは恥ずかしいなあ」

信之さん、と呼ばれるのを想像した次の瞬間、口元が緩んでいるのを自覚し慌てて表情を引き締める。

「どうしたの。おかしな顔して」ロッテが笑いながら言った。「それなら、何かあだ名で呼んだほうがいい？」

「でも、あだ名なんてないな」

「今考えようよ。そうね……ペンギンから取って、ペンさん、とか？」ロッテは、しゃがみ込むと足元の雪に指で『ＰＩＮ』と書いた。「ドイツ語でペンギンは『Ｐｉｎｇｕｉｎ』だからね」

「ええー。ちょっと変だなあ」

口ではそう言いつつも、信之は嬉しかった。「ペンさん」と笑うロッテを見ていると、心からほっとする気分になれた。

「でも、みんなの前で呼べないね。特別な時に使う、魔法の言葉にしましょう」

「魔法の言葉か。ロッテ……さんは面白いなあ」

「ロッテ、でいいよ」

「え……うん、ロッテ……」

消え入りそうな声で言いながら、彼女の顔を見た。意外にも、先ほどまでの笑顔は影を潜め、真剣な表情で信之を見つめている。ロッテの手が、そっと信之の手に触れてきた。

どうしたんだ、急に。信之は緊張した。こんな時、どうすればいいのだろう。困惑する信之の前で、ロッテはふたたび笑みを浮かべた。どこか、恥ずかしそうな笑顔だった。そして彼女は「よかった。わたしも」と謎めいた言葉を残して、駆けるように丘を下り、基地へ戻っていった。声をかけることもできず、その背中を信之はただ呆然《ぼうぜん》と見つめていた。

一式陸攻が雲を抜けた途端に、青と白の強烈なコントラストが、窓の外を見ていた信之の目を射抜いた。

群青の空のところどころを、真っ白な綿毛のような雲が流れている。見下ろす世界は、一面の白である。信之は、ただの白にも濃淡があることを初めて知った。

しばらくして、その世界の中に異質なものが見え始めた。真っ白な大地に、明らかに人為的な長方形が浮かび上がっている。それも白色をしていたが、この世界を構成する濃淡様々な白色とは異質の、薄汚れた白だった。

目を凝らせば、その脇には半ば雪に埋もれた、格納庫や居住棟らしき建物がいくつか見えた。境目を示すために滑走路の両端に立っている、強風にちぎれかけた旗の緑色が鮮やかだ。

「あれが、ノイ・ヴュルテンベルク基地か」

台場大尉が呟いた時、指定の周波数に合わせていた通信機から片言の日本語が流れてきた。

『接近中ノ日本機、応答セヨ』

「あー、こちら大日本帝国、第一三海軍航空隊所属、中攻74号機、機長の台場大尉です。同盟国としての約定に従い、重要人物お二人をお連れしました」

『遠路ハルバルノ来訪、歓迎シマス。マタ、ゴ協力感謝申シ上ゲル。滑走路ヘハ西方向カラ進入クダサイ。地上ノ気温マイナス四十一度、今日ハ穏ヤカデス。最後ノ大陸ノ、イチバン奥ヘヨウコソ』

一式陸攻は高度を落としていき、やがて通常の車輪による着陸とは明らかに違う、接地したスキー板の滑るような感覚が伝わってきた。

二〇一八年二月

暗い倉庫の中を切り裂くように、フラッシュライトの光線が揺れる。ベイカーが、資材を物色しているのだ。

ベイカーと拓海のコンビがプラトー基地の建物を訪れるのは、二度目である。不時着から、既に一週間が過ぎていた。飛行機の電源は辛うじて維持できているが、未だに救助の来ない状況を考慮し、二十四時間稼働は断念している。食料も一回あたりの分量を減らした上、電気を使わないよう、脱出用のスライダーやボートを組み合わせて機外に設置した仮設テント内で、基地から持ってきた固形燃料を使って調理している有様だった。

食料や固形燃料のなくなるペースは想定を上回っており、基地からさらに調達できそうなものがないか探るため、二人は再びやってきたというわけだ。

拓海は、一度行っているのだから今度は他の誰かが行くことになるだろうと思っていたのだが、ベイカーに経験者同士のほうが早いと再び指名されてしまえば、抗《あらが》いようがなかった。

もっとも、自分たちに乗員乗客全員の命が託されているのだと思えば、プレッシャーとともに妙な高揚感を覚えるのも事実だ。

当面は救助が来ないと想定し、全員が基地へ移動する準備を行うことも、今回のミッションには含まれていた。体力のない乗客が、飛行機からここまで移動することのリスクは少なからずあり、実行に移す際にはかなりの困難も予想される。しかし、少なくともライフラインが止まりつつある飛行機にとどまるよりはましという結論に達したのだ。

スタッフ間でその打ち合わせを行う前に、拓海はベイカーから奇妙な提案をされていた。

あの死体については、しばらく黙っていよう、というのだ。

なぜ、と聞き返す拓海を制するように、ベイカーは理由を説明した。いまこの状況で、皆を不安にさせる要素を増やすべきではないと。

たしかに一理あるが、皆が基地へ移動する時には話さざるを得ないんじゃないか、と言うと、その時には仕方ないさ、とベイカーは答えた。

——それにしても奇妙だ。あまりにもいろいろなことが起こり、それぞれがしっくり来ない。

まず、あの死体の男は、ロシアの基地へ行っていたと推測できた。残された写真を見る限り、そこは使われていない基地のようだ。南極にある各国の基地に関しては、事前に資料を読んでいたが、ロシアが最近放棄した基地はないはずだった。かなり昔、もしかするとロシアがソ連と呼ばれていた頃の基地なのかもしれない。

そして、その基地には放射線に関する施設があるらしい。

いずれにせよ何らかの秘密が、この南極大陸に隠されている。今も目に見えぬ場所で、何かが起きているのだろうか。危険な匂いのする何かが。

その匂いは、すぐ近くからも漂ってくる。今この基地にいる、もう一人。彼は、ただの陽気なヤンキーではない。それも、拓海が謎に思うことの一つだった。

ベイカー。あんた、いったい何者なんだ――？

拓海の内心の問いかけが通じたのか、ベイカーの手元から放たれる光線が、棚の隅を照らしたところで静止した。

「なあ、カメラ、持っているんだろ」

闇の中で背を向けたまま、ベイカーは言った。親しげで、軽い口調はいつもの通りだ。しかし、見ることのできぬその表情は真剣なものに違いないと、拓海には確信できた。

拓海が黙っていると、ベイカーはもう一段階、声のトーンを落として言った。

「持って、いるんだろう。あの死体の持っていたカメラ」

その口調には何か、拓海の今までの人生で遭遇したことのない、きわめて緊迫した感情が含まれているように思えた。

そしてその正体に、拓海は唐突に気づいてしまった。それはおそらく、時に殺意と呼ばれるものであり、向けられている先は——自分だった。

これは、怯えるべき場面なのだろう。だが、あの陽気なベイカーがそんな風に急変することを、どこかで信じたくない気持ちもあった。

——落ち着け。今は、どうやってこの場を逃れるかを考えるんだ。しかし、逃れようがあるのだろうか？　今この基地には二人しかいない。逃げるとしても基地を出て飛行機までの間には、暴風に雪が舞う、茫洋《ぼうよう》たる大氷原が広がっているのだ。

＊

遅れを取り戻すべく、ＳＭ１００Ｓ雪上車は全速力で駆け続けた。

その日の午前中をほぼノンストップで走りきり、コース確認のため一時停車したところで、地図を見ていた伊吹は逸《はや》る気持ちを抑えながら言った。

「もうまもなく、プラトー基地が見えてくるはずだ。それに、例の不時着した飛行機も」

「……あれ、じゃないのか」衣笠が彼方を指差した。

急いで、伊吹は双眼鏡を助手席脇の物入れから取り出した。接眼レンズを覗き込む。

何もない、果てしない氷原のただ中に、黒っぽい突起物があった。双眼鏡の視界の中で目を凝らせば、それが飛行機の垂直尾翼だとわかる。その尾翼は、うっすらと雪化粧をした胴体に繋がっている。不時着したせいか、機体は地上と同じ高さにあり、まるで氷原に溶け込み一体化しているようにも見えた。

「あれだな」

伊吹は、双眼鏡を衣笠へ渡した。

「なんだか、『スター・ウォーズ』にこんな場面なかったか。氷の惑星で、双眼鏡で敵の様子をうかがうような」衣笠が言う。

「ああ……たしかにあったな。でも、戦争に行くのと救出に行くのとじゃあ大違いだ」

「まあな。しかし、こんなところで戦争する奴はさすがにいないだろ。未だかつて、南極で戦争があったことはない」

「でも、その気になればやれるんじゃないか。米軍とか自衛隊にも、山岳とか極地での戦闘を想定してる部隊があるそうだぜ」

＊

逃れ得る場所はないと悟った拓海が、絶望の意味を知りかけた時だった。——待てよ。この音はなんだ？

時折建物を揺らしさえする強風の音をついて、別のリズミカルな音が聞こえてきた。きゅらきゅらきゅら、という、何か金属質のものが回転しているような音。そして、その背景に響く重低音。これは——エンジン音？　もしかして。

「ああ」

ベイカーが、急に力の抜けた表情に戻って声を上げた。

「雪上車だな」

「それはつまり」拓海も、つられて普段通りの声で聞き返す。

「救助隊が来たってことだ」

ベイカーは、カメラの問題を一時的に棚上げしたらしい。二人が建物の外に出ると、少し風は収まってきていた。視界を霞ませる粉雪の舞いが落ち着いてくると、まだ空気中に残っている氷の粒が、低い位置からの太陽光を反射してきらめいた。

風はなくとも、大気の冷たさは痛みをともなって肌を刺す。それでも、フードを被りマスクで顔を覆った拓海は、建物の屋根で発煙筒を振るベイカーとともに、オレンジ色をした雪上車の姿が次第に大きくなるのをじっと見つめていた。

助けが、来た。

たった一台の雪上車では、全員を乗せていけないことはわかる。だが、今は外部の誰かと繫がった事実が、何よりもありがたい。

目頭から溢れようとするものに、まずい、と思った時には、熱さを感じる間もなく痛みが走っていた。

飛行機のどの窓にも、乗客の顔が見えた。中には、近づいていく雪上車へ嬉しそうに手を振る人もいた。拓海の胸は、少しだけ痛んだ。決して、彼らが望む通りのものを、持ち帰れるわけではないからだ。

忽然《こつぜん》と現れた雪上車は、拓海とベイカーを乗せ、飛行機へ戻っていた。その車内で二人は、観測隊の伊吹と衣笠と名乗る男たちから事情を聞いた。

雪上車はこの一台だけだという。雪上車が運んできた非常食を合わせても、飛行機の全員があと一週間食べていけるかどうかといったところだ。

二台目以降も、いずれやってくるはずと伊吹は言っているが、通信が途絶しているこの状況ではあまり期待しないほうがいいだろう。それに、あと何台か来られたとしても、飛行機の乗員乗客全員を一度に他の有人基地へ運ぶことはできない。乗客たちの期待がしぼんだ後で感情の針がマイナスへ振り切れ、突発的な事態へ至ることのないよう、拓海は願った。

首脚が折れているため前のめりに鎮座している機体へ、雪上車が横付けする。衣笠という髭面の男（もっとも、もう一人の伊吹もそれなりに髭が濃いし、拓海もベイカーも無精髭がだいぶ伸びている）がドアを開けた。

せっかくの暖かい空気が、一瞬にして凍りつく。もったいない、と思いつつも拓海は他の三人の後から、再び氷原へと足を踏み降ろした。

飛行機の機首寄りにあるドアから、脱出用のネットが垂れ下がっている。ドア横の窓から見下ろしている男性の客室乗務員へ、拓海とベイカーは手を振った。まず拓海が、その後で救援に来た二人、最後にベイカーの順番でネットを登っていく。

ドアの下まで到達した拓海は、コンコン、と機体の表面をノックした。なんとなく、昔、インターホンのついていない友人のアパートを訪ねた時のことを思い出す。ドアが開いた。急いで残りのネットを登りきり、機内へ転がり込んだ。後の三人も次々に登ってくる。最後のベイカーが機内へ入ると、客室乗務員がすばやくドアを閉めた。開閉時の外気侵入対策として、ドア付近は非常用資材の中にあった厚手のビニールで囲まれていた。

重いビニールを押し開けてキャビンへ入った四人は、機長の計らいで、布のカーテンで仕切られたビジネスクラスの席に案内された。普段はスタッフのミーティングスペースにしているエリアだ。客室乗務員が、貴重品のホットコーヒーを出してくれる。熱い飲み物が喉を下り、冷え切った身体に染み渡った。

突然、機内放送が流れ始めた。

『乗客の皆様へお知らせします。ただいま、救援隊の方々が到着されました』

明るい調子の、機長の声。放送の最後のほうは、機内に響く乗客の拍手と歓声にかき消されてしまった。

ここまで期待されてしまうと、後が思いやられる。拓海はいささか憂鬱《ゆううつ》な気分になった。

皆がコーヒーを飲み終わるのを見計らうように、機長や副操縦士、各ツアーのコンダクターたちが現れた。

「ようこそ来てくださいました」

機長は伊吹と衣笠へ握手を求めた後、皆に座るよう促し、会議を始めた。

そして拓海の予想どおり、救出の希望に満ちていたスタッフの表情は、会議が始まってすぐに曇り始めた。

「……あなた方も事情は同じということですか」

機長が先ほどまでとは打って変わった、沈んだ口調になって言った。

「はい……。基地への通信も、日本本土への衛星通信も、まったく通じない状況です。長距離通信系は全滅ですね」

申し訳なさそうに伊吹が答える。

「もう、こうなったら手近な基地へ行ってみるのがいいんじゃないかな」

ツアコンの一人が言った。「雪上車を役に立てるにはそれしかないだろう」

その口ぶりは、まるで伊吹たちが期待はずれの役立たずだと言っているようにも聞こえ、拓海はそっと伊吹たちの表情を盗み見た。しかし伊吹たちは、少なくとも表面上は冷静な様子である。

「そうですね。それでしたら、お役に立てるかもしれません」

「おいおい、彼らを勝手にタクシー代わりにするのもなんだろう」機長が穏やかにたしなめる。

その機長を遮《さえぎ》るように、伊吹が言った。「いえ。人命のかかった、緊急事態です。問題ありませんよ」

「後で面倒なことになりませんか」

何かを含んだように言う副操縦士の視線は、伊吹や衣笠の上をさまよっている。拓海は、彼が口にするのを憚った理由に気づいたが、それを伊吹はストレートに否定した。

「ああ、それなら大丈夫です。日本人にそうした傾向があるのは否定しませんが、南極観測のようなプロジェクトの現場には、話のわかる人間が揃っていますので。まあ問題は、ずっと上のほうは、物分かりがそれほどよくないことですが……。どうせ連絡はつかないんだ。無視しましょう」

笑い声が起こる。それを潮に、議論は、雪上車を使ってどこへ向かうべきかという点に移った。

最も近い基地は、伊吹たちの出発地点であるドームふじ基地である。しかし、そこからは撤収しかけていたところだったし、基地にある雪上車も少ない。伊吹と衣笠がその説明をすると、ベイカーが軍人のように機敏な動きで挙手をし、発言を求めた。

機長が手のひらを向け、発言を認める仕草をする。ベイカーが落ち着いた口調で話し始めた。

「その次に近い、有人の基地は中国隊の崑崙《こんろん》基地だ。滑走路もある」

「現状で連絡がつかないのは同じですが、撤収中のドームふじ基地よりは支援してもらえる可能性は高いでしょうね。この飛行機の電力も物資も、いつまで持つかわかりません。少しでも救援の確率が高いほうに賭けたいですね」

機長は頷いて言ったが、衣笠が「少し遠いなあ。燃料が心配だ」と首をひねった。

「途中で経由できる地点があるんだ。地図を見てくれ」ベイカーは、壁に貼った南極大陸の地図の、ある地点を指差した。

「閉鎖されているため現在の地図には出ていないが、ここに、旧ソ連の基地がある」

――ソ連だって？　拓海の脳裏に、あのカメラの画像が浮かんだ。ロシア語の表記がある、どこかの基地。

「へえ。そんなところに基地があったのか。秘密基地？」

誰かの問いに、ベイカーは答えた。

「別に秘密基地というわけではない。閉鎖された今でも、載っている地図はある。プラトー基地と同様、緊急用の物資は備蓄されているはずだ。この際、使わせてもらっても国際問題にはならないだろう」

ベイカーの口調は自信に溢れ、断定的だった。

「なんという基地ですか？」

問いかけたツアコンに一瞬目を走らせた後、ベイカーは視線を拓海に移した。

「基地の名は……」拓海の目をじっと見つめて言う。「ポーリウス・ネドストゥプノスチ。つまり、『到達不能極』基地だ」

一九四五年一月

　着陸した一式陸攻の機内には、エンジン音だけが響いていた。冷たく澄みきった空気が、その音の細部までを際立たせる。スキーがついた脚で苦労しながら機体を滑走させている、操縦席の台場と淀橋の様子を横目に、信之は座席からロッテを振り返った。

「ようやく着いたね」

　それ以上の言葉は、出てこなかった。別れの寂しさももちろんあるが、一つ向こうの席にいる彼女の父親――エーデルシュタイン博士の、それまでになく浮かない表情を見てしまったからだった。

　窓の外に、ボアのついた分厚い防寒着に身を包む整備兵の姿が見えた。顔のほとんどをボアで覆われたその姿は、人ならぬ幻想の獣のようでもある。

　その整備兵に導かれ、機体は格納庫へと滑っていく。半分ほどが雪に埋もれた格納庫の形は、子どもの頃、大雪が降った時に遊んだかまくらを思わせた。

その格納庫から少し離れた雪原に、いくつか雪のこぶのようなものがあり、それぞれに板切れが突き立てられているのを信之は見た。なんだか墓場みたいだという感想を抱く頃には、もうその情景は視界から消え、機体は格納庫の中に収容されていた。すぐに扉が閉め切られ、そこでようやく整備兵たちはフードを脱いで人間の頭を見せた。もちろん格納庫内の気温がすぐに上がるはずもなく、盛大に白い息を吐いている。

格納庫内には、ドイツ空軍のマークをつけたジェット戦闘機、メッサーシュミットMe262の姿があった。その間をドイツ軍独特の、耳の上が盛り上がった形のヘルメットを被り、グレイの戦闘服を着た武装兵が隊列を組んで歩いている。一万キロを飛び越えやってきた、人類最後の大陸とは思えぬ情景だった。

全員が機体から降りると、近づいてきたドイツ軍の将校が大げさな口調で言った。

「ようこそ、大ドイツ帝国領南極、ノイ・ヴュルテンベルク基地へ」

格納庫内を歩いている他の士官とは異なり、黒い制服に、髑髏《どくろ》のマークをつけている。これが噂に聞く親衛隊か、と信之は思った。ペナンに入港したドイツ潜水艦の乗組員と、片言の日本語で話した際に聞いたことがある。潜水艦にも必ず一人は親衛隊員が乗り込んでおり、乗組員の言動に目を光らせているという。

「大日本帝国海軍、台場大尉です」

「大ドイツ帝国武装親衛隊《SS》、ゲルトマンSS少佐」

台場の敬礼に、将校が答礼を返す。訛りのある日本語でゲルトマンと名乗った親衛隊の少佐は、すぐに台場の後ろへ並ぶ信之たち搭乗員へ視線を送り、エーデルシュタイン博士とロッテに目を留めた。

その唇が、笑みの形に歪《ゆが》む。とてもそうは見えぬが、おそらく笑いなのだろう。

「では、『物資』を引き渡してもらおうか」

その言い方に、台場はぴくりと身体を震わせ、押し黙った。残虐さを遠く極東にまで轟かせた親衛隊へ、任務とはいえ彼女たちを渡していいものか、という趣旨の沈黙であることは信之にも容易に想像できた。

だが、そのために、はるばるとやってきたのだ。意を決した様子の台場が口を開く前に、ロッテは一歩進み出ていた。

「ロッテ・エーデルシュタインです」

ゲルトマンSS少佐は、ロッテにねめまわすような視線を送った後、こっちへ来いと顎《あご》を振った。

ロッテと博士がその方向へおずおずと歩み出すと、壁際で直立不動の姿勢を取っていた親衛隊の兵士が駆け寄ってきた。二人の腕を取り、連れていく。振り返ったロッテと、信之の視線がほんの一瞬、交錯した。その瞳に寂しさの色が浮かぶのを信之は願ったが、何の感情も読み取ることはできなかった。

二人が連れ去られた後、ゲルトマンSS少佐は、親衛隊ではない一般のドイツ国防軍の士官を呼んだ。

「オスター大尉だ。この後は、彼に案内させる」

ゲルトマンはそう言い残しただけで何の挨拶もせず、ロッテたちの後を追っていった。

取り残された形になったオスター大尉は、気を取り直したように日本語で「では、ご案内します」と言った。ゲルトマンよりも段違いに上手い日本語だった。

信之たちを連れて歩きながら、オスター大尉は基地の説明を始めた。

「場所が場所ですので、ここまで連合軍がやってくるとは思えませんが、念のため戦闘機と爆撃機それぞれ一個分隊、地上戦力として山岳猟兵一個中隊が配置されています。ああ、この防寒着をお使いください」

格納庫の端にある扉のところまで来ると、あらかじめ用意してあったらしい分厚い外套を渡された。

「この通路の先が、宿舎になっています」

扉を開けると、さらに冷たい空気が流れ出てきた。積み重ねた木箱の周囲を氷で固めて補強した通路だった。

「建物の間は、こうした通路で繋いでいます」

白い息をもくもくと吐きつつ、オスター大尉が説明する。後をついて数メートルほど歩いただけで、渡された外套を着込んでいても身体が芯から冷えてきた。

「あなた方の機体は、我々ドイツ国防軍が責任をもって整備します。帰路についていただくまで、天候次第で何日かかるかはわかりませんが、その間はゆっくりしていってください」

閉鎖された空間に入って、急に明るい口調になったオスター大尉に、台場大尉が訊ねた。

「一つ、うかがってよろしいでしょうか」

「はい」

「いったい、ここでは何の研究をしているのでしょうか。我々がお連れしたエーデルシュタイン博士は、何をされるおつもりなんでしょう」

それに、ロッテも、と信之は心の中で付け加えた。

オスター大尉はしばらく間を置いてから、言葉を選ぶようにして答え始めた。先を歩いているため、その表情は見えない。

「ある研究を行っています。きわめて重要な研究です」

「その程度の話はうかがっています。もう少し具体的に、お聞かせいただけないでしょうか。成果によっては、戦局の逆転もあり得るほどと聞いたのですが」

「逆転に繋がるかは……。申し訳ありませんが、今は言えないのです。ただ、あなた方が連れてきたお二人は、そのために必要ということだけはお伝えしておきます。博士と、その娘さん。親衛隊の連中は、『物資』などという呼び方をしていましたが」

言い方から、オスター大尉の親衛隊に対する反感がうかがえる。見えなくとも、その顔に苦渋の表情が浮かんでいることは想像できた。

通路の行き止まりの扉を、オスター大尉が開けた。ようやく暖かい部屋に入れると思ったのも束の間、そこからはまた別の氷漬けの通路が伸びていた。

足の指の感覚が、徐々になくなってきた。耳もじんじんと痛む。霜焼《しもや》けになっていることは触らずともわかった。

台場大尉は、なおも質問を続けている。

「しかし、なぜよりによって南極なのでしょう」

「研究には、極低温の環境や、南極の強い磁場が必要だと聞きました。ここなら敵に攻撃される心配も少ないですし。他にもいくつか、新兵器の実験が行われています。それに、南極の中でもわざわざこの地点を選んだのは、総統の個人的趣味もあるようです」

「個人的趣味、ですか」

「ご存知ないですか。我らが総統のオカルト趣味を。何しろ、『ピーリー・レイースの地図』などの類がお好きですから」

「ピーリー……？」

「十六世紀に描かれた地図なのですが、当時まだ発見されていないはずの南極大陸が描かれているという代物《しろもの》です。実際には他の陸地を描いたものを、強引に南極だと解釈しているだけでしょうが、総統はお気に召しているようで、南極にご執心なのです。親衛隊を使って地図の失われた部分を探したりもしています。まあ、総統だけでなく、ヴォルフスシャンツェ（総統大本営）の連中は、最近はオカルトに頼るしかなくなっているようですが」

オスター大尉は自嘲めいた言葉を吐き続けている。自国の醜い面に対して率直な物言いをするこの士官に、信之は好感を抱いた。

「ともかく、何やら胡散臭い予言の書に、南極大陸で最も海から遠い地点が次の世界への扉となるであろう、とか書かれているそうなんです。それをそのまま信じて基地まで造ってしまう労力を、もう少し真面目に戦争へ振り向けていれば、今頃違う結果になっていたかもしれません」

オスター大尉は、聞いているほうが怖くなるほど際どい表現で説明を続けている。台場はやんわりと話題を変えた。

「それにしても日本語がお上手だ」

「大学で日本文学を専攻しておりました」オスター大尉は少し照れたように答えた。「でも、多少の訛りはあるでしょう？　どうやら、日本語を話す時の訛り方が、ドイツ人とアメリカ人、ロシア人で違うらしいのですが」

オスター大尉はそれぞれについて誇張したものまねをしてみせ、信之たちの笑いを誘った。

「そういえばこの拳銃は、ソ連軍のものなんですよ」

思い出したように、オスター大尉は腰の拳銃を取り出して見せた。「トカレフTT33。アメリカのコルトM1911を参考にソ連が開発した拳銃ですが、真冬の東部戦線にも耐えられる頑丈なものです。……死んだ赤軍の将校から拝借しました」

大尉はそれ以上何も言わなかったが、かつて、相当に過酷な経験をしたのであろうことは想像に難《かた》くなかった。

その時、前方の通路が曲がった先から、大勢の人間が歩いてくる気配がした。気配だけで、まったく会話は聞こえない。

信之たちがその角に着くよりも先に、一団が姿を現した。十人ほどの、作業服を着た集団。しかしその服は、極寒のこの環境にはとても長期間耐えられそうもないほど薄く、粗末なものだった。

黙々と、顔を下に向けて歩む彼らを、信之たちは通路の端に寄ってやり過ごした。まるで囚人のような一団を追い立てる形で、最後尾には、一人だけ厚手の防寒着を着た眼光の鋭い男がいた。防寒着から黒い制服が覗いている。

集団が通り過ぎしばらくしてから、オスター大尉は小声で言った。

「ユダヤ人の労働者と、監視役です」

「監視役は、親衛隊ですか」

「ええ。正直に言って、連中が同じドイツ人だと思ってほしくはないのですが……。この基地の建設のため、親衛隊の監督のもと、数百人のユダヤ人が連れてこられました。基地が完成した今では、残っているユダヤ人は数十人です。この意味はわかりますね」

ここ数年の世界は、悪い夢でしかないと思っていたが、その中でも最も醜悪な側面と、自分はいますれ違ったのだ。信之は震えた。

「ここだけの話、神が我々に味方するとは思えないのです。第三帝国は、イタリアの後を追うことになるでしょう」

オスター大尉が吐き捨てた後、雰囲気を変えようとしたのか、それともまったく空気を読むことができないのか、高津が言った。「まあ、イタリア抜きでやりましょうよ。今度はイタリア抜きでやりましょうよ」

苦笑したオスター大尉は、穏やかに返した。「いや、もう、そういうのは何もかもご遠慮したいというのが本音ですよ」

寝室は、信之たち日本海軍の搭乗員五人で一部屋だった。それほど多くはない荷物を置いた後、再びオスター大尉がドイツ国防軍の兵士たちの食堂兼休憩室へ案内してくれた。兵士たちは皆、南極へ派遣されて長いらしく、日本人は珍しがられ、また歓迎された。貴重品であるビールも、各自一本だけ解禁された。

「この地の果てまでよく来た」

「独日同盟万歳」

「ここは大ドイツ最後の砦《とりで》だ」

陽気な口調に潜む悲愴な思いを、信之は感じ取った。おそらく、自分たちはこの戦に負けると、皆わかっているのだ。そして、敗者のたどる運命を見越している。その、どう転んでも希望などない未来から逃れるように、酔うこともできぬわずかなアルコールに救いを求め、皆が精一杯に騒いでいた。

刹那《せつな》の宴も終わり、戻った部屋で、信之はドイツ人規格の広いベッドに寝転がり思った。

決して口には出せぬ禁忌だが、戦の旗色が悪いことは、誰もがわかっているのだ。イタリアに続きドイツも、まもなく降伏するだろう。日本だけがいつまでも世界中を相手に戦い続けることになるというのか。最終的な勝者となるのが自らの祖国とは、信之にはどうしても思えなかった。

戦の果てに待ち受ける二文字、敗戦。理屈はわかっていても、実感はない。戦国の世ならいざ知らず、近代国家としての大日本帝国が成立した明治の御代以来、国民がそれを経験するのは初めてのことなのだ。

帝国陸海軍は、働き手であるとともに、誰かの夫や、父や、息子である者たちを連れ去って、その多くを二度と故郷へ帰さなかった。

それらの苦難を経験してもなお、軍人が国民から尊敬の対象とされてきたのは、国家の守護者とみなされているためだと信之は考えていた。だが、契約は履行されないだろう。

仮に生きて国に帰れたとしても、国を守れず、勝てる見込みのない戦を始めた軍人がどのように扱われるか、想像できなかった。いや、生きて帰れなくとも、軍神などという扱いは望めまい。維新における、賊軍のような立場か。あるいは、もっとひどいことになるか。

しかし、自分たちは、懸命に為すべきことを為したのだ。誰かきっと、それを認めてくれる。そう、認めてくれる人がいるなら、それでいい。

信之の脳裏に、一人の少女の顔が浮かんでいた。ロッテは、どこにいるのだろう

――。

少年の頃の、夏休み。故郷を流れる小川で、友人たちと魚を釣り、暑くなると川に飛び込んだ。夕方家に戻ると、井戸で冷やした西瓜《すいか》が待っていた。楽しかった。いつまでも続いてほしいと思った。

だが、誰かが背中から、戻ってこいと肩をつかんでいる。その楽園は、お前の世界ではない。お前がいるべきなのは、そこから最もかけはなれた場所だ――。

はっと目を見開いた信之の視界に、すぐ真上の天井が飛び込んできた。灯りはまだついていない。自分が三段式の寝台の上段にいることを思い出す。

肩を再び揺すられ、信之の意識は完全に現実へと引き戻された。視線を横に向ける。

そうだ。彼は、ドイツ軍のオスター大尉。ここは南極だ。ここに着いて、もう三日が経つ。

「夜分すみません」

時計の針は、深夜二時過ぎを指していた。起こされた信之たち五人は眠い目をこすりながら、突然現れたオスター大尉の緊張した顔を見た。

「申し訳ありません、エーデルシュタイン博士が、皆さんに内密にお伝えしたいことがあるとおっしゃっていますので」

オスター大尉は、皆に部屋を出るよう促した。後をついていきながら、台場大尉が聞いた。

「あなたも、博士に会うことができるのですか。親衛隊だけかと」

「許されているのは、親衛隊だけです。しかし、先ほど博士と接触できたのです」

「博士は、親衛隊に厳重に警護されているのでは」台場がさらに尋ねる。

「はい。ですが……」

かなり歩いた先、格納庫の近くで、オスター大尉は通路の壁を押した。すると、まるで忍者屋敷のからくりのように壁の一部を構成する板が回転し、その奥に暗い通路が姿を現した。

オスター大尉はその中へ皆を誘うと、入口の板をもう一度回転させて元に戻し、ライターを灯して明かりにした。

「私は、この基地の建設に国防軍側の士官として関わった関係上、実験の内容を聞かされていました。いずれ、『物資』と称するその実験対象が移送されてくることも。それが正しいことかどうか、私には自信がなかった。ユダヤ人に対する扱いを知っていましたから。もしも……どうしても人として許せぬ事態が起きた場合に備えて、親衛隊に知られぬよう設計に手を加え、実験室への秘密の通路を造っておいたのです。

この通路は、私と、協力してくれた一部のユダヤ人労働者しか知りません」

意外な話に、信之たちは言葉もなかった。

「親衛隊の連中と、同じドイツ人だと思ってほしくないと言ったでしょう。ともかく、博士と娘さんが実験室に監禁されたことがわかりましたので、この通路を使って会いに行ったのです。そこで、博士から皆さんを呼んでほしいという依頼をされたわけです」

できるだけ静かに通路を進み、入口と同じような回転する板を抜けた先は、使いみちのわからぬ実験器具が所狭しと並ぶ小さな部屋だった。中央部に、人が一人横になれるほどの、金属製の棺桶《かんおけ》のようなカプセルが設置され、そこからいくつもの配線が天井や床に伸びている。そのカプセルの横で、エーデルシュタイン博士とロッテが待っていた。信之はロッテと視線を合わせて笑みを浮かべそうになったが、今まで見たこともないほど緊張した彼女の表情に気づき、緩みかけた顔を引き締め直した。

「お久しぶりです。たった三日なのに、もうだいぶ経ってしまったような気がする」

博士の言葉は、ロッテが通訳してくれた。

「このオスター大尉のような方がいてくれて、本当によかった。実のところ、もうあきらめていたのですが。大尉が現れた時、これは千載一遇の好機だと、皆さんをお呼びすることにしたのです。ここは、私の設計図をもとに造っておいてもらった実験室です。その扉の向こうは、本来の出入口がある準備室。秘密通路は、準備室を通らずにこの実験室へ直接繋がっています」

博士は、部屋の構造を身振りで説明した後で言った。「あなた方は、命がけで私たちをここへ連れてきてくださった。それに、ロッテのことも大事にしてくださった。だから、ご説明をしておきたいのです」

何の話をされるのかまったく予想がつかないまま、信之たちは博士の言葉の続きを待った。話は、意外なところから始まった。

「私がユダヤ人であることは、もうご存知なのですね」

淀橋を除く皆が頷いた。淀橋は初めて聞く話のはずだが、口を挟みはしなかった。

「この基地の建設に連れてこられたユダヤ人たちを、ご覧になりましたか」

「ええ」皆がまた頷く。

「私は、彼らに顔向けができない。私は、研究のため、科学のために、悪魔に魂を売ったのです……。ここでの研究内容をお教えしましょう。それは、いわゆる『不老不死』に関することです。ああ、信じられないという顔をしておられますね。ごもっともです。しかし……」

一度話を切った博士は、遠い目をして、また語り始めた。それから聞いた話は、信之の想像の範囲を遥かに超えるものだった。

——私はもともと、ビーレフェルト工科大学で、低温下での人間の行動について研究しておりました。そう、ほんの十数年前は、ユダヤ人も他の人種も、誰もが普通にドイツ人と肩を並べ仕事をしていたのです。ドイツ人のほうでも、それを当然のことと思っていたはずです。

ある時、私は自分の研究が、もしかすると不老不死というものに繫がるんじゃないかと考え始めました。いえ、不老不死といっても、伝説の丸薬を創るなどという話ではありませんよ。あくまで科学です。

そもそもは、身体を低温に保つことで、代謝の周期を引き延ばすという研究でした。私は理論をさらに推し進め、ごく低温、冷凍状態にすれば、老化を遅らせる、または止められるのではと考えたのです。

ただしその間、人間が人間であるゆえん——思考、意識、あるいは魂とでも呼ぶべきものを、しっかり保持しておかねばなりません。人間の思考の正体は、脳の神経細胞の電気信号であると、聞いたことはありませんか？　身体が凍結し、信号が流れなくなってしまえば、意識も消滅してしまうのは道理です。それを避けるため、私は脳神経の一部へ作用を及ぼし、その電気信号を外部へ誘導する研究を同時に行いました。身体を凍結する時点で、思考を電流として抽出、保管するわけです。

身体から電流の形で取り出した思考は、コイルの誘導起電力を利用した電気回路へ流し込みます。設置するにはちょっとした庭ほどの広さが必要なのですが、その中を走り回る魂をイメージして、私はその回路を魂の庭――ゼーレガルテンと名付けました。

しかし、永遠に保管はできません。理論上、回路の起電力は七十年ほどで消失し、電流は止まってしまうと想定されます。電流の停止は、すなわち意識の消滅ですから、いったんは身体を復活させて意識を戻さなければならないでしょう。それでは意味がないと思われますか？　しかし目覚めれば、七十年を一気に飛び越えることになります。これを適宜繰り返せば、不死にすら近づけるというわけです。

一緒に研究をしていた妻は、娘がまだ幼い頃に病気で亡くなりました。死因は結局よくわかっておりませんが、研究に何かしらの要因があることは否定しきれません。私たちは、時に自分たち自身を実験台にしていましたから。

私は、この研究を初め秘密にしていました。しかしある日、勘付いた同僚が私に「不老不死の研究をしているのは本当か」と聞いてきたのです。私は、どうせ信じてはくれないと思い、冗談半分で本当だと言いました。彼も笑い飛ばしていました。ですが……。

やがて、ナチスによるユダヤ人の迫害が始まりました。親戚や知人の多くが、東方にあるという入植地へ送られていきました。もちろん、それが東方などではないことは、わかっていました。国民のほとんども、知っていたのではないでしょうか。ああ、自分には責任がないとは言いませんよ。何もかもを体制のせいにするのは、愚か者のすることです。その体制を選んだのは、自分自身でもあるのですから。社会が狂気を増しつつある中で、私は古い友人を頼り、娘をペナンに疎開させました。それでも、私自身は研究を続けた。そうすることで、見逃されていると勘付いていたからです。なぜ見逃されているのか。答えは身近なところにありました。あの同僚です。呼び止めた彼の、引きつったような笑顔を見た時、私は悟ったのです。彼は、私の研究が完成するのを待ち、便宜《べんぎ》を図ってくれていたのだと。
しかし研究が完成してしまえば、どうなるかわかりません。私も予防線を張ることにしました。

同僚が動く前に、自らナチスへ研究について申し出たのです。それは、おそらく複雑なルートをたどって、ヴォルフスシャンツェに届いたのでしょう。ナチスの官僚機構、さらには私の出自を考えれば奇跡にも思えますが。一方で、そうした話には無条件で飛びつくという、総統と親衛隊のオカルティズム、あるいは一種の幼児性を私は見抜いていたのです。

総統の目に留まってからの進展は、ずいぶんと早いものでした。極低温が必要だといえば、この秘密基地が用意されました。ここを第三帝国最後の砦、総統の立てこもるべき最終要塞《ようさい》にすることも想定していたのでしょう。それに、この研究は究極的には彼のためなのですし、ユダヤ人が総統の直属の研究をしているとは、味方にも伏せておきたかったのだと思います。

戦局の逆転？　ああ、そう言われていたのですね。あなた方同盟国の協力を得るための方便だったのでしょう。まあ、現在の世界から逃げ出して、未来で再起を図るという意味では間違っていないかもしれませんが……。

ともかく、戦局ここに至り、もう研究段階でいることは許されなくなったのだと思います。ヴォルフスシャンツェの連中は急に、私の娘を実験台にせよと言い出しました。

娘は、私と妻が自分たちを実験台にし始めた後で産まれたのですが、その影響でしょうか、幼い頃から――この表現が正しいのかわかりませんが――適性がありました。ペナンへ遣る前、何度か娘に実験へ協力してもらったところ、思考を電流化して回路へ取り込んだ状態で、意思を持って活動している様子が見受けられたのです。まだ幼かったためか、本人は憶えていないと言うのですが、ゼーレガルテンに接続した観測機器のランプがリズムを刻むように明滅したり、メーターの針が踊るように振れたり……。なんというか、そう、まるでおもちゃで遊んでいるようにね。そんなことは、他の被験者からはまったく観測されませんでした。

どうやら娘には、電気、電波に関して非常に敏感な能力が備わっているらしいのです。回路に取り込まれていない、普通の状態でも、周辺の電波状況を目で見ているように的確に当ててみせたことがありました。相手に触れて、その人の思考——脳内の電気信号の流れを感じ取ることもできます。常にできるわけではないのですが、生死に関わる時や、心の底から強い感情が湧き出す時に発せられる信号は、大抵わかるようです。

ここへ来る途中、米軍機に追われた際もそうです。あれは星野さんに触れることで、星野さんの耳から脳へ入った情報を感じ取り、電波発信源である敵機から離れる方向へ私たちの飛行機を誘導したのです。あの時の星野さんは戦闘に臨んで、強い感情を抱いていたから、いわば心が読めたのでしょう。どうしたのですか。急に赤くなって……？

とにかく、そうしたことはずっと隠していましたが、ある日、親衛隊に知られてしまったのです。その上、娘がペナンにいる事実まで突き止められてしまいました。娘を実験に提供するのが嫌ならば、研究は打ち切り、私たち親子は他のユダヤ人と同じ扱いになるということです。

それを命じた官僚の笑いを、今でも憶えていますよ。自分の娘を不老不死にできるのだから、これほど嬉しいことはないだろう、と。じゃああなたの娘に代わってもらってもよいのですよ、と喉まで出かかりましたけれどね。

適性がある娘を実験に供して、研究を一気に完成させろということでしょう。こうして、私と娘は、この雪と氷の大陸へ連れて来られたというわけです。

娘はこの棺桶のようなカプセルで冷凍され、抽出した意識はこの基地の基礎構造にあらかじめ組み込まれた回路——ゼーレガルテンへ流し込まれます。もう、庭を走り回る歳ではないというのに。

娘を連れてくる羽目になった理由は、もう一つあります。この基地で親衛隊が開発中の電波兵器に、娘の意識を接続し、操作せよというのです。ここの広大な氷原をそのままアンテナ面にしたレーダー、それも強力な電磁波を放射することで攻撃兵器にもなるという馬鹿げたものなのですが、娘はその能力を利用され、兵器の一部になるわけです。

功を焦ったのかもしれませんが、私の研究と組み合わせることをあのゲルトマン少佐が思いついたのでしょう——。

そこまでを一気に話し、吹っ切れたような表情になった博士は、長いため息をついた。自らの運命すら含めて通訳してくれたロッテを気遣う表情を見せる。ロッテは、いいの、というように目を伏せた。

「そんな……そんなこと！」

怒りが、つい口に出た。皆が信之のほうを振り向く。

「ひどい話じゃないですか、そんなの」

信之の言葉に、高津と砧が頷いた。ともに旅をしてきたロッテのことを、皆は姫様のように扱うようになっていた。その姫が、邪悪な者どもの手で永遠の眠りにつかされる——。

「娘さんを実験台にさせられるだなんて。不老不死なら、希望する人だっているでしょう。それこそ、ドイツ軍のお偉いさんだって」

「最初の実験台にはなりたくないのでしょう。それに、最終的にここへ入れるのは総統だけです。その時には、ロッテは晴れてお役御免となり、自分の身体に戻ってこられます。いや、いっそ——」博士は遠くを見るような目をして言った。「総統は来ないほうがいいと思うこともあるのです。考えようによっては、これで娘は永遠の生を得られるのですから。目覚めるのは、このような戦乱の時代を遠く去った、未来の世界です。おそらくそこは、今よりも少しはましな時代でしょう」

「永遠の生……」

「そうです。我々は、生と死を分かつ、深い谷の淵《ふち》を覗き込んでいるのです」博士は、寂しげに笑った。

「意識を抽出というと、外科的手術をするのですか」台場大尉がおそるおそるといった様子で訊ねた。

「いえ。手術は必要ありません。これを見てください」

博士は壁面のラックから、二本のケーブルを取り外した。それぞれの先端には銀色に鈍く輝くプラグが取り付けられ、長く伸びた反対側は、離れたところにある発電装置のようなものに接続されている。そこからはさらに太いケーブルが、床にのみ込まれていた。その先が、基地の基礎構造に組み込まれているという回路――ゼーレガルテンに繋がっているのだろう。

博士は二本のケーブルのプラグを、カプセルのちょうど頭が収まる部分にある端子へ差し込んだ。

「この装置で発生させる、超高密度の電流を脳に当てることで、作用します。自分で言うのもなんですが、これ単体でも画期的な発明だと思いますよ。また、研究の一環として、意識を極限まで微分することにも成功しました」

「意識を微分？」

「ええ。不老不死の研究は、死について知ることでもあります。私は、何人もの死に立ち会い、その瞬間を記録、測定させてもらいました。脳波や血流、分泌物《ぶんぴつぶつ》、体重の変化など、すべてをです。その結果、ある仮説を立てるに至ったのですが……。死の瞬間、そこから逃れるため、脳に特殊な作用がはたらく人が存在するようなのです。いや、肉体的な死は免《まぬが》れ得ませんよ。しかし、精神の部分において、ある種の人間は既に不死を実現していました。その経験を他人へ伝えることはできないため、誰も知る由はなかったのですが」

「死の瞬間、何が起きるというんですか」

「最期に臨んで分泌される物質を受け取った脳は、意識を極限まで微分するのです。たとえていうならば、矢が突き刺さる瞬間、的までの距離は一メートル、一センチ、一ミリ……と短くなっていきますが、そこをさらに細かく分けていくわけです。〇・一、〇・〇一……というようにね。理論上、それは無限に分割できてしまう。つまり、その本人の意識にとってみれば、不死ということになります」

「時間が永遠に引き延ばされると？　目の前の苦痛が、来そうで来ない状況がずっと続くというのは、ただ苦痛を増すだけのように思えますが」

「捉え方の問題でしょう。私はこの意識の微分ともいえる現象について、同様の分泌物を発生させる電磁波を脳へ照射し、人為的に作り出すことに成功したのです。脳の特定の部位が低周波の磁界にさらされると光を感じるという現象は、磁気閃光《じきせんこう》として知られていますが、その応用です。これを進めれば、たとえば短時間に何度も繰り返し死の瞬間を体験することも理論上は可能になります。もちろん、そんな意味のない研究は進めませんし、ナチスには秘密にしますが」

「そうしてください」台場大尉は真剣な顔で言った。

「死というのは不思議なものです。本当の死が、無であると決まったわけでもありません。脳内の電気信号が人間の思考、すなわち魂ということならば、わざわざ抽出、保管しなくとも、肉体が死を迎えた際にはそれらの情報は空間に放出され、自然の電流としてなんらかの形を保ち続けるとも考えられます。そう、すべての死者の魂は、この世界に満ちているのかもしれません――。ああ、話が大きくなり過ぎました。ともかく、私が開発したこの装置により、身体を冷凍した瞬間の意識、魂を保管できるというわけです」

博士の言葉を聞いた信之には、まだわからないことがあった。保管された意識は、どのような状態になるのだろう。永遠に続く時間の中を生きるように感じるのだろうか。その時、自我はどうなってしまうのか。そもそも、自我とは何だ。脳の神経細胞の、微弱な電流。それが、自分が自分であることの拠《よ》り所なのか。それが、魂と呼ばれるものなのか。

腕時計を見たオスター大尉が、隠し扉からそっと通路へ出ていった。この実験室に来て、だいぶ時間が経っている。様子を見に行ったのだろう。

博士の話は続いている。

「研究はほぼ完成していますが、一つだけ心配があります。超高密度の電流を流して被験者の意識を回路へ移行する際、この装置が発生させる電磁場の中にいる者は、カプセルに入っていなくとも、意識を回路へ取り込まれてしまう恐れがあるのです。まあ、理論上あり得るという話で、実験の際に近寄らなければよいだけなので問題はないでしょうが」

「なるほど。しかし……」台場大尉が指摘した。「他者の意識も取り込まれてしまう可能性があるということですが、実際に複数の人間の意識が回路へ入ってしまったら、混ざり合ってしまわないのでしょうか」

「面白い推察です。親衛隊の連中で、そこまで見通した者はいなかった。そう、私もそれは考えました。結論としては、あり得ます。複数の意識が同じ回路を流れるうちに、混淆する可能性はあるでしょう。その時、個々の意識がどのようになるのかは私にもわかりません。対等な形で一つに統合されるのか。人間であった時の個性が残り、特定の者が中心になるのか……」

「しかし、混ざり合ってしまうとしたら、危険ではありませんか。もし、ロッテさんの前に実験がされていて、他人の意識が入っていたら……」

「それはないでしょう。建設のため、設計図と実験手順書を提供したとはいえ、私の他にこの難しい実験を行える者がいるとは思えません。手順書には、わざと肝心な部分を書かなかったのです。書いてしまって、もう私たちは要らないとされても困りますからね。仮にその不完全な手順書で実験を始めても、うまく行きません。実際には意識が取り込まれているのに、見かけ上は死んでしまうような状況も起き得ます。そうなる前に、途中で止めるはずです。あのゲルトマン少佐といえども、無理はしなかったと思いますよ」

それを聞いた信之は、ゲルトマンを信用してよいのだろうか、と疑うとともに、別の疑問も抱いた。もしも、魂が取り出された後で肉体が滅んでしまったとしたら？　まだ生きているその魂は、どうなってしまうのか。

だが、話はそこで終わってしまった。戻ってきたオスター大尉が、「そろそろ引き揚げましょう。親衛隊の見回りが来るかもしれない」と皆へ声をかけたのだ。

信之は思い切って声を上げた。

「ロッテ」

呼び捨てにしても、今は不思議と恥ずかしさはなかった。

皆が信之のほうを見た。もちろん、ロッテも。視線が絡み合う。

「ロッテ、君は、それでいいのかい」

彼女が頷くのは、わかっていた。

それ以上に、言えることがないともわかっていた。拒むことが許される状況でも、時代でもなかった。

「娘のことを、心配してくれてありがとう」博士は信之に頭を下げた。

「その……ロッテが眠りに入った後、ここはどうなるんですか」信之は、ロッテと博士の顔を交互に見ながら、気になっていたことを訊ねた。

「ドイツがこれからどうなるかは私にもわかりませんが……。この実験設備は、南極の強い磁場を利用した地磁気発電機から電力の供給を受けています。それはそれで、きわめて先進的な施設ですがね。原理としては単純なので、基本的に補給や整備は不要です。管理する者が誰もいなくなったとしてもカプセルは維持されるようになっていますし、ゼーレガルテンも基礎構造に張り巡らせるように造ってあるので、少しくらい破損しても問題はないでしょう」

博士はどうするつもりなのか、誰もいなくなるというのはどのような状況なのか、訊き返す勇気はなかった。さらに博士は続けた。

「それに万が一、許可を得ていない者が強制的にこのカプセルを開けようとした場合は、装置ごと氷の下へ落ち込むつくりになっています。一種の自爆装置です」

「この下には、巨大な空洞があるようなのです」オスター大尉が補足した。「南極大陸の本来の地面は、何百、何千メートルもの厚さの氷で覆われていますが、この基地の下には氷が解けてできた大きな空洞があると事前調査でわかりました。非常時にはこの部屋の底を爆破し、そこへカプセルを落下させるようになっています」

「そうなってしまえば……」呆然とする信之の、言葉は続かない。

博士は言った。

「爆破して、ここの地下数メートルにある氷の裂け目までカプセルを落とせば、さらに下にある空洞へ自然と滑り落ちていくでしょう。空洞はどこまで広がっているかもわかりませんし、水が流れているとも推測されています。この研究の最も重要な装置であるカプセルは、誰の手も届かぬところへ運ばれるわけです。そこで、永遠に凍りつくことになる……。それよりも、私はあなた方にお詫《わ》びをしなければなりません」

「？」

「薄々、勘付いてはいたのです。しかし、まさか本当にそんなことをするとは——正直にお伝えしましょう。親衛隊は、あなた方をここから帰さないつもりです」

「どういうことですか」

博士の言葉に、信之たち日本海軍の搭乗員は一斉に驚きの声を上げた。

「秘密保持のため、親衛隊以外は——ドイツ国防軍の部隊も、ユダヤ人労働者たちも、もちろん日本海軍の皆さんも——ここから生きて帰ることは前提にされていないのです」

「…………」

帰れぬ対象に含まれているオスター大尉は、もともとそれを覚悟していたのだろう。無言のままだった。

高津が、開き直ったように言う。「まあ実際、再びあの航路を飛んでいくのは、厳しいでしょう。それならしばらくここで世話になってもいいんじゃないですか」

楽観的な高津の言葉を、博士がさえぎった。

「いや、絶対にここにいてはいけない」

「なぜですか」

「ここに、ただいるだけでも、水や食料を消費することになるでしょう。つまり」

「オスター大尉やユダヤ人たちと違って、私たち日本海軍は、いるだけで邪魔だと。……始末されるということですか」

「そういうことです」

自分のせいでもないのに、博士は恥じ入っているようだった。

「となると、長居は無用だな」台場が言った。

「我々の飛行機は、飛べるんでしょうか」

淀橋の問いに、オスター大尉が答える。「整備は万全です。それに、気象班によれば、明日の朝は風がおさまる見込みです」

「しかし、博士のおっしゃるとおりなら、沿岸基地にも親衛隊から連絡が行くのではないでしょうか。少なくとも沿岸基地で燃料を補給してもらわねば、我々は南極大陸から出られない」

台場の指摘にも、オスター大尉は任せておけというように頷いた。

「もともと、私と何人かの仲間は、親衛隊の横暴を見過ごせず、生き残ったユダヤ人たちを脱走させる計画を立てていました。私たちは『青』計画と符丁《ふちょう》で呼んでいます」

「そんなことを……。大胆ですね」

「沿岸基地に、小型潜水艦があったのを見ましたか。あれは輸送用の潜水艦なんですが、あの乗組員も、実は『青』の仲間に引き入れてあります。ユダヤ人たちを沿岸基地へ連れていき、潜水艦へ密かに乗せる。そしてドイツへの帰路、補給のために立ち寄る南米で、彼らを降ろすという計画です」

「そんなにうまくいくでしょうか」

「やってみる価値はあるでしょう」

「でも、それではあなたの身が」

「私だって死にたくはありません。ばれないようにやるしかない。今まで、機会がうまく巡ってきませんでしたが、ついにその時が来たわけです」

「……なるほど」台場は頷いた。「一式陸攻に乗せられるのは、詰め込んで十数人というところですが」

「ユダヤ人だけを乗せるのですから、それで十分です。明日の朝、天候を確認次第、強行離陸です。飛び立ってしまえば、親衛隊も追いきれないでしょう。沿岸基地に着いたら仲間がいますので、彼らの指示に従ってください」

「オスター大尉はここに残るのですか。さっきも聞きましたが、我々に協力したと知られたら……」

「お気になさらず。とにかく、天候が回復したらすぐに行けるよう、手配をしておきます。あなた方もすぐに出発できるよう準備をお願いします」

「……承知しました。ご武運を祈ります」台場は敬礼し、それから博士とロッテを見た。

「いっそ、お二人も」

それは、信之も思ったことだった。だが、博士は寂しそうに首を振った。

「私たちが行くわけにはいきませんよ」

信之は最後の希望が潰《つい》えたような気分になったが、それは仕方のないことなのだろう。

そろそろ戻らなければ、とオスター大尉が告げる。再び壁を押して、秘密通路へ戻る必要があった。

「この辺でしたっけ」

いくつものパイプが走る壁を指差す高津に、博士が注意した。

「ああ、気をつけてください。そのパイプは、カプセルを冷却するための液体窒素を通すものです。ところどころ、黄色いレバーがあるでしょう？　それには決して触らぬように。放出弁ですからね。下手に動かすと、マイナス百九十六度の液体窒素が噴き出す」

高津は、慌てて手を引っ込めた。

オスター大尉が慎重に通路の入口を開け、皆が順番にくぐっていく。最後になった信之のところへ近づいてきたロッテは「また会えるかな」と小さく言った。

信之は何も言えず、ただ曖昧に頷いた。嘘はつけなかった。それを、信之は後々まで悔やむことになった。たとえ明らかな嘘であっても、いつかまたきっと会える、と言うべきではなかったのか。嘘をつくことが正しい場合も、あったのではないか
――。

二〇一八年二月

薄い灰色の煙を一条噴き上げ、オレンジ色の雪上車がゆっくりと動き出した。車内では悲愴な表情を浮かべた拓海が、遠ざかる飛行機と、その窓で手を振る人々を見つめていた。

今、ベイカーの提案に従い、雪上車は中国隊の崑崙基地へ向け出発したのだった。

――なぜ俺はここにいるのだろう。

このところ事あるごとに拓海の脳内に浮かぶ台詞であるが、もちろん、雪上車に拓海が乗っている理由はある。三日前の、不時着機内における会議でのことだ――。

「わかりました。雪上車には、崑崙基地へ向かってもらいましょう。伊吹さん、衣笠さん、いいですか」

話をまとめた機長が続けて確認した。「そうなると、誰が行くかですが……。伊吹さんたちお二人の他にも、何人か乗れるんですよね」

「ええ」

「乗客の中で女性や子ども、病人はなるべく、とも思ったのですが、別に安全な場所に行くわけでもないですし……」

思案する機長を、副操縦士がフォローした。「そもそも、乗せきれませんよ。それよりは、何かあった時のために、作業を手伝える人を乗せていったほうがいい。残りの人たちを見捨てるわけじゃありません。心細く思う人もいるでしょうが、最終的に皆を救うことになるんですから」

その時、ベイカーが手を挙げて発言を求めた。

「病人といえば、彼――望月さんのツアーのご老人は、心臓病の薬を飲んでいたのでは」

「本当ですか。大丈夫でしょうか」

心配そうに訊ねてきた機長に、突然話を振られた拓海は混乱しつつも返事をした。

「ああ……。ご本人は問題ないと言っています。多めに持ってきたという話ですので。でもまあ、切れた時のことは気になりますね」

それにしても、なぜベイカーは大伯父のことをこんなに詳しく知っているんだ？

「ふむ。機内には他に病人はいません。薬を飲んでいる人はいるかもしれませんが、なくなったからと言って健康状態へ直結するようなケースはなさそうです。それに、あのご老人は、見たところこの機内で一番お歳を召しているように見えます」機長は顎に手を当て、考え込む様子で言った。

「薬が届くのを待つよりも、いっそ乗っていってもらうのがよいかもしれませんな。しかし、体力的な面は心配です。観光旅行とは違いますから。ツアコンとしてどう思われますか」

副操縦士の問いかけに対しては、拓海は「不時着してからの様子を見ていても、そこは問題ないと思います。連れていってもらったほうが、このままここにいるよりリスクは少ないでしょう」と正直な考えを述べた。

「それなら、ご老人の世話をするために、君にも同行してもらったほうがいいな」ベイカーが言った。

「私も、ですか」

「ツアコンとしての責任があるだろう。他のお客さんは、飛行機に残るスタッフに任せていいと思うが。ああ、もちろん俺も行く。南極での経験があるのは俺だけだしな」

またしてもベイカーの思惑通りに話を進められたような気がした。

老人が拓海の親族であると知っているのは、ベイカーだけだろう。皆に知られていれば、また別の判断もあったかもしれないが、今さら口に出すこともできなかった。

そのようにして、雪上車には伊吹と衣笠の他、ベイカー、拓海、そして拓海の大伯父が乗っていくことになったのだった。

雪上車に乗る者たちが各自準備に取り掛かるのと同時に、機長から機内の全員に対して発表がなされた。自分たちを見捨てるのか、という怨嗟《えんさ》の声は、意外にも上がらなかった。南極大陸奥部の大氷原を小さな雪上車で突っ切っていく過酷さは、飛行機の窓から白い大地を見ているだけで、皆たやすく想像できたのだろう。

拓海は荷物をまとめながら、たまたま斜め後ろの席に座っていたアメリカからの団体のツアーコンダクターに話しかけた。

「しかし、ベイカーさんもこのツアーに参加したばかりに、大変ですね」

相手は言っていることの意味がわからなかったのか、きょとんとした顔をし、しばらくしてようやく口を開いた。

「ベイカーさんは、うちのお客様ではありませんが……」

「え？」

どういうことだろう。ベイカーは、ツアー客ではないということか――？

がくん、と大きな揺れに、後頭部を壁面にしたたか打ちつけてしまい、拓海は居眠りから目を覚ました。

出発するまでの出来事を夢に見ていたらしいが、その残像は潮がひくように消えていく。雪上車の中、運転席の後ろのシートに座っている現実へと、意識は徐々に切り替わっていった。

「少し、後ろに行って休んだらどうだ」

隣に座るベイカーに英語で声をかけられた時、「いや、その前に話があります」と、後部の寝台から大伯父がやってきて言った。揺れる車中でも、しっかりとした足取りである。

軽く驚いているベイカーへにこりと笑いかけると、大伯父は拓海の後ろの補助席に座った。

「ここいらで、ベイカーさんに聞いておきたいことがありましてね」

大伯父は、振り返ったベイカーの目をまっすぐ見据えて、日本語で言った。「崑崙基地へ行くというのは、言い訳なのでしょう？」

ベイカーは少し慌てた口調の英語で答える。「どうしたんですか、突然」

ちょっと待て、と拓海は思った。なぜ大伯父の日本語をベイカーは理解できるんだ？

「あなたの本当の目的は、経由地だと言っている到達不能極基地だ。そして、そこにあるもののために、私を半ば強引に連れてきた」

表情をこわばらせ、黙りこんだベイカーに、さらに大伯父は畳み掛けた。

「ベイカーさん、あなた、曖昧にしているが、政府機関所属というのはつまり軍人なのでしょう？」

拓海は混乱した。到達不能極基地——旧ソ連の基地が目的とはどういうことなのか？　そこに大伯父を連れていくのに何の意味があるのか？　そして、ベイカーは軍人だったのか、なぜそれを大伯父が見抜いているのか……？

伊吹と衣笠は何も言わず、正面の窓を見据えながら運転を続けているが、会話は聞こえているはずだ。意識を背後に集中させているのが伝わってくる。

皆が困惑しているうちに、腹を決めたのだろう。落ち着きを取り戻したベイカーが、なめらかな日本語で言った。

「知っていたのですね。……星野信之さん」

一九四五年　一月

「風はおさまりました。行くなら、今しかありません」

オスター大尉が信之たちに小声で呼びかけた。夜中に起こされ、ほとんど眠れぬまま迎えた翌朝、まだ早い時間である。再びやってきたオスター大尉は、青い腕章を巻いていた。信之がそれについて訊ねようとした矢先、台場大尉が質問した。

「親衛隊は」

「まだ動いていません。それに先ほど、博士が実験の準備を始めると連絡しました。親衛隊の目はそちらに集中するはずです」

博士は、実験を陽動に使おうとしているのだ。信之はロッテのことを思ったが、もはやどうにもならない。

夜中のうちに揃えておいた装具を持ち、格納庫へ静かに移動する。

台場は歩きながら小声で、もう一つの懸念をオスター大尉に伝えた。

「博士によれば、何やら、高性能な電探――レーダーがあるというお話でしたが。うまく飛び立っても、それで捕捉されてしまわないでしょうか」

「ああ、『ウンディーネ』ですね。大丈夫、今は停止しています」

「それは、どのようなものなのですか」

「規則的な配列で素子《そし》を埋め込んだ氷原そのものを、巨大なアンテナ面として利用するレーダーです。このとおりの極寒、強風の地ですから、アンテナ面は平滑な状態のまま維持しやすくなっています。また、電磁波を特定の方向へ収束させて放射することで、敵のみに対して電波妨害を行ったり、電子機器の機能を停止させたりできるよう設計されています。まあ、まだ実験中ではあるのですが。さて、着きました」

格納庫内では、何人か、親衛隊ではない国防軍の兵士が立ち働いていた。皆がやはり青い腕章を巻いている。信之たちは警戒したが、オスター大尉は自らの腕を上げてみせ、安心させるように言った。

「大丈夫。青の腕章の彼らは味方です。沿岸基地も我々『青』の仲間が押さえています。別働隊が、これからユダヤ人たちを連れてきます」

一式陸攻には、青い腕章を巻いた整備兵が取り付いて飛行前点検をしてくれていた。帝国海軍の正式手順書などないが、誰も心配はしていなかった。何しろ、これまでさんざんその技術力を見せつけられてきたドイツ軍なのだから。

装具を身につけながら、台場はオスター大尉に言った。

「世話になりました」

皆も口々に言う。「ありがとうございました」

それから信之は、迷った末に口にした。

「そのう……ロッテにもし会うことがあれば、星野が、いつかまた会おう、と言っていたと伝えていただけませんか。実験が始まってしまえば難しいのかもしれませんが」

オスター大尉は微笑んで、「たしかに承った」と言ってくれた。

だがその時、ドイツ国防軍の制服に青い腕章を巻いた、少年のような童顔の士官が、扉を蹴破る勢いで格納庫内へ飛び込んできた。

「そんなに慌てるな、ヴェッセル少尉。早いな。ユダヤ人たちを連れてきたのか？」

落ち着いた口調で訊ねたオスター大尉に、ヴェッセルと呼ばれた若い少尉は血相を変えたままメモ用紙を手渡し、何事かを叫んだ。すると、オスター大尉だけでなく整備兵たちも顔色を変え、ドイツ語で盛んに言い合いを始めた。

「何が起こったんです」信之は、台場にそっと訊ねた。

「全部は聞き取れんが、ヒットラー総統からの指令が入電したようだ。あまり良くはないものらしいな」

取り残された形になった日本海軍の搭乗員たちのことを思い出したのか、オスター大尉が申し訳なさそうな顔で話しかけてきた。「総統からこの基地へ、直々の通達がありました」

それからオスター大尉は、メモの内容を訳して読み上げた。

『諸君らのこれまでの勇戦敢闘に感謝する。誠に遺憾なれど、戦局に鑑《かんが》み、ノイ・ヴュルテンベルク南極基地への補給支援を本日付で停止する。貴基地の厳しい環境を想像するに、断腸の思いではあるが、大ドイツ帝国にもはやその余裕がないことを理解してもらえれば幸いである。今後の自活方針などは基地司令に一任する。諸君らの、帝国軍人としての誇りある行動に期待する。大ドイツ万歳』

少しの沈黙の後、台場は気の毒そうに言った。

「……要は、見捨てられたと」

「まあ、そういうことになりますね」

乾いた笑いを浮かべて、オスター大尉は言った。「ヨーロッパでの反攻作戦――『ラインの守り』作戦――が失敗に終わったらしいのです。これで、連合軍のベルリンへの道は完全にひらけました。第三帝国が消滅する未来はほぼ確定したというわけです」

「もはや南極どころではないということですな。しかし、博士の研究はどうするのですか」

「それすら待っている余裕はないのでしょう。具体的に書かれてはいませんが、南極に基地を設けていた事実そのものを、なかったことにするはずです」

「となると――」

「親衛隊は、すべての証拠を消そうとするでしょう。問題は、その親衛隊自体が、撤退を許されたわけではないことです。人間の、最も醜い面がこれから露《あら》わにされるかもしれない。見たくはありませんでしたが」

ひどく暗い声だった。

その時、氷とコンクリートの隔壁越しに、銃声が聞こえてきた。

「残念ながら、さっそく醜さの発露が始まったようです」オスター大尉は醒《さ》めた口調で呟いた。

「どうします」

「ここで、少し待っていてください。どさくさに紛れて脱出する方法を考えます」

「あなた方は」

「ドイツ軍人としての、あるべき姿に立ち返るまでです。私は入隊にあたり、ドイツ国家と国民を護ると宣誓しました。ドイツ国民とは、人種に左右されるものではありません。何ということはない、親衛隊を倒せばいいだけですよ」

そしてオスター大尉は、総統の通達を知らせてきた若い少尉へ命じた。

「ヴェッセル少尉、状況の確認を頼む。十分気をつけるように」

「はっ」

再び扉を開けて駆け出していく少尉の背中を見ながら、オスター大尉は言った。

「我々国防軍も、親衛隊も、ドイツ軍であることに変わりはない。後世の歴史書では、我々はまとめて悪の帝国の手先呼ばわりされるのでしょうね。まあ、自分たちが絶対に潔白だとは申しませんが」

「それは、我々大日本帝国も似たようなものですよ」

「軍人というのは、まったく割に合わない商売ですな」

オスター大尉と台場が慰め合うような会話をし、凄愴《せいそう》な表情が皆の顔に浮かんだ時、ヴェッセル少尉が早くも戻ってきた。先ほどよりもさらに慌てている。

「少尉、気持ちはわかるが、いくらなんでも、これ以上驚くようなことは起きないだろう。落ち着いてくれ」

「いえ、もっと大変なことが起きているんです……。集まっていたユダヤ人を親衛隊が見つけて、一方的に撃ち始めています！」

ヴェッセル少尉の報告を横で聞きながら、信之たちに訳す台場の表情が険しくなる。

「なんてことを」信之たちは顔を見合わせた。

「話はまだあります。生き残ったユダヤ人を、エーデルシュタイン博士が実験準備室に収容して、立てこもっているんです」

「そうか……」オスター大尉はしばし考え込んだ後、信之たちへ向き直って言った。「やむを得ない。ユダヤ人たちを乗せるのは諦めましょう。こちらで何とかします。この間に、脱出してください」

「いえ、ちょっと待ってください」

台場は、信之たちを一度振り返ってから、オスター大尉へ申し出た。「せめて生き残ったユダヤ人だけでも、連れていきましょう。例の、秘密の通路があるじゃないですか」

二〇一八年二月

星野信之——本名を呼ばれた拓海の大伯父は、あくまで柔和な表情と口調を崩すことなく、ベイカーに答えた。

「老人だからといって、甘く見られては困ります。あなたは、ずっと私を監視していたでしょう。ツアーに参加する前から、時折お見かけしていましたよ。ランディ・ベイカーさん」

再び、沈黙が流れた。車内にエンジン音だけが響く。

「サスツルギだ。注意して乗り越えろ」

運転席のほうから、伊吹が衣笠に小さく声をかけるのが聞こえた。その直後、がくんと車体が大きく揺れ、拓海は慌てて大伯父の身体を支えようとした。しかし、老人は大丈夫だというように拓海の手へ皺《しわ》だらけの手をそっと重ねると、またベイカーに向けて言った。

「もう一度言います。ベイカーさん、あなたも、あなたの前任者も、そのまた前の人も、私は気づいていました。私をずっと監視していることをね。いや、もう見張られるのにも慣れましたよ。一九五八年以来ですからね。もちろんあなたたちの立場もわかるが」

「立場？」拓海は口を挟んだ。

「私はあの基地の秘密を知る、数少ない生き残りだからね。監視対象にするというのも、理解はできる。納得はしていないが」星野老人は苦笑した。

「ちょ……ちょっと、よくわからないんだけど。なんでそんな秘密を信之じいちゃんが知ってるのさ。監視って何のこと？」

拓海は混乱しすぎて、大伯父に対する呼び方がプライベートのそれと同じになっていることに気づかなかった。

「もっともな質問だ」

星野老人は頷くと、ベイカーのほうを向いた。「あなたから説明してあげてくれませんかね」

ベイカーは感情の読み取れぬ青い瞳で老人を見つめた後、ふっと小さな笑いを浮かべ、流暢な日本語で語り始めた。

「ええ、ご推察はすべて正しい。私はアメリカ海軍の現役の軍人、階級は少佐です。皆さんには、今まで黙っていて申し訳なかった。ただし、今は政府機関にいるというのは嘘じゃない。出向しているんだ」

「政府機関とは？」拓海は訊ねた。

「NSA（国家安全保障局）」

まるでJRとか、NTTといった調子であっさりとベイカーの口から吐き出された
そのアルファベット三文字は、映画や小説で聞いたことのある単語だった。

「以前は、『SEALs』——アメリカ海軍特殊部隊のチーム9にいた。その頃、雪山での戦闘を経験したことがあるので、今回の任務に駆り出されたのかもしれない」

「米軍が雪山で戦闘なんて、あまり記憶にありませんが。アフガニスタンあたりですか」

「まあ、そんなようなところだ」ベイカーは言葉を濁した。

「日本語がお上手なのは、やはりお仕事柄ですか」

「ああ、まあ……。チーム9には、日本からの出向者もいたしな。腕のいいスナイパーだった」

ベイカーはさらりと言った後で、口を滑らせたと気づいたらしい。誤魔化すように目を大きく見開いた。

「しかし、私のような人間を監視するために、そこまで優秀な方を送ってこられるとはね。光栄に思うべきですかな」

皮肉混じりに言う星野老人をまっすぐに見て、ベイカーは答えた。「星野信之さん、あなたはご自身で思っておられるよりも、重要な人物なんですよ」

拓海は、大伯父の顔を見た。まったく動じぬ様子で、穏やかな表情を保っている。

「なんだかさっぱりわからない！」

拓海は混乱して、大きな声を上げた。運転席の伊吹と衣笠も、訝しげな顔で後ろを振り返る。

その様子に気の毒そうな表情を浮かべながら、星野老人はベイカーに訊ねた。

「あそこに何があるか、知っているのですか」

少しの沈黙の後でベイカーは頷き、星野老人を見つめ返した。「話は、第二次大戦まで遡《さかのぼ》るのですよね」

老人が、続けて、というように首を縦に振る。ベイカーは覚悟を決めたらしく、皆へ向けて話し始めた。

「そもそもは、ナチスの遺産なんだ」

「ナチス……ドイツ？」

「そう。髭の小男に率いられた、映画や小説だと大抵悪役の連中だ」

「そういえば、南極にナチスの秘密基地があるっていうSFを読んだことがあります」伊吹が言った。

「そんな噂は昔からあったが、あながち間違いではなかったんだよ。どこかから漏れた真実が、少し変わった形で伝わっていったんだろう」

「ナチスの遺産に秘密基地だなんて……。マジかよ」と呟いた後、拓海は矢継ぎ早に訊ねた。「到達不能極基地って、何なんですか。そこに、何があるんですか？　例のカメラの画像とは関係あるんですか」

拓海がついカメラのことを口にすると、伊吹が「カメラ？」と不思議そうに聞いた。

ベイカーは仕方ないな、といった調子で話し始める。

「到達不能極基地は、旧ソ連が建設した基地だという話はしたね。一九五八年、ソ連は学術調査のため、南極大陸で最も海から遠い地点である『到達不能極』へ探検隊を派遣した。まあ、『不能』と言っても、実際は到達できるんだが。同じように、それぞれの大陸にも到達不能極はあるが、南極のそれが最も到達困難であることは間違いないだろう」

「そういう意味だったんですか」拓海はその基地の名前を聞いた時から不思議に思っていた。

「しかし、ソ連は単なる学術調査のために『到達不能極』へ向かったわけではない。そこには元々、第二次大戦中にナチスドイツが基地を建設し、ある研究を行っていたんだ。ソ連の本当の目的は、その基地跡に眠る、ナチスの遺産を手に入れることだった」

「肝心なところを省きましたね」

星野老人が口を挟んだ。「その直前、アメリカもそれを手に入れようとしていたでしょう」

「おっしゃるとおりです」ベイカーは素直に認めた。「冷戦の時代です。米ソは世界の至るところで張り合っていました。もちろん、南極でも」

「で、そのナチスの遺産というのはどんなものなんですか」

伊吹の問いに、ベイカーは少し迷ったそぶりを見せてから答えた。

「ナチスがそこで行っていた研究の産物として、なんというか……一種のAIのようなものが眠っていて、それが起動した時にはろくでもないことが起きると、我々は申し送られてきた」

「えっ、第二次大戦当時にAIを開発していたんですか？」拓海は驚愕した。

「正確にいえばAIとは違うんだが……」ベイカーが星野老人をちらりと見る。

何かを我慢するような表情をしていた老人は、一瞬目を固く閉じ、小さくため息をついた。それから、ようやく口を開いた。

「いわゆる『人工』知能ではないのです」

皆が一斉に老人の顔を見た。

「当時の技術では、現代のようなコンピュータはもちろん作れません。きわめておぞましいことですが、その中枢にあるのは『人間』なのです」

「その……、『人間』ってことはまさか」拓海はおそるおそる訊ねた。「人間の頭脳、ってこと？」

「脳そのものではない。『意識』だ」

ベイカーが答えた。「より正確に言うなら、意識――魂を電流化したものと言うべきか。ナチスは、どうやら不老不死の研究をしていたようなんだ。そのために、生身の人間の意識――脳内の電気信号の流れを保存することに成功したらしい。アメリカもソ連も、かつてそれを欲しがっていたのさ」

「それは結局、手に入れられなかったってことかい？」

衣笠の問いに無言で頷くベイカーに、伊吹が重ねて訊ねた。

「今でもそれが生き残っていて、この状況を引き起こしていると？」

「おそらくは。我々の乗った飛行機の不時着も、通信不能の事態も、それが原因と思われる。その『意識』が目覚め、我々に対して牙をむき始めたのだと、私は考えている」

「それを止められる可能性があるのは、星野さん、あなただけだという。だから、私はずっとチャンスを待っていたのです。この雪上車が手に入ったのは、実に幸運だった」

「おいおい、俺たちを宝くじ扱いするなよ」

運転席で衣笠が軽口を叩いたが、それにはベイカーは特に答えなかった。

「信之じいちゃんが……どうして？」拓海は、ひどく戸惑いながら大伯父に訊ねた。

「そこに、行ったことがあるからさ。彼の言う通り、それを止められるかもしれないのは、私だけだろう。だから私を連れていきたいのでしょう？　ベイカーさん」

「……ええ」

辛そうに答えるベイカーの様子を見た星野老人は、優しく言った。

「私に気を遣ってくれているのなら、ありがとう。しかし、こういった形で、再会の日を迎えることになるとはね」

星野老人は、真っ白な窓の外へ目を遣った。また風が強まり、飛ばされた粉雪で何も見えなくなっている。流れる白のグラデーションは、見る間に変わっていく。

「ベイカーさんは、私が南極へ行くことを知って、ついてきたわけだね。どこかのツアーにもぐりこんで」

「ツアーではなく、機長には立場を明かして、単独で乗り込んだんですがね。とにかく、あなたがその歳にもかかわらず南極へ向かうと知って、我々はその『意識』が目覚めるのではとにらみました。彼女が、何らかの方法で連絡してきたのでしょう？　そして、彼女に会うためにやってきた」

断定するようなベイカーに対して、星野老人は黙ったまま曖昧な微笑みを浮かべた。

拓海は、ベイカーの話の中で気になったことを訊ねた。

「彼女？」

「保管される『意識』を提供した女性だよ。ナチスは不老不死の研究のため、身体を冷凍する実験をしていたらしい。意識は冷凍した身体から取り出され、別の場所で保管される。しかし、保管された意識が長年の間に変質、進化し、一種のシンギュラリティに達したと我々は考えているんだ」

「シンギュラリティ？」

拓海の疑問には、伊吹が答えた。「技術的特異点。ＡＩの能力が人間を超える時のことですよ。二〇四五年とも、もっと近いとも言われていました。ちょっと形は違うけれど、既に実現していたとは」

ベイカーが話を続ける。「戦後すぐから、意識の変質についての兆候はあった。いつか、完全に変質した意識が人間に対抗する日が来ることを、我々は危惧《きぐ》していたんだ。星野さん、あなたは、本来の彼女の意識と最後に交信した人間なのですよね。あなたなら、彼女を止められるかもしれない」

そういうわけかと、おぼろげながらも拓海は理解した。しかし、まだ聞きたいことはある。

「どうしてその女の人が、人間に害をなすとわかるんでしょう。そうとは決められないんじゃないんですか」

「彼女が、かつて人間に対して攻撃的にふるまった証拠があるんだ。もう、本来持っていた性格や感情は消えてしまった可能性もある。性悪説で臨まないと危険だ。だが、まだ人間性の一部でも残っているのなら……」ベイカーが星野老人を見た。

「私が説得するしかないだろうな」

老人の言葉に、ベイカーは頭を下げた。

「何がなんでも、彼女を止めなければいけないってことですか」伊吹が尋ねる。

「そのとおり」

「もし失敗したら？」

拓海が何の気無しに訊くと、ベイカーは一瞬ためらう様子を見せてから、不本意そうに言った。

「我々を含め、皆が死ぬ」

一九四五年一月

信之たち日本海軍の搭乗員と、オスター大尉、ヴェッセル少尉ほか数名のドイツ国防軍の兵士たちは、格納庫から秘密通路へ無事たどり着いた。親衛隊員の人数は決して多くないため、基地内の各所を見回る余裕のないことが幸いした。

通路をくぐり抜けて実験室へ直接踏み込むと、エーデルシュタイン博士とロッテは開け放たれた扉の向こうの準備室にいて、何かの装置の点検をしているところだった。

準備室には生き残ったユダヤ人たちもおり、机や棚で入口にバリケードを築いていた。手に手に鉄パイプや木の棒を持ち、親衛隊の突入に備えているが、銃声はもう聞こえてこない。実験室の機材を壊してしまう恐れがあるためか、親衛隊は武器を用いて強行突破するつもりはないようだ。

ユダヤ人たちは突然現れた信之たちに驚いていたが、オスター大尉らの顔を見て納得したようだった。

博士も振り返り、「やあ」と何事もなかったように手を上げた。

「博士、この状況は」

オスター大尉の問いに、博士は頭をかきながら答えた。

「いや、私もユダヤ人の端くれですからね。例の総統からの通達を聞いた時に、嫌な予感がしたのです。補給が切れた後に彼らを生かしておいても無駄だというのは、親衛隊の考えそうなことです。しかし、まさか本当に実行するとは……。世も末だ」

博士は投げやりな口調で言った。オスター大尉が、励ますように説得を始める。

「こうなっては、実験などどうでもいいでしょう。生き残ったユダヤ人と一緒に、博士とお嬢さんも、日本人の飛行機に乗ってください」

オスター大尉はドイツ語で懇願していたが、言っていることの想像はついた。だから、信之もつい口にした。

「そうだよ。それがいい」

他の搭乗員たちも口々に「そうしましょう」と言っている。長い旅路の果て、本来の目的を遂げられずに帰るのだとしても、そもそもそれが邪悪なものであったのなら何も後悔はない。

ロッテ、一緒に帰ろう。信之の声にならない声に、彼女が戸惑いながらも笑い返そうとした時——。

しゅう、とガスが漏れるような音が、部屋の入口から聞こえた。バリケードのほうを振り向くと、ユダヤ人たちが折り重なって倒れ、痙攣《けいれん》している。数名が、逃げるように信之たちのほうへ這ってきた。

急いで駆け寄り、抱き起こした直後、今度は小さな爆発音がしてバリケードの一部が崩れ落ちた。白煙があがる。

その煙をかきわけて、いくつかの黒い影がぬっと姿を現した。ガスマスクをつけた親衛隊員だ。その姿は、まるで悪魔のように信之の目には映った。

悪魔たちの行進の最後に現れたのは、ゲルトマンSS少佐だった。ゲルトマンは煙が引いたのを確かめ、マスクを取った。

「おや、ユダヤ人だけかと思ったら。国防軍に同盟国軍と、揃い踏みですか。ユダヤ人の側にいるとは、どういうことかな」

「彼らに何をした」オスター大尉が、身体を震わせながら言った。

「我が親衛隊が開発した、致死性だが拡散するとすぐに無毒化する、きわめて効率的なガスだよ。連中にとっては、収容所で浴びるのと、南極で浴びるのとの違いだけだ」

ゲルトマンの台詞を台場が訳すと、高津がぼそりと呟いた。「あいつら、軍人の風上にも置けませんよ。あんな奴らと同盟していたなんて、恥でしかない」

高津は突然、近くにいたドイツ国防軍の兵士からライフルを奪い取ると、ゲルトマンに狙いを定めた。

だが――。

連続した銃声は、ゲルトマンの横にいた親衛隊員の、ＭＰ40サブマシンガンから響いたものだった。

高津の身体が芯を失ったように崩れ落ちる。

信之たちは、一斉に高津の周りへ駆け寄った。飛行服の腹に、赤黒く大きな点が三ヵ所できており、横たわった身体の下にできた血溜まりは見る間に広がっていく。

「ああ……やられちまったな……。でも、後悔はしてませんよ……」

「いいからしゃべるな！」台場が叫ぶ。

「あの連中の生き残りは……せめて助けてやって……」

高津は、ガスから逃げ延びたものの、まだ荒い息を吐いて横たわっているユダヤ人たちへ視線だけを向けた。

その間にも、親衛隊員たちがＭＰ40を腰だめに構え、ゆっくりと前進してくる。

「早く行け！」高津が苦しげに叫ぶ。

高津を除く皆は、生き残ったユダヤ人を担いで後ずさった。

「実験室に入って！　防爆扉の向こうなら安全です！」

博士が叫んだ。だが、実験室の狭い入口を皆が一度に通り抜けることはできない。この状況では、その間に蜂の巣にされてしまうだろう。

親衛隊員は、もはや動かなくなった高津には興味を失ったらしく、その身体をまたいでくる。

しかし、高津はまだ生きていた。親衛隊員をやり過ごした高津が苦しそうに壁際へ這っていくのを、信之は見た。壁には幾筋ものパイプが這っており、横になったままでも届く低い場所に、黄色いレバーがあった。

あのレバー、そしてパイプは――。

信之が思い出した瞬間、高津はにやり、と笑ってレバーへ手をかけた。

その笑顔が、最後に見た高津の表情だった。

突如、部屋の中央、ちょうど親衛隊員たちがいるあたりへ、先ほどのガスと違う猛烈な噴射が天井から浴びせられた。液体窒素の噴射だった。

部屋の中が、一気に白い煙と冷気で満たされる。

「いまだ！」

オスター大尉の掛け声で、皆は実験室へ急いだ。背後で銃声が聞こえた。おそらくは、高津をあの世へ送る銃声だろう。だが、彼は怒りを抱いたまま、未練だけを残して死んだわけではない。それだけが、救いではあった。

やがて、銃弾は実験室のほうへも飛来し始めた。標的を目視せずに乱射しているのだ。国防軍の兵士も、応射を始めた。煙の中を弾が行き交う。同胞どうしで撃ち合うのは悲劇としかいいようがない。もっとも、今のこの世界すべてが悲劇ではある。どこでボタンを掛け違えてしまったのだろう。液体窒素の冷気に耐えながらロッテを探す信之のすぐ隣で、国防軍の兵士が額に弾を受け仰向けに倒れた。

流れる煙の隙間に、ロッテを見つけた。怯え、しゃがみこんでいる。駆け寄ると、その腕を摑んで叫んだ。

「何してるんだ。早く」

その時、信之は気づいた。すぐそこに、MP40を構えた親衛隊員がいる。

――まずい。

ロッテをかばおうと動きかけた刹那、彼女はすべてを読んでいたかのように、逆に信之の前へ身体を投げ出そうとした。

連続した銃声が聞こえ、とっさに目を瞑ってしまう。だが、痛みはいつまでたっても訪れなかった。おそるおそる目を開くと、この先ずっと、自らが撃たれたほうがましだったと嘆くことになる光景があった。

ロッテが、脇腹を押さえて蹲っていた。

「ロッテ!」

彼女は苦痛に顔を歪めながらも、無理に笑おうとしている。

「なぜ、こんなことを……」

「よかった……無事だったのね……」

ロッテの言葉は後に続かない。ただ、唇が小さく「ペン」という形に震えたようにも見えたが、それを確かめるすべはなかった。

ロッテを撃った親衛隊員は、その場で撃ち倒されていた。オスター大尉が、腰のトカレフ拳銃を抜いたのだった。

オスター大尉と、駆けつけてきた台場と三人で、ロッテの身体を持ち上げる。

「急げ！　ユダヤ人の生存者はもう実験室へ連れていった。彼女も早く」

柔らかな彼女の肌に触れても、今は何の恥ずかしさもなかった。とにかく、早く安全なところへ運ばなければ。

「高津が身を挺《てい》して作ってくれた時間だ。全員救い出すぞ」台場が言った。

ロッテの身体を実験室の狭い入口に押し込み、信之たちも通り抜けると、分厚い扉を閉じた。鋼鉄製の二重ロックががちりと音を立てて閉まる。

「これで全員だな」

狭い実験室の中では、高津を除く日本海軍の四名と、オスター大尉たちドイツ国防軍の数名、ユダヤ人のわずかな生き残りがぜいぜいと息をつき、博士は横たわったロッテのそばにひざまずいていた。

扉についている小さな窓からは、液体窒素の噴出が止まり、煙の薄れ始めた準備室の様子がわかった。高津の遺体も見え、信之は唇をかんだ。

「この扉は実験室の爆発に備えて、防爆構造になっています。壊すのには、親衛隊も手間取るはずです。その間に、秘密通路を通って格納庫へ行きましょう。通路のことは、奴らには知られていない」

これで大丈夫、と安堵した顔でオスター大尉が言った。

だが、信之の目に映るロッテの様子は、とても大丈夫とは思えなかった。苦しそうに息をし、ありったけの布を押し当てた腹部の傷からは、血がどんどん滲み出してくる。陶磁器のように白かった肌は青くなり、その顔からは苦痛の色が消え始めていた。良くない兆候だ。

「ロッテ！」

涙を浮かべて彼女の名を呼ぶ信之の肩に手をおき、エーデルシュタイン博士は苦渋の表情で言った。

「ありがとう。しかしもう、娘を普通の手段で救う手立てはありません」

それを訳すオスター大尉も切なそうだ。

「そんな……僕が助けます！」

「気持ちはありがたいが、無理です。それよりも、私は先ほど『普通の手段』では救えないと言ったでしょう」

「ということは……何か普通でない手段なら、助かるのですか」

博士は大きく頷いた。何と言っても、実の娘なのだ。助けたいという思いは信之にもまして強いはずだ。

博士はオスター大尉と台場に頼んで、ロッテを実験室中央の棺桶のようなカプセルの中に横たえさせると、その頭に電極のついたヘルメットを被せた。

ロッテは目だけを動かし、誰かを探している。信之が急いで近づくと、彼女はほっとした表情を見せ、何かを口にしようとした。しかし、やはり言葉を発するだけの力はないらしく、最後は諦めて微笑むだけになった。

「想定外の状況ではありますが、今すぐに実験を開始します」博士は言った。「娘を救うには、こうするしかないのです」

天を仰いで呟く博士の姿は、まるで神へ許しを乞うているかのようだった。

「今から、ロッテさんを冷凍するのですか」

台場大尉が、信之に気を遣ってなのか小声でオスター大尉に訊ねた。

「はい。絶対零度近くまで一気に冷却、冷凍することで、身体組織の腐敗を防ぐそうです」

聞こえていたのか、博士が作業をしながら説明してくれた。「そのとおり。怪我をした部分も含めて冷凍します。将来は治療法も確立しているかもしれませんしね。そして身体の冷凍と同時に、この装置で意識――脳の電気信号を取り出します」

顔の部分だけがガラスになっているカプセルの蓋が、ゆっくりと閉じられた。

博士が二本のケーブルのプラグを、カプセルの頭の位置に取り付ける。無言で機器を調整し続けた博士は、しばらくして言い訳をするように呟いた。

「ロッテは、おそらく長い夢を見ることになるでしょう。長い、長い夢です……。これで、作動します」

博士の言葉に、信之はせめてもう一度とカプセルに近づき、ロッテの顔を見た。既に瞳は閉じられ、安息の表情を浮かべている。

「もう、意識の抽出は始まっているよ。外の世界との接触は、断たれている」博士が言った。

ロッテが蘇《よみがえ》るのは、いったいいつになるのか。少なくとも、博士が生きているうちではないであろうことが、信之にはわかった。そして、その哀しみを想像した。

もちろん、自分とて可能性は低いことはわかっている。すべての苦難を乗り越え、再び彼女に会えるという僥倖が実現したとして、その時自分と彼女の間にはどれほどの年の差が開いているのだろう。

「さて、と」博士は奇妙なほどにさっぱりとした表情で言った。「ご迷惑をおかけしました。あなた方は行ってください。ロッテと私のことは、大丈夫です。実験に入ったからには、親衛隊は手出しできないでしょう」

「どうしてですか？」

「取引材料に使えるからですよ。連合軍とのね。彼らが生き残る唯一の道は、私たちを手土産に連合軍へ降伏することです。それに気づかぬ阿呆揃いであれば、私が教えます。それまで、私はここでロッテの守り人をして過ごすとしましょう」

博士は覚悟を決めたようだった。

もう、連れていくことはできないと悟ったのだろう。オスター大尉は博士とカプセルに敬礼を送ると、皆を振り返って言った。

「博士の言うとおりです。行きましょう。日本海軍の皆さん、ユダヤの人たちを頼みます。我々国防軍が、格納庫まで護衛します」

その時、信之は、遠くで自分の名を呼ぶ声を聞いたような気がした。あたりを見回す。もちろん、周囲には様々な音が満ちていた。機械の作動音、負傷者の苦しむ声、防爆扉の向こうで親衛隊員が何か作業をしている音……。それらを突き抜けて、信之の心に、その声なき声は直接届いたのだ。

信之は、ロッテの眠るカプセルに再び駆け寄り、凍結して曇ったガラス越しにその顔を見た。穏やかな表情で、目を閉じている。白い頬には金色のほつれ髪がかかっていて、そっと払ってやりたいと思った。

そうしているうちにも、ガラスの向こう側で成長する氷の結晶が、ロッテの顔を覆い隠していく。信之は、震える手のひらをガラスに当てた。貼り付くような冷たさに、痛みすら感じる。だが、信之はその手を離そうとはしなかった。そんなことがあるはずはないとわかっている。それでも、この手のひらの熱で、再び目を開けてくれるのなら――。

「星野、行くぞ」

背中から聞こえた淀橋の遠慮がちな声が、信之の心を連れ戻した。

皆が、自分を待っている。台場大尉が、悲しそうに首を振っていた。

もうほとんど氷に覆われてしまったガラスから、静かに手のひらを離す。信之は一度きつく目を瞑った後で、駆け出した。

秘密通路を抜けて格納庫へ戻ると、一式陸攻の周囲にはドイツ国防軍の兵士たちが散開し、機体を守ってくれていた。

乗り込んだのは、信之たち日本海軍の四名と、ユダヤ人の生き残り四名、それにドイツ国防軍の負傷した兵士三名だった。座席は最大七名分なので、あぶれた者は空いている床に座らせた。離着陸の際には、手近にある取っ手や椅子につかまってもらうしかないだろう。

機体の外にいるドイツの整備兵の手を借りて、台場大尉がエンジンを始動する。

その取扱いの難しさで帝国海軍の整備員を泣かせてきた火星二一型発動機は、両翼とも一発で始動し、格納庫内に爆音を響き渡らせた。

「まったく、俺が来た意味はあったのかね」搭乗整備員の砧がぼやいた。

外部へと繋がる格納庫の扉を、国防軍の兵士が開けてくれた。オスター大尉らは、まだ周囲を警戒している。一式陸攻の機体が動き始めた。駐機している他の戦闘機は、あらかじめ脇によけられている。

「オスター大尉！　他の皆さんも！　詰めればまだ乗れます。乗ってください！　早く！」

まだ開放している昇降扉から、信之たちは顔を出して叫んだ。オスター大尉は笑って首を振り、大声で言った。

「博士には言い出せなかったのですが……ゲルトマンは、『ウンディーネ』を早く運用するため勝手に博士の装置を使っていました。その実験台にされた人たちを、我々は見殺しにしたんです。基地の外へ埋めた彼らを置いて、出ていく資格はありません」

なんのことだ？　いま、オスター大尉は非常に重要な事実を口にしたように思えた。ロッテの前にも、ゲルトマンは実験をしていたというのか。その実験の結果、何が起きるか、オスター大尉はあまりよく理解していないようだが……。信之がその意味を考えているうちに、格納庫内の、兵舎へ通じる側の扉が開き、親衛隊の黒い制服が飛び出してきた。散開し、一式陸攻へ銃口を向けてくる。

先に銃撃を加えたのはオスター大尉たち国防軍だった。数名の親衛隊員が撃ち倒されるが、それでも何人かが一式陸攻を撃ってきた。オスター大尉たちへ反撃する者もいる。

カンカン、と機体に着弾する音がした。幸い、エンジンや燃料系統に被弾はしなかったが、このままでは致命的な損傷を受けるのも時間の問題だ。

台場はエンジンの出力を増し、地上滑走速度を上げた。プロペラが巻き起こす風が格納庫の中を吹き荒れる。数名の親衛隊員が風にあおられて姿勢を崩し、そこへオスター大尉たちが銃撃を加えた。だが、すぐに姿勢を立て直した親衛隊員が反撃し、オスター大尉の隣でヴェッセル少尉が倒れた。

昇降扉からその様子を呆然と見ていた信之を押しのけ、ユダヤ人の一人が「オスター！　早く！」と涙ながらに叫んだ。

その声が聞こえたらしいオスター大尉は笑って振り返り「ダンケ、ダンケシェーン！」と叫び返すと、帽子を振った。すぐに、迫りくる親衛隊員へ向き直ってライフルを乱射する。やがて、オスター大尉は駐機している戦闘機にも銃口を向けた。一式陸攻を追跡させまいとしてくれているのだ。

機体は格納庫を出て、向きを変えた。それきり、オスター大尉たちの姿は見えなくなった。

晴れ上がる南極の空から注ぐ陽光が、真っ白な雪原に照り返し、信之の目を射抜いた。風はそれほど強くはない。

「滑走路の端まで行っている余裕はない。このまま離陸するぞ」台場が操縦席から大声で告げる。

エンジン音はさらに高まり、ぐんと加速していく。離陸滑走が開始された。

「皆さん、ちゃんとつかまって！」

信之は機内を走り、ドイツ兵やユダヤ人たちへ日本語で呼びかけた。すぐにそれでは通じないことに気づいて、身振り手振りで手近なものにつかまるよう示す。

往路でロッテと博士が座っていた席では、負傷したドイツ兵が苦しそうにしていた。大丈夫か、と目で聞くと、力ない笑いが返ってきた。

窓の外を白い雪原が高速で流れ去り、基地の建物が小さくなっていく。

――ロッテ。

信之は、心の中で呼びかけた。やはり、君をここに置いていってはいけなかったのかもしれない。だが、時は戻らない。

一式陸攻は急角度で、白い滑走路から脚を離した。戻らぬ時への後悔を捨てるように、無数の雪片が振り落とされる。

離陸直後、台場は、低空で強引な旋回を行った。その時、オスター大尉たちの残った格納庫から一際大きな炎と黒煙が吹き出した。

機内は静まり返り、やがて負傷した国防軍の兵士が窓の向こうへ敬礼を捧げると、誰もがそれにならった。

黒煙を上げる格納庫へ向かって敬礼しつつ、信之はその隣にも同じような建物があることに今さらながら気づいた。

——格納庫？　隣にもあったのか。

そして、もう一つ信之には気になるものがあった。基地の近くの氷原が一瞬、奇妙なほど平らに見えたのだ。もしかして、あのあたりが『ウンディーネ』とかいう電波兵器のアンテナ面なのだろうか。

だが、その様子を詳しく確認する前に、上昇する機体は細かな雪混じりの気流に包まれ、基地の姿は視界から消えていった。

世界は水平線できれいに二つに分けられ、その下方は白色の濃淡のみで構成されていたが、ついに異なる色が現れた。彼方の水平線に、漆黒が混ざり始めたのだ。南氷洋である。氷の隙間から水面が覗いているのだった。

再び一〇〇〇キロの距離を飛び越え、一式陸攻は沿岸基地へ到達しようとしていた。風雪が強引な白色迷彩を施してしまった滑走路の位置は、一度着陸したことがあるためかすぐに把握できた。滑走路の脇には、潜水艦を収容した格納庫――ブンカーも見える。

台場が、オスター大尉から聞いていた符丁で基地へ呼びかけた。

「こちらは青の六番、青の六番だ。コウノトリを連れてきた。繰り返す、コウノトリを連れてきた」

『了解。着陸後、ブンカー脇まで地上滑走で来られるか。誘導員の指示に従ってくれ。Uボートはすぐに出航する』

「ありがとう。すぐに行くから待っててくれ」

雪に覆われ、滑りやすい滑走路にもかかわらず、台場は相変わらず見事な着陸を決めた。ある程度までスピードを落としたところで、スキー脚を操作してブンカーへ向け滑走する。

ブンカー脇では、ドイツ国防軍の整備兵が数名、手を振っていた。青い布を腕に巻いている。

「なるほど、『青』の一味というわけか」

「罠《わな》という可能性はないかね」

操縦席の後ろから外を見ていたユダヤ人の一人が心配そうに呟くと、負傷したドイツ兵が答えた。

「大丈夫だ。信じてくれ」

「ああ、信じるよ。ドイツ人の——人間の良心を」別のユダヤ人が言った。

ブンカーのすぐ脇で台場は機体を止めたが、エンジンは回したままだ。

「エンジンを切らないのですか」副操縦員席から立ち上がりながら、淀橋が聞いている。

「嫌な予感がするんだ。急いで降りてくれ。プロペラに気をつけるように」

台場大尉の指示を、信之は砧と一緒に身振り手振りで示した。

「みんな、早く降りて！　プロペラを回しているから、前には絶対に来ないように！」通じないとは思うが、日本語でも叫ぶ。

ユダヤ人とドイツ兵の後で、信之と砧は機体から降りた。先に降りた淀橋が、覚えたての片言のドイツ語で青い腕章のドイツ兵と話し合っている。

その時、信之は回転する一式陸攻のエンジン音の向こうに、別のエンジン音を聞いたような気がした。

「何か聞こえませんでしたか？」

「そうか？」

砧はよくわからないといった顔をしている。信之はプロペラを避け、機体下部を抜けて機首の脇へ出た。操縦席の窓を見上げると、厳しい表情をした台場が空の一点を見つめていた。その視線を追う。

台場大尉の嫌な予感は現実となった。次の瞬間、ブンカーの影から、驚くほどの低空で飛行機が姿を現した。両翼にエンジンを積んだ、双発機。機体にはドイツ空軍の十字のマークがある。ユンカースＪｕ88爆撃機だ。

追ってきたのか？　格納庫にあった他の機体はオスター大尉が破壊したはず……。いや、もう一つの格納庫か。

航過した際に一瞬だけ見えたが、ユンカースは胴体に爆弾を懸下《けんか》しているようだ。潜水艦を収容しているブンカーは南極の風雪を凌げる構造とはいえ、欧州の前線基地のような、爆弾の直撃までは想定していないだろう。爆弾を喰らえば、内部の潜水艦ごと粉砕されてしまうはずだ。

一度目の航過で爆弾を投下されなかったのは幸いだった。最初は様子を見たのかもしれない。

操縦席の台場大尉と目が合った。大尉はにっこり微笑むと、危ないから下がっていろ、と手振りで示した。機体が動き出す。信之はその場を離れざるを得なかった。

呆然としていると、淀橋と砧が駆け寄ってきた。

「なんてこった。機長は、まさか」

「囮《おとり》になるつもりだ。畜生」

後ろで、ドイツの整備兵が叫んでいる。早くしろと言っているようだ。

気を取り直したように、淀橋が言った。「砧、星野。行くぞ。機長の思いを無駄にしてはならん」

青い腕章の整備兵の後に続き、ブンカーの扉をくぐる。ユダヤ人たちは、もう先に行っているようだ。扉から信之がもう一度振り返ると、一式陸攻は全速で離陸していくところだった。

ブンカーの中は薄暗い灯りに照らされた広い空間で、外部から引き込まれたプールのような海面に、小さな黒い潜水艦の姿があった。

コンクリートの岸壁から潜水艦の甲板へ、細い板切れの舷梯《げんてい》を渡りながら、淀橋がぼそりと呟くのが聞こえた。

「機長、何もこんなところで死に場所を見つけなくてもいいじゃないですか……」

司令塔に立つ、やはり青い布を腕に巻いた艦長らしき将校が、ドイツ語で何やらまくしたてている。早く乗れと言っているらしかった。

砧、信之、淀橋の順に、甲板の丸いハッチから梯子を伝って艦内へ降りる。艦内にはきついディーゼル臭が漂い、エンジンの音が絶え間なく響いていた。ドイツ海軍の水兵が片言の日本語で聞いてきた。

「コレデ全員カ？」

梯子を降りた周辺を見回すと、一式陸攻に乗ってきたユダヤ人と負傷ドイツ兵が揃っていた。

「……ええ。あと一人は、空へ戻りました」

司令塔から降りてきた艦長は台場のことを聞かされると、厳かに言った。

「男には、それぞれの死に場所がある。邪魔をしてはならん。そして、君らにとっては、ここはその場所ではないのだ。行くぞ。出航！　総員戦闘配置！」

サイレンが鳴った。帝国海軍のものとは少し違うな、と信之は思った。

水兵たちが慌ただしく艦内を駆けていく。中には、国防軍の兵士の姿もある。沿岸基地の全員が乗り込んだようだ。ゆえに、艦内は人が溢れ、足の踏み場もないほどだった。

「何か手伝うことはありますか？」

台場大尉の代わりに、日本海軍の三人のうち最先任となった淀橋が近くにいた水兵に聞く。水兵はその上官に相談し、三人へ司令塔での対空警戒任務を割り当ててくれた。

信之が司令塔の上部にあがると、ちょうど潜水艦はブンカーから出港したところだった。行く手には黒い水面の道が、白い氷原を貫いて細長く伸びている。だがその道は遠い水平線までは繋がっておらず、途中で氷原の中に消えていた。ドイツ軍が砕氷して切り開いた水面はそこで終わり、潜航することになるのだろう。

潜水艦のエンジン音とは明らかに違う、飛行機の爆音が聞こえた。それも二つだ。

「あそこだ！」と見張員が指差す方向に目を遣ると、一式陸攻とユンカースが空中戦を演じていた。通常ではあり得ぬ、大型機同士の空中戦である。戦闘機のような目まぐるしさはなかったが、大きな翼を時には垂直近くまで傾け、独特の間合いでの戦闘を演じている。

ユンカースは、それに付き合っている余裕はないとばかりに、時折急旋回して潜水艦へ向かってこようとしたが、その都度、一式陸攻が増速してその前へ回り込み、爆弾の投下コースへ入ることを阻止していた。しかし、一式陸攻には致命的な弱点があった。もとより機銃も爆弾も搭載していないため、妨害はできても攻撃は一切できないのだ。それに対して複数人が搭乗しているらしいユンカースは、銃座から機銃を発砲している。一式陸攻の機体に火花が散るのが見えた。

一式陸攻は被弾するとすぐに発火、炎上するため、米軍はワンショットライターと呼んでいると、捕虜からの情報が出回っていた。だがそれは米軍の大口径機銃に撃たれているからだ。小口径が幅をきかせるヨーロッパを主戦場としてきたユンカースの機銃には、一式陸攻の装甲板はまだまだ通用するらしい。

そうはいっても、撃たれ続けていればいつかはやられてしまう可能性はある。それに武器がないのだから、ユンカースを撃墜することは不可能だ。ならば、ユンカースに投弾を諦めて引き返させるしかない。

どうするんです、台場大尉。

心の中で呼びかけていた信之は、恐るべき可能性に思い至った。いや、撃墜する方法は一つだけある――。

それに気づいた瞬間、信之は「だめだ！」と叫んだ。

もちろん、台場がそれを思いついていないはずはなく、最も効果的な時機を狙っていたに過ぎなかった。

ユンカースは再び爆撃コースに乗ったのか、速度と進路が固定された。それを一式陸攻は待っていたかのように、急角度の旋回をしてユンカースへ向かっていく。

距離からして、そんなものが見えるはずはなかった。だからそれは、幻だったのかもしれない。そうであってほしいと願う、心のあらわれだったのかもしれない。しかし信之は、確かに見た。増速していく一式陸攻の操縦席で、片手を上げて色気のある敬礼を送ってくる、台場大尉の姿を。

次の瞬間、一式陸攻はユンカースの側面へ、機体を捻《ねじ》りこみながらほぼ九〇度の角度で激突した。一式陸攻の右主翼がユンカースの胴体を切断した瞬間、搭載されていた爆弾が誘爆し、空中に赤黒い炎の花を咲かせた。

その花弁の中から、一式陸攻が姿を現した。ユンカースの胴体を切り裂いた右主翼は三分の一ほどが失われ、プロペラも止まっている。反対側の翼のエンジンからも、黒い煙を曳《ひ》いていた。まともに飛べるはずもなく、徐々に高度を下げていく。

「機長！」

「台場大尉！」

一式陸攻は右に左にと機体をふらつかせながら、内陸へと向かった。旋回はもうできないらしい。遠ざかる機影が、白い丘の向こうに姿を消す。しばらく聞こえていた咳き込むようなエンジン音も、やがて叩きつける風の音に溶けていった。

気づけば、潜水艦の司令塔では艦長以下、ドイツ海軍の全員が敬礼を送っていた。信之も、目から頬にかけて何かが凍っていく痛みに構わず、帝国海軍、そして祖国のすべてを代表するつもりで、長い敬礼を捧げた。

二〇一八年二月

　雪上車が、不時着した飛行機のそばを出発して五日が過ぎた。日中はほぼ休みなしで走り続けているため、いかに遅い雪上車とはいえかなりの距離を進んできている。運転席の後ろで地図を広げ、ナビゲーションを担当しているベイカーによれば、あと数時間ほどで到達不能極基地に着くという。

「そろそろ、何か見えてくるかもしれない。注意してくれ」

　ベイカーが皆に呼びかけた。星野老人までもが窓に貼り付き、外を注視し始めて一時間ほど過ぎた頃、拓海は進行方向左側に小さな黒い塊《かたまり》のようなものを見つけた。

「あ……」

　何と形容してよいのか、それは、遠目には露出した岩のようにも思えた。うまく説明する言葉が見つからず拓海がただ指差していると、助手席の伊吹の視線がその目に見えぬ点線をたどっていった。

「何かあるな」

「少し寄ってみよう」

運転席の衣笠が左の操向レバーを引いた。左側のキャタピラが止まることで車体は向きを変え、その黒い何かは進行方向の正面に移動した。

十数分後、それは何かしらの人工的な物体と推測できるほどに近づいた。明らかに自然には存在しない、直線を多用した形状。その直線は複雑に絡み合い、ところどころでひどく歪んでいる。

そしてさらに近づいたある瞬間、その物体に視線を集中させていた皆が、ほぼ同時に認識した。

——飛行機の残骸《ざんがい》だ。

ベイカーが、ああ、と抑えたため息をついた後、絞り出すように言った。

「アメリカ空軍のＭＣ−１３０輸送機だ」

「知ってるのか」衣笠が訊ねる。

「……南極で行方不明になったとは、聞いていた。公表はされていないがね」

「なぜ、米軍の飛行機がこんなところに墜落してるんですか。やはり、行先の基地にあるというもののせい？」

拓海の問いが聞こえなかったかのように、ベイカーは何も答えない。

伊吹が、不意に思い出したように言った。

「そういえば、ここへ来る前に、古い飛行機の残骸を見つけました」

伊吹と視線を交わした衣笠が呟く。「南極では、飛行機がやたらに落ちているみたいだな」

「それは……どんな飛行機ですか」星野老人が、珍しくこわばった声で聞いた。

「相当古いものですよ。不思議なことに、日本の飛行機らしいんですが。いえ、民間機ではなくて、おそらく昔の日本軍のものではないかと。戦争中は、インド洋まで進出していたそうですが、こんなところにも来ていたんですかね」

大伯父が顔色を変え、声を失っているのを見た拓海は、話を引き継ぐことにした。

「どうやって見つけたんですか」

「進路を偵察するためにドローンを飛ばしていたんですが、そのドローンが偶然見つけたんですよ。そうだ、映像があります」

そう答えた伊吹は、助手席を立ち、後ろのラックからノートパソコンを取り出した。皆から見えるようにパソコンを置き、画像処理ソフトを起動する。

しばらくして、映像が浮かび上がった。

「これです。相当古い、プロペラ機のようですが、わずかに残っていた色を強調表示してみましょう」

画面を上から下へと線が何度か横切った。その度に画像はシャープになり、色が濃くなる。

機体は、暗緑色をしていた。主翼とおぼしき部分は左右とも胴体から外れ、だいぶ離れた位置に転がっている。右の主翼は損傷が激しいためディテールはわかりづらかったが、地面へ横たわっている左の主翼には、鮮明な赤い丸がついていた。

それを見つめる輪の中で、大伯父が涙ぐんでいることに、拓海は気づいた。よくはわからないが、その涙の意味は問うてはいけないような気がした。皆の注意をそらそうと、別の質問をする。

「そのドローンは、この雪上車に積んでいるんですか」

「いえ。この画像を撮影した直後、行方不明になってしまいました。それが何か?」

「なくなってしまったのなら仕方ないですが、先に飛ばして、基地の様子を探れないかと思ったものですから」

伊吹は衣笠と顔を見合わせてから、残念そうに言った。

「たしかにそれはいいアイデアです。つくづく、ドローンを失ったことが悔やまれます」

「今の話を聞いていて思ったんだが……」

ベイカーが、星野老人を横目で見ながら口を挟んだ。「ドローンは起動した彼女に墜落させられたんじゃないか」

「じゃあ、もしかして、その……彼女が目覚めたのは、我々が原因かもしれないんですか」伊吹が申し訳なさそうに訊ねた。

「いや……彼女は、少し前から起動していたんだろう。米軍輸送機の残骸……あれが証拠さ。ただ、その時は自らへの脅威を排除しただけで、終わっていた。それが今回は、ドローンを墜落させただけにとどまらず、より積極的な行動に出てきている。外界との通信を遮断して南極をブラックアウトさせ、さらには我々の飛行機も不時着させた」

「しかし、どうやって飛行機を制御不能にさせたんでしょう」拓海は質問をぶつけた。

「そこは、正直よくわからん。何らかの電子妨害のような方法だと思うが……。南極圏全域まで力が及ぶとは、想定外だった」ベイカーは唇をかんだ。

「でも、外界では南極との通信が途絶して、大ごとになってるはずですよね。こんなに時間が経つのに救援が来ないなんて」

「南極へ近づくものは皆、同じように電子的に妨害されてるんじゃないか」ベイカーは手のひらを上に向け、お手上げのポーズを取った。

「我々がいるのはわかっていても、救援隊は入ってこられないってことですか」伊吹が諦めたように言うと、ベイカーは乾いた笑いを浮かべた。「だから、いま南極にいる者がなんとかするしかない」

「よくある映画みたいな展開だ」拓海はつい漏らした。「寄せ集めの、素人《しろうと》の僕らが、人類最後の希望。泣けますね」

「だけど何かしようにも、我々の行動だって見張られているんじゃないか」

衣笠の指摘に、ベイカーが答えた。「可能性はあるが、今のところ何も起きていない。おそらく彼女は、ナチスか旧ソ連が残したレーダーを使って飛ぶものは探知できても、凹凸のある地上を移動する小さな目標——雪上車ていどのものは見分けられないんだろう。そこに、勝機があるはずだ」

皆が一斉にため息をついた。勝機と言われても、という諦めのこもったため息だった。

「ところで星野さん、そろそろ、詳しいことを教えてくれませんか。昔——六十年前に何があったのかを」

ベイカーが、星野老人のほうへ向き直って言った。老人は、先ほどからじっと目を閉じている。拓海はその顔をあらためて見つめた。人生の河を渡る都度増えてきたのであろう皺の一つひとつに、深い意味が隠されているような気がした。

一九五八年八月

夕陽が、建築中のビルの陰に消えていく。アパートの二階の窓辺に腰掛け、ラムネを飲みながらその様子を見つめる星野信之は、数週間前には空のもっと低いところまで夕陽が見えていたことを思い出した。

東京の街は、めくるめく早さでその表情を変えている。戦争が終わり、はや十三年が過ぎた。東京、日本の奇跡とすら呼ばれるほどの勢いで、復興は進んでいる（もちろん、その背景には朝鮮戦争による特需があったのだが）。

ある方向に向かう意思を固めたならば、すべてを投げ打って邁進《まいしん》する日本人の性質は、今もまた発揮されていた。それは、戦争に突入していった時とベクトルは違えど、矢印の大きさ、強さにおいて何ら変わらないと、どれだけの人が気づいているだろうか。

――まあ、それ自体、決して悪いこととは言えまい。

信之は、やや他人事のように思った。

三十一歳にして、その横顔には早くも老成の翳《かげ》りがある。南極からの数年の経験が信之に、年齢に見合わぬ厭世観《えんせいかん》を背負わせてしまったのだ。

南極を出航したUボートはアルゼンチンの沖合で連合軍に追われ自沈したが、乗組員は全員かろうじて脱出した。その後、生き残ったユダヤ人が南米のユダヤ資本の有力者と接触したところ、信之たち日本人と負傷したドイツ兵、そしてUボートの乗員は、ユダヤ人を救ってくれたとして連合軍の残党狩りの手から匿《かくま》ってもらえることになったのだ。

その間、偽造した戸籍によりアルゼンチン人として過ごすことになったが、日々の生活まで面倒を見てくれたわけではない。ドイツ人たちともばらばらになり、日本海軍の生き残り三名は肉体労働を転々としながら帰国の時を待った。

やがて淀橋は南米に残ることを選択し、信之と砧は長く待った末、日本行きの貨物船へ臨時乗組員としてもぐりこんだ。二人が故国の土を再び踏んだのは、戦後五年が過ぎてからだった。

信之は行方不明扱いとなっていたため戸籍を訂正するなどの手間がかかったが、家族に心配をかけたことについては、ほとんど気にする必要はなかった。戦争中に遠くへ嫁《とつ》いだ妹を除き、信之の家族は、親兄弟、祖父母から近い親類まで、広島市内に住んでいたからだった。

彼らが終戦の日を迎えられなかったであろうことは、南米にいる頃から想像がついていた。日本に着いた時には、流す涙などとうに涸《か》れ果てていた。

妹の嫁ぎ先に迷惑をかけるわけにはいかないと、信之は東京で一人生きることを決めた。南米時代に覚えたドイツ語やスペイン語を活かせる仕事はなかったが、トランジスタ工場に職を見つけることができた。電信員として身につけた知識と、生来の手先の器用さもあって、今では集団就職の職工たちを束ねる立場になっている。

生活に不満はない。暮らしが少しずつ上向いているのも実感できている。国全体が上昇気流に乗りつつあることは、はっきりと感じられた。

しかし、人々はその陰で忘れるべきではないことを忘れ、見たくないものを闇に放り捨てている。いつの日か、それは批判されるのかもしれない。それでも、自分たちはこうして生きていくしかないのだ。同時代の人間たちは、きっとそう言うだろう。

ただ、信之がノイ・ヴュルテンベルク基地での出来事や、南米から日本へ帰りつくまでの日々を忘れることはなかった。

誰にも話したことはない。あれはもう、遠い昔、地球を半分以上回った先で起きた出来事なのだ。ともにそれを経験して生き残った者のうち、淀橋の行方はわからないし、一緒に帰国した砧も、お互いの住所は知っているがほとんど連絡は取り合っていない。

そもそも、帰国するまでにはいくつか法に触れることをしてきたのだから、公にするわけにはいかなかった。それにロッテのこともある。彼女はどうしただろう。博士が言っていたように、親衛隊とともに連合軍へ投降したのなら、どこかで魂を身体に戻してもらえただろうか。あるいは、まだあの雪と氷の中で、眠っているのだろうか。

十三年という時を過ごす間、仄《ほの》かな恋心を抱いた相手がいなかったわけではない。だが信之の心の奥の、最も大切な場所には、今もロッテが住んでいた。おそらく自分の魂の一部は、南極のロッテのそばに置いてきてしまったのだろう。

だからなのか、誰にも話すつもりはなくとも、新聞で南極に関する記事を見かければ、切り抜いて保管していた。そしてそれを時折眺めることが、信之の習慣になっていた。

窓際を離れ、本棚から今日もスクラップブックを抜き出した。適当に開いたのは、昨年、一九五七年三月のある日の切り抜きだった。南極探検の英雄、リチャード・バード少将が死去したという記事である。

東京湾上の戦艦『ミズーリ』での降伏文書調印式にも参列していた、アメリカ海軍のリチャード・バード少将は、戦闘ではなく冒険飛行において名を馳《は》せた人物である。戦前に南極への飛行を成功させ、戦後も一九四六年の『ハイジャンプ作戦』、一九五五年の『ディープフリーズ作戦』と、数度にわたって南極の地を踏んだという。好きこのんであの最果ての大陸へ、しかも何度も行くなんて、変わった人もいるものだ。信之は思った。

遠くで、カナカナカナ……とヒグラシの声がした。切り抜きから目を上げ、窓の外を見る。

先ほどよりも夕空の藍色《あいいろ》は濃さを増し、オレンジ色はわずかに西のほうに残っているだけだ。雲はどこにも見当たらない。この時間に飛ぶのは、綺麗だったな。もう二度と飛ぶことはない空を、信之は思い出した。かつて自分があの場所にいたとは、信じられない。

自分はこのまま、ここで密やかに生きていくのだ。それが、翼をなくし、魂をなくした人間にとって一番幸せなのだ――。

だが、その平穏は、思いもかけぬ形で破られることになった。

数日後、信之が工場から帰宅すると、アパートの大家に声をかけられた。郵便が届いてるよと渡された封筒の、なぐり書きで記された姓だけの差出人名を見つめていると、世話好きな大家は「いい人かい」とからかってきた。

「いいえ、戦友ですよ」とやんわり否定し、階段を上る。

部屋へ戻ると、取るものも取りあえず封を切った。出てきたのは、ただ一枚の紙切れだ。

『気をつけろ。極号作戦は、終わっていない』

書かれていたのは、それだけだった。

砧は、こんな推理小説まがいのことをする性格だったろうか。真意を訊ねように も、連絡手段は郵便に限られている。すぐに答えが返ってくるわけでもない。

事態が進展したのは、その翌日のことだ。

職場の昼休み、食堂に置かれた新聞をめくっていた信之は、ある記事を見つけた。『横浜港に射殺死体』というそれほど大きくはない記事だ。流し読みをする信之の視界の中で、『死亡していたのは、砧彰吾さん（三五）』という文章の活字が、不意に大きくなっていった。

――砧彰吾さん？

背筋を、冷たいものが這い上がるような気がした。

記事によれば自殺と他殺の両面で捜査はされているようだが、信之に届いたあの手紙は、砧の死の背後に、明らかに何かが存在していることの証明だった。

その午後は、作業中によくミスをしてしまい、「星野さんが珍しいな」と皆に言われることになった。

手紙について警察に話すべきか。いや、話したところで、疑われるだけだろう。そもそも自分と砧の関係を説明するには、あの南極での出来事を話さないわけにはいかない。

そして、もっと恐るべきことに、信之は気づいた。もし南極に関連して砧が殺されたのならば、自分が安全という保証はないのではないか？

親衛隊の生き残りが、自分たちへの復讐《ふくしゅう》の念に燃えてやってきたのかとも考えたが、次の瞬間には、十三年も経ってわざわざこんなところまで来るだろうかと思い直した。しかし、それならいったい誰が？

その日は、早々に工場を出た。周囲へ目を光らせながら、どこにも立ち寄らず早足で家路をたどる。傍からみれば、露骨に怯えている様子は奇妙に見えただろう。

だが、当事者にとってみれば笑い事ではない。人々はもう忘れてしまったようだが、つい十三年前まで、この世界にはあり得ぬほどの数の死が満ちていたのだ。死の潮流は、今もどこか地下深いところで、形を変えて流れている。それがすっと自分のほうへ流れを変えてこない保証はないというのに。

そして、その流れの先端は、スーツを着た白人の男性の姿を取って信之の前に現れた。饐《す》えた臭いの漂う国電の暗いガード下。しばらく前から聞こえていた背後の足音が早まると、信之の前に回り込んだ。背中には、まだもう一人残っている気配を感じる。完全に挟まれてしまった。

目の前に現れた外国人は、いかにも見せかけの笑みを浮かべ、たどたどしい日本語で訊ねてきた。

「ワタシ、アメリカノ軍人。戦争中ノ事デ、アナタニ聞キタイ話ガアリマス」

――米兵だって? ナチスの生き残りではないのか。信之は警戒しながら、時間を稼ぐようにゆっくりと答えた。

「ああ……、どんなことですか?」

「アナタ、戦争中、第一三海軍航空隊ニ所属シテイマシタネ。一式陸上攻撃機トイウ飛行機ニ乗ッテイタ」

「昔のことです。今さら戦犯と言われても困りますよ。だいたい、私は何も戦犯にされるようなことはしていない」

「オーィ、ソウイウ事デハアリマセン」

待てよ、この日本語の訛り方。

信之の脳裏に、十三年前の記憶が唐突に甦った。

『日本語を話す時の訛り方が、ドイツ人とアメリカ人、ロシア人で違うらしいのですが』

そう言ってからオスター大尉はそれぞれのものまねをし、皆を笑わせたのだった。

──ロシア人？

信之は咄嗟に逃げ出そうとしたが、背後から足を引っ掛けられて転倒した。側頭部を強く打ち付けてしまい、悶絶する。その間に二人の男は信之を挟んで見下ろす位置に立つと、スーツの下のホルスターから拳銃を取り出した。米軍のコルトにもよく似ているその銃を、かつて信之は見たことがあった。

オスター大尉が、東部戦線で入手したというソ連軍の制式拳銃、トカレフＴＴ33。

畜生、もしかして砧さんを殺したのもこいつらか。

ロッテの笑顔が、脳裏に浮かんだ。ああ、ごめん、ロッテ。いつかまた、君に会いたいと思っていたけれど──。

しかし、観念して目を閉じた信之の耳に、銃声はいつまで経っても飛び込んでこず、熱い痛みも訪れなかった。

十三年前にも、同様のことがあった。あの時、ロッテは自分を守って──。

人間の身体が力を失って倒れる、くしゃ、といういささか間抜けな音が聞こえた。場違いな記憶が蘇る。それは工場帰りに酒を飲み、ひどく泥酔した同僚を家へ連れていった際に聞いたことがある音だ。

目をおそるおそる開けると、ほんの一瞬前まで信之の生殺与奪の権を握っていた二人は地面に転がり、スーツを着た第三の白人がそこに立っていた。

助けてくれたらしい第三の男が合図をすると、すぐに米軍の幌《ほろ》付きジープが忠犬のごとく現れた。その様子を呆然と見つつ、さらに面倒なことに巻き込まれていきそうな予感を信之は抱いた。

そして、それはさほど間違ってはいなかった。

信之が乗せられたジープは、国道に指定されて間もない二四六号線を西へ向かっている。多摩川を渡る頃には、人家の灯りもまばらになっていた。

「どこへ連れていかれるんですか？」

信之は、英語で尋ねてみた。ドイツ語やスペイン語だけでなく、英語も簡単な会話ならある程度はできるようになっていた。

行先は横須賀か厚木だろうとあたりをつけていたが、信之の問いには運転席の兵士も、助手席に座るスーツの男も、無言のままだった。

「着替えも何も持っていないんですが」

質問の方向を変えると、助手席の男から初めて答えが返ってきた。

「ご自宅の荷物は、我々が責任をもって預かります」

アメリカ人訛りの、日本語だ。

「預かるって……私の部屋はどうなるんですか」日本語で聞き返す。

「大家には話をつけますので、ご心配なく。全部終わったら、住居も仕事も、きちんと世話しますから」

「仕事？」

「ちゃんと紹介しますよ」

「おいおい、勘弁してくれよ」

信之は頭を抱えたが、この状況ではそれを受け入れざるを得ないであろうことも、わかっていた。ただ、今までそれほど親しいとも思っていなかった同僚や大家の顔が、ひどく懐かしく思い返された。

やがて、鉄条網に『オフ・リミット』の物々しい看板がかかった基地のゲートを、ジープはくぐった。

十四年ぶりに訪れる帝国海軍厚木基地——今やユナイテッド・ステイツ・ネイバル・エア・ファシリティ・アツギ（合衆国海軍厚木基地）のメインゲートであった。

並ぶ兵舎の一つにジープを横付けし、スーツの男は信之に降りるよう促した。後をついて長い廊下を歩いていく間も、信之の背後には武装した兵士がつき従っている。

逃げやしないよ、と小さく日本語で言ったが、反応はなかった。

「今日は、ここでお休みください。着替えを用意してあるので、どうぞ。ああ、相部屋ですがご容赦いただけますか」

廊下の一番奥にある部屋。扉の前でスーツの男はそう言うと、ドアを開けた。部屋の中には大きいが質素なベッドが二つ並んでおり、そのうちの一つの前に、米軍の作業服を着た男が立っていた。だが、その顔は明らかに日本人、それも、見覚えのある顔だった。

信之は少しだけ固まった後、ようやく声を絞り出した。

「……淀橋さん？」

「おう、星野か！」

八年ぶりに会う淀橋は、明るい声で再会を喜んだ。

「どうしてここに？　南米にいたんじゃ」

「いや、実は少し前に帰国していたんだ。知らせたかったんだが、連絡先がわからなくてな。すまなかった」

「もしかして、淀橋さんも……？」

「ああ。妙な奴らに襲われかけて危ういところだったんだが、米軍に助けてもらった」

「やっぱり。僕も同じです。砧さんのこと、知ってますか」

「新聞で読んだよ。星野も襲われたということは、やはり俺たち全員が狙われていたんだな。砧だけは、助けが間に合わなかったのか」淀橋は残念そうな顔をした。

「連中の銃を見ました。トカレフでした。ソ連でしょうか」

「おそらくな。米軍が乗り出してるってことは……」

「南極の、あの件ですね。あれをめぐって、東西でしのぎを削っていると」

「そうとしか思えんな」

「砧さんが昨日襲われて、僕は今日でした。米軍は、昨日は間に合わなかったということですかね。淀橋さんは、いつどこで襲われたんですか」

「俺か？　俺は、ああ、今日、川崎でな」

「川崎にお住まいなんですか」

「いや……川崎は職場だ。その、工場に勤めている」

それから信之は、襲撃された際に汚れてしまった服を脱ぎ、用意されていた米軍の作業服に着替えた。かつて敵として戦った国の軍服を着ることに、いささかの抵抗はあった。それについてぼやくと、淀橋は「まあ、仕方がなかろう」とだけ言った。

米兵が持ってきた缶詰を夕食にした後、明日に備えて早めに消灯するよう言われ、固いベッドにもぐりこんだ。

襲われるなどという経験をしたせいで、興奮して眠れないのではと思っていたが、案外すぐに睡魔はやってきた。それは深い、深い眠りだった。

ドアがノックされる音で、信之は目を覚ました。

「はい？」

寝ぼけて返事をする。見慣れぬ天井。ここはどこだ。起こしにきたのは誰だ。遠い昔、似たように目覚め、戸惑った記憶が交錯する。

「起きてください。出発です」

少し訛った日本語。ドアを開けて入ってきたのは、昨日のスーツの男とは別の、通訳らしき米兵だった。

軍隊生活は遠く去り、反射的に跳ね起きるようなことはできなくなっていた。ゆっくり身を起こすと、淀橋は既にベッドを抜け出しているどころか、米軍の作業服を着込んでいた。

「ずいぶん早く起きていたんですね」

「目が覚めちまってね。起こそうとも思ったんだが、よく寝ていたからな」

もとより荷物はない。汚れた服は置いていくことにした。

通訳の米兵に先導され、廊下を進んでいくと、エンジンの爆音が聞こえた。それはどこか懐かしくもあったが、耳をすませば、やはり別のものだった。火星二一型の音を聞くことは、もうないのだ。

戦後も飛行機に興味を持ち続け、折にふれ専門誌を読んでいた信之には、駐機場で待っていた機体がアメリカ空軍の大型輸送機、C－124グローブマスターⅡであるとわかった。

通訳はそのまま同行するらしく、急なタラップを上って、少し高いところにある搭乗口へ先に向かった。どうぞ、と呼ぶ声に、淀橋が軽やかな身のこなしで上っていく。

「慣れた感じですね。僕はすっかり身体がなまってしまいました」

「まあ、ふだん肉体労働みたいなことをしてるんでね」

工場勤務と言っても自分とはだいぶ違うのだな、と信之は思った。

飛行機の行先は、教えてもらえなかった。途中、何ヵ所かを経由したが、着陸しても特に何の説明もされなかった。ただ、中には見覚えのある飛行場もあり、それはかつて日本軍が占領し、今ではアメリカ軍が我が物顔で使っている、東南アジアのいくつかの国の軍用飛行場だった。どの飛行場も給油のみの慌ただしい滞在で、飛行機を降りることすら許されなかった。

何度目の着陸かわからなくなった飛行場でようやく降りてよいと告げられたが、それは別の小型機、アメリカ海軍のTF－1輸送機に乗り換えるためだった。S2Fトラッカー艦上対潜哨戒機を改造したもので、陸上基地と空母の間で人員や貨物を輸送するための機体である。

――ということは、空母へ乗せられるのか。そもそも、ここはどこなんだ。

駐機場を歩かせられるわずかな間に、すばやく周囲を見回した信之は、格納庫の扉に『CAPETOWN』という文字を確認した。

ケープタウン――南アフリカ連邦か。そんな遠くまで連れてこられたというのか。頭の中に世界地図を描いた信之は、ある可能性に思い至った。南アフリカ。そのさらに南にある大陸は、ただ一つ。

TF－1輸送機は小型ゆえ、さらには天候ゆえ、ひどく揺れた。その揺れが、信之に行先を確信させた。エンジン音は違えど、これはかつて経験した揺れと同じだ。後ろの席の淀橋にそのことを話そうとしたが、騒音の満ちた機内では大声を張り上げなければ会話にならず、信之は諦めた。

そのうち、被せられたヘルメットの内蔵レシーバーからパイロットの声が流れ始めたが、やはりよく聞き取れなかった。前の席の通訳が大声で叫ぶ。

「間もなく着艦します！　衝撃に備えて」

座席の横にある申し訳程度の小窓からは暗い色の海しか見えないが、操縦席の正面には空母の飛行甲板が広がっているのだろう。海軍の搭乗員だったとはいえ、陸上基地から運用される機体にしか乗ったことのない信之にとって、空母への着艦は初めての経験だった。

突然、墜落したかと間違うような衝撃と震動が足元から伝わった。すぐに、着艦フックが甲板上のケーブルを捉えた制動力で、後ろへ強烈に引っ張られる。シートベルトがきつく食い込んだ。

次の瞬間には、輸送機は何事もなかったようにエンジンの出力を落とし、甲板上を移動していた。次の機体の着艦に備える、空母ならではの慌ただしい運用である。

「着艦ってのは、すごいもんですね。僕らは陸上機だったからわかりませんでしたが」

ようやく騒音のやわらいだ機内で、信之がヘルメットを脱ぎながら振り返ると、淀橋は平然とした顔をしていた。

「ああ、本当だな」

輸送機から降りると、目の前には巨大な艦橋がそびえていた。かつて瀬戸内海で見たことのある帝国海軍の空母とは異なり、艦橋は煙突と一体化している。煙突の横には「40」という艦番号が記されていた。

飛行甲板には、常に強い風が吹き続けていた。その風の間から、自らを呼ぶ声が聞こえたような気がして、信之は振り返った。だが、甲板の上には、第二次世界大戦以来の米海軍標準塗装である濃紺に塗られた飛行機――S2Fトラッカー対潜機やF9Fクーガー戦闘機がひしめき、甲板要員たちがせわしなく駆け回っているだけだった。

案内役の水兵に急《せ》かされて、小走りに艦橋へ向かう。艦橋脇の扉から艦内に入り、狭く複雑な通路を上ったり下ったり、右へ左へと進んでいるうちに、方向感覚がさっぱりわからなくなった。通された会議室らしい小部屋が艦内のどこにあるのか、もはや見当もつかない。

出されたコーヒーが冷たくなる頃、部屋の扉が再び開き、年配の海軍将校と、通訳の水兵が入ってきた。信之よりも軍隊の癖が抜けきっていないのか、淀橋が先に立ち上がる。

「楽にしてくれたまえ」

将校は言った。階級章を見ると大佐のようだ。「合衆国海軍航空母艦『タラワ』へようこそ。本艦の艦長兼、第八八任務部隊司令官、リチャード・ギルモア大佐だ」

手を差し出してきたため、慣れないままに、力の入っていない握手を交わすしかなかった。ギルモア大佐は、淀橋とは握手をしなかった。

いくつも聞きたいことがある信之が口を開く前に、大佐は話し始めた。

「さて、我が艦隊はいま、どこへ向かっているとお思いか」

「……南極、ですね」

「察しがいい。さすがは日本帝国海軍、極号作戦の生き残りというだけはある」

ギルモア大佐の目が光った。

――極号作戦の名を知っている。そして、さりげなくそのことを自分たちに伝えてきている。何が望みなのだ。信之は厚木基地に連れてこられて以来解いていない警戒心を、さらに一段階引き上げ、話の続きを待った。

「ならば、南極での目的地はわかるね」

「ナチスドイツのあの基地――ノイ・ヴュルテンベルク基地、ですか。かなりの内陸部ですよ。しかも、今は南極の冬だ。条件は厳しい」

「それはわかっている。だが、ナチの飛行機が飛べた場所に、現在の我がアメリカ海軍が行けぬはずはなかろう？」

「あの基地にあるものを、手に入れたいということですか」

「君は話が早くていいな」

ギルモア大佐は満足そうな笑みを見せると、腕を後ろ手に組んで、室内を歩き回りながら言った。「そのとおりだ。我が国は、南極でナチが何かをしているらしいとだけは、戦時中から察知していた。だが、その片鱗《へんりん》をつかめたのは、接収した総統大本営で書類を発見してからだ。南極では、『不老不死』の研究をしていたのだね。君たちは、それを聞かされていたのだろう？」

信之は、否定も肯定もしなかった。

「まあいい。ともかく、我々が見つけた書類からは、基地の正確な地点は把握できなかった」

――ということは、親衛隊は連合軍に投降しなかったのだ。つまり、ロッテはまだあそこで眠っている。

「世界最強の軍隊をもってしても、わからないことはあるのですね」

ロッテについて気取られぬよう、信之は精一杯の皮肉を口にしたが、ギルモア大佐は顔色ひとつ変えずに続けた。

「一九四六年、最初の捜索が行われた。南極の英雄、リチャード・バード少将が指揮を執った『ハイジャンプ作戦』だ。世間に対しては、南極の調査という建前だったが、実際にはナチの基地跡を探すことが目的だったのだ。だが、作戦は失敗した――」

「見つけられなかったということですか」

「それだけではない。未だに真相は謎に包まれているが、行方不明になった航空機はそこで戦闘に巻き込まれたと我々は考えている。ナチの残存部隊が南極に立てこもっていたと推測しているのだ」そこで初めて、大佐は苦い顔をした。

どういうことだ。信之にもそれはわからない。自分たちが基地を脱出した後も残った親衛隊員たちが、戦争が終わって一年もの間、何の補給もないまま生きていけたとは思えない。一九四六年のその時、基地には眠るロッテと、死者を除けば誰もいなかったはずだ。

信之は戸惑いが表情にあらわれぬよう、意識しなければいけなかった。何かが間違って伝わっている。

「一九五五年にも、『ディープフリーズ作戦』として基地の捜索が行われた。再びバード少将が指揮を執り、さらに重武装の部隊が送り込まれたのだ。その際にはどこからも攻撃はなかったが、またしても基地は見つけられなかった。そして、二度にわたる作戦の失敗を受け、我々はあらためて慎重に情報収集を行った。南米で、あるユダヤ人と接触したのはそれからのことだ」

彼らのうちの一人か――。信之は、あの日助けたユダヤ人の顔を思い出そうと努力したが、難しかった。南極について考えると、ただロッテの顔ばかりが頭の中に広がってしまう。

「その男は、基地の場所まではっきり記憶していなかった。だが、彼の話――特殊な実験が行われていたということ、彼らの脱出に日本海軍が関わっていたということ――を丹念に追っていった結果、ついに君にまでたどり着いたわけだ。かつて、南極まで派遣され、ユダヤ人たちを助けた日本海軍の搭乗員。ああ、当時のことで今さら何かするつもりではないから安心したまえ。そのユダヤ人は君たちに感謝しかしていなかったそうだ。彼を変に恨んだりはしないでくれ」

もちろん、信之にもそんなつもりはなかった。むしろ、感謝の念を覚えていた。米軍があの基地にあるものを具体的に知らないということは、顔の思い出せぬユダヤ人の彼は、ロッテについて話さずにいてくれたのだろう。

「砧さんを殺し、私と淀橋さんを襲ったのは、ソ連ですね。彼らも、あそこに興味があるというわけですか」信之は訊ねた。

「そうだ。ユダヤ人から得た情報の一部が、漏れていたようなのだ。情報部の失態だ」

「それで、南極に残された実験設備を、ソ連に先んじて回収したいと。そのために、基地の正確な地点を知っている我々を呼んだのですね」

「そういうことだ。一九四六年には、戦後間もなかったので反撃ができたのだろうが、それから十二年も経ったんだ。その間、南極へ出入りする船や飛行機は、すべて監視されてきた。ナチの基地への補給はあり得ない。さすがに生存者はいないだろう。今回は廃墟の跡を探すだけの、簡単な任務になるはずだ。危険はないよ。だから、ぜひご協力願いたい」

願いたい、といっても、それは要請というよりはほとんど命令に近いものだった。こんなところまで連れてこられて、断れるわけがない。

無言を肯定の回答と受け取ったのか、ギルモア大佐は満足そうに頷き、通訳とともに部屋を出ていった。

大佐がいる間、淀橋はひと言も発するそぶりを見せなかった。

そのことについて、信之は訊ねた。「どうしてずっと黙っていたんですか」

「ああ……。この空母の名前は『タラワ』というそうだな。太平洋の、タラワ島から取ったんだろうが、米軍は自分たちが勝った戦場の名をよく軍艦につけたがる。……俺の弟は、あの島で眠っているんだ」

淀橋はつまらなそうに言った。タラワ、玉砕の島だ。もう十三年が経つとはいえ、日本人の多くが、親しい人を太平洋から大陸にかけてのどこかで失った経験を持っていた。

「そうですか……」

信之は、淀橋の思いを察した。その名を誇らしげに掲げる船に乗せられて、口をきく気にもなれない心情は、よくわかった。

「淀橋さん。米軍はあそこに何があるか、知っているってことですよね」

「たぶんな」淀橋は、それからひと言付け加えた。「でも安心しろ。彼女のことは言わないよ」

そう言われて驚く信之の顔を見て、淀橋はにやりと笑った。

「気づいていないとでも思ったか」

それから、また真面目な顔に戻って続ける。「彼女は、まだあそこにいるはずだよな」

「さあ……。わかりません」

だが、信之は彼女の存在を確信していた。信じてはもらえないだろうから口には出さなかったが、ロッテの呼ぶ声が、この瞬間も聞こえるような気がした。彼女はあの雪と氷の世界で、今でも自分を待っているのだ。

二〇一八年二月

「そんなことがあったなんて」

大伯父の話を聞いた拓海は、驚いて言った。

「一九五八年の、『アーガス作戦』。空母『タラワ』が参加して行われた作戦だが、公式には高高度核実験として記録されている」と、ベイカーが補足する。

「それは、偽装のため？」

「まあ、そんなところだ。──ああ、いよいよ到達不能極基地が近づいてきたぞ」ベイカーは地図を見ながら言った。

雪上車は快調に雪原を疾走していく。もちろん、それほどのスピードは出ていないのだが、雪煙をまといつつ驀進《ばくしん》する様は、遠目には勇壮なものに違いないと拓海は思った。

「見ろ」

先ほどの米軍機とは別の、古い飛行機の残骸があった。小型の戦闘機らしい。白く凍りついた機体は、わずかに濃紺の塗装を残している。

「アメリカ海軍が一九五〇年代に使用していた、F9Fクーガー戦闘機だ」

ベイカーが解説する。「『アーガス作戦』の際に撃墜された機体だろう」

「その時にも戦闘があったんですか」伊吹は星野老人を振り向いて訊いた。

老人が頷いた時、衣笠が「建物だ」と声を上げ、雪上車に制動をかけた。

「見つかったかな」

だが、すぐに何か起きる様子はない。衣笠は注意しながら、雪が吹き溜まってできた小山の陰へ雪上車を移動させていった。

一九五八年八月

『偵察機、発艦開始』

艦内通路の壁のスピーカーが、ノイズ混じりの声で告げた。

ずしん、という腹に響く音。蒸気カタパルトが艦載機を射出する音だ。信之と淀橋は、通訳の水兵に従って通路を急いだ。

南へ向かう空母に乗せられて、三日になる。この前の日、ギルモア大佐に問われた二人は、ノイ・ヴュルテンベルク基地のおおよその位置を教えていた。他に道はないとはいえ、いざとなると逡巡する信之に、淀橋は「彼女を救うためだ」と囁いた。たしかに、米軍があの基地とそこに眠るものを確保してくれなければ、やがてやってくるであろうソ連が、すべてを鉄のカーテンの向こう側へ持ち去ってしまうだろう。だから信之は、かつて一式陸攻の機内で覚えた航空図を記憶から呼び起こし、基地の場所を米軍の地図上に指し示したのだった。

一晩が過ぎ、慌ただしく動き回る乗組員たちの足音と、飛行機を格納庫から飛行甲板へ運ぶエレベーターの作動音で、個室のドアをノックされる前に信之は目覚めた。

淀橋とともに通訳に連れられ、航空要員の待機室に向かう。飛行を待つパイロットのためのゆったりとした椅子が数十脚、教室のように並び、その前の説明用の黒板脇にはギルモア大佐が待っていた。信之と淀橋、二人分の防寒装備も用意されている。街中ではまだあまり見かけない、厚手の合成繊維ジャケットだ。

「準備してくれたまえ」

「我々も行くということですか」

「そう。危険はない。最後まで案内してもらえると助かる」

もちろん、ここまで来れば、彼女のそばへ行かねばならぬという気持ちのほうが強い。断る理由はなかった。

アメリカ人サイズの、少し大きめの防寒着に袖を通したところで、パイロットスーツの男たちが何人も入ってきた。その中には、信之たちをこの空母へ運んできたTF－1輸送機のパイロットもいる。

やがて、輸送機に同乗し、現場の指揮を執るという海兵隊の士官がやってきた。日本語で挨拶をしてくる。

「マーカス大尉といいます。よろしく」

パイロットたちがめいめいに椅子へ腰掛けると、マーカス大尉は黒板の前に進み出てブリーフィングを始めた。信之と淀橋も一番端の椅子に座り、話を聞いた。ギルモア大佐は部屋の壁に寄りかかってその様子を見ている。

作戦参加機は、ＴＦ－１輸送機が三機。それに、護衛のＦ９Ｆクーガー戦闘機十二機。戦闘機は、爆弾を搭載する。それに、空中給油のため南アフリカの基地からＲ３Ｙ飛行艇が飛来するという。

もはや戦闘の可能性はない、基地へは非武装の輸送機を飛ばすだけだとギルモア大佐は言っていたのだが、どうも話が違う。

「護衛戦闘機に、輸送機も三機？　我々だけではなかったのですか」

信之の質問に、マーカス大尉は答えた。「輸送機の残りの二機には、私の部下の海兵隊員が乗ることになります。危険はないと思いますが、基地の中を捜索するためです」

「もう一つ、よろしいですか。なぜ戦闘機に爆装を？　反撃はないはずですよね」

眠っているロッテの身体を吹き飛ばしてしまわないだろうか。信之はそれが心配だった。

「ああ、反撃はないはずだ。ハイジャンプ作戦の頃ならともかく、それからもう十二年も経つのだからね」壁際の、ギルモア大佐が口を挟んできた。

「ではなぜ爆弾が必要なのですか」

「基地の破壊を君が心配するのも妙だな。ソ連にでも通じているのかね」

「ソ連……？」

「いや、冗談だよ。彼ら戦闘機隊は、万が一ソ連が先にその基地を押さえていた時のための保険さ。まあ、南極付近のソ連軍の動きは、把握できているからね。大丈夫だ、まず戦闘は起こらない。安心したまえ」

危険はない、大丈夫、と何度も言われるとかえって胡散臭いものだが、信之はそれ以上言い返さなかった。

それから数名のパイロットが技術的な確認をした後で、マーカス大尉は言った。

「他に質問は？　オーケー、それでは『オペレーション・アーガス』発動だ」

装備を着けたまま、待機室からエスカレーターで艦橋内の飛行甲板レベルまで上がる。外部へ通じる扉を開けると、払暁《ふつぎよう》の南氷洋が視界に飛び込んできた。

空はまだ藍色で、それよりも暗い、黒に近い海面には無数の白い波濤《はとう》が立っている。彼方には、護衛の駆逐艦がぼんやりとしたシルエットになって浮かんでいた。数日前より冷たさを増した風が頰を刺す。これから向かう基地までは飛行機の航続距離が足りないため、実用化されてまもない空中給油を利用することになるが、それでもできるだけ南極大陸へ近づこうとしているのだ。

飛行甲板には、全面を艶《つや》のある濃紺に塗られたF9Fクーガー戦闘機が何機も並んでいた。翼下には、小型の爆弾を搭載している。始動したいくつものジェットエンジンの轟音が、多重奏を響かせていた。

マーカス大尉に先導され、搭乗するTF－1輸送機へ向かう。脚には、氷雪に覆われた滑走路へ着陸するためのスキー板が取付けられていた。今は車輪を使うので、スキー板に開いた切り欠きからタイヤがはみ出ている。

残り二機のTF－1の周囲には、オリーブ色の戦闘服の上に、白い防寒着を着た海兵隊員たちがたむろしていた。マーカス大尉が近づくと、下士官が野太い声で号令をかけ、全員が整列した。身につけた小銃や機関銃ががちゃがちゃと鈍い音を立てる。どう見ても戦闘地域へ向かう準備のようだが、それを指摘したところで、ソ連に備えて念のためだと言われてしまうだろう。信之はもう何も言わなかった。

二番機、三番機に乗る海兵隊員たちへの指示を終えたマーカス大尉に促され、淀橋とともにTF－1の機内へ足を踏み入れる。搭乗口で立ち止まり、艦橋を見上げると、防寒ジャケットを羽織ったギルモア大佐の姿が見えた。この寒い中、何も室外で見守っていなくてもよいのにとは思ったが、それは彼なりの誠意なのだろう。

機内へ入り、空母へ来た時と同じ席へ座った。シートベルトを着用する。その瞬間、十三年前のことを思い出した。一式陸攻の機内、ベルトの締め方をロッテに教えてあげた時の、微かに触れ合った指先。

マーカス大尉と数名の海兵隊員たちが乗り込んできて、ドアが閉められた。やがて、外から聞こえてくるジェットエンジンの爆音がさらに高まると、ずしん、とカタパルトの射出音が聞こえた。十数秒ほど置いて、再び同じ音が響く。その度に、爆装した戦闘機が南氷洋の夜明けの空へ舞い上がっているのだ。

「さあ、行くぞ」

パイロットが手をぱちん、と合わせて言った。

カタパルトから打ち出されるのは、初めての経験だった。強烈な加速力が全身にかかり、安定した飛行に移る頃にはひどくぐったりとさせられたが、淀橋はよほど鍛《きた》えているのか、微動だにしなかった。

空中給油を受けた後、南極大陸上空に差し掛かってからも、内陸にある基地まではかなり長い時間を飛行する。基地のおおよその位置は伝えてあるが、それでも航法支援なしで長時間を飛行するうちに、誤差は出てしまう。近くまで来ているとはいえ、上空から雪氷に埋もれている基地を探すのは、予想以上に困難だった。

信之も、窓に顔を押しつけて雪原の上に視線を走らせた。米軍の狙いがどうあれ、今は純粋に基地を見つけ、ロッテに会いたかった。

その時、ヘルメットの中のレシーバーから、機長と副操縦士の会話が聞こえてきた。

『モールス信号が聞こえます』

『なんと言っている』

『同じコードを繰り返しています。座標のようです。スピーカーに繋ぎます』

『……本当だ。基地の座標か？』

『誘導装置がまだ生きているのでしょうか』

『そうかもしれんが……。以前の捜索では、こんなことがあったとは聞いていないぞ。何かの罠という可能性はないかな』

『しかし、基地を見つけないことには』

『そうだな。護衛戦闘機に、警戒を強めるよう伝達してくれ。座標の地点へ向かう』

機体が傾いた時、信之はまた遠い声を聞いたような気がした。ロッテだ。ロッテが、そこにいる。

やがて輸送機は降下に入った。窓に顔を近づけて、前方を覗き込む。真っ白な雪原に、雪でできた起伏がいくつも連なっている。どこまで行っても変わらない景色のようだが、彼方に見える急峻な山脈のシルエットが、遠い記憶を刺激した。ここだ。

基地はすっかり雪と氷に覆われていたが、高度を下げると、建物の一部がわずかに顔を出しているのがわかった。滑走路に問題はないようだ。

機体はぐんぐんと地表へ近づいていき、ついにスキー板が雪面をとらえた。通常の着陸とは異なるやわらかな感触に、十三年前を思い出す。

通常よりも滑るため、フラップを一杯に開いてブレーキをかけるのは、機種が何であろうが変わらない。ある程度まで速度を落としたところで、後続機に道を開けるため、パイロットは脚の向きを変えて機体を滑走路の軸線から外した。

──南極大陸。まさか、また来ることになるとは。

着陸してみれば、上空からは見えづらかった基地の建物を確認できた。積もり、固まった氷雪に覆われ、まるでかまくらのようになっている。

空気中を舞うきらきらとした氷のかけらは、かつて来た時よりも少なく見えた。冬季にもかかわらず、天候は奇跡的に安定している。エンジン音は周囲に響き渡っているはずで、もし基地の中に人がいれば、気づいていないわけがない。それでも誰も姿を現さないのは、そういうことなのだろう。

「誰もいないのはわかっていたが、かえって不気味だな」淀橋が言った。

あの時に残った兵士たちの運命を想像し、信之は怖気《おじけ》づいた。何が起きたかは、もうじきわかる。

続けて着陸してきた二番機、三番機が、信之たちの一番機に並んで停止した。凍結を避けるため、エンジンは低回転のまま動かし続けている。一番機はドアを開けずに待機を続けたが、二番機、三番機からは武装した海兵隊員たちがすばやく降機し、雪に足をとられつつも埋もれた建物へ向かうのが見えた。マーカス大尉が無線で指示を送っている。

初め、銃を構え建物を包囲する陣形を取っていた海兵隊員たちは、敵の脅威がないことを確認すると、それぞれ背嚢《はいのう》からスコップを取り出し、建物の周囲の雪を掘り始めた。中に入ろうにも、まず雪を除けなければならないのだ。

その様子を見ながら、信之はマーカス大尉に訊ねた。

「私たちはどうするんですか」

「建物に入れるようになったら、一緒に来てください」

どれほどかかるのだろうと思われた大量の雪も、さすがは屈強の海兵隊員、三十分ほどで建物の扉が露わになった。鍵はかかっていなかったらしい。手荒な方法を取るまでもなく、扉が開く様子が見えた。

行きましょう、とマーカス大尉に促され、信之と淀橋はTF-1から降りた。機内からは風もなく穏やかに見えた純白の世界は、すぐにその見かけとは裏腹な苛酷さを教えてきた。気温はマイナス五十度。南氷洋を行く空母の艦上ですら、久しく経験したことのない冷気を感じていたのに、それを一歩どころか二歩も三歩も進めた、暴力的な寒さだった。寒さ、冷たさ、という概念を通り越した、刺すような痛みが全身を襲う。その痛みが、記憶を刺激した。長く思い出さずにいた様々な場面が、断片的に脳裏へ蘇る。

海兵隊員たちの多くは既に建物の中へ入っていたが、信之と淀橋は安全が確保されてからと言われ、マーカス大尉他数名の隊員たちとともに建物の外で待った。このまま凍りつくのではないかと思える数分間を過ごしたところで、ようやく屋内へ入る許可が出た。

しかし、別の意味で凍りつくような情景を、その中で信之は見ることになった。通路や室内の至るところに、白く凍結し、分厚い霜で覆われた死体があったのだ。足元にあった死体につまずくと、まるで石のような感触が伝わってきた。思わず後ずさってしまった自らを恥じ、信之は手を合わせた。

ドイツ国防軍の軍服を着た死体もあれば、親衛隊の黒い軍服を着た死体もあった。同胞相撃の末、全滅したようだ。もし戦闘を生き残ったとしても、この環境の下、補給もなくては、長くは生きられなかっただろう。

今となっては、親衛隊員たちにも信之は同情した。祖国を遠く離れ、この地の果てで見捨てられ、同胞にも罵《のの》しられながら死んでいったのだ。信之はすべての死者のためにあらためて合掌した。

それにしてもなぜ、博士が言っていたように、ロッテと博士を手土産《てみやげ》に連合軍へ投降する道を選ばなかったのだろう？

そしてなぜ一九四六年の『ハイジャンプ作戦』まで一年も生き延びた末、アメリカ軍を攻撃できたのだろうか？　それはどう考えても不可能なことに思えた。

海兵隊員たちは、ドイツ軍の残した資材、資料を洗いざらい持ち出す作業に移っていた。だが、本当に重要なものはそこにはないことを、信之は知っている。

エーデルシュタイン博士の実験準備室への入口は、崩落したうえに雪と氷に覆われ、その存在を知らなければ見分けがつかなくなっていた。そこに何があるか、米軍に伝えてよいものか、ここまで来て再び信之は悩んだ。

その迷いが顔に出ていたのかもしれない。淀橋が、信之の隣に来て囁いた。

「教えるしかないだろう。ソ連に奪われる前に」

それはよくわかっていた。なおも逡巡していると、淀橋は駄目押しのように言った。

「なあ、気持ちはわからないでもない。だが、ロッテをこんな場所にまた置き去りにするのか。十三年の間に、アメリカの技術も進んでいる。それで意識を取り戻すことができれば、なおいいじゃないか」

「……そうですね」

信之は現実を受け止めざるを得なかった。そして覚悟を固めると、マーカス大尉に申し出るため、冷たい廊下を進んでいった。

実験準備室へは、雪氷に埋もれた入口を掘り出して入ることになった。脱出してきた秘密通路をたどれば、ロッテのカプセルがある実験室まで直接行けるのだが、通路が繋がっていた格納庫は完全に崩落していたのだ。

扉すら見えないほどの氷に覆われた入口に、何人もの海兵隊員が群がる。いっそ掘り出せないほどの厚さであってほしいという信之の矛盾した願いは、海兵隊員の鍛えられた筋肉によって打ち砕かれた。

開かれた扉の向こうは、氷に埋もれることもなく、当時の状態を保っていた。入口の近くにはバリケードの残骸があり、その周囲には犠牲になったユダヤ人たちの死体がそのままに凍りついていた。あの出来事が、つい今しがた起こったことのように思える。

親衛隊員の死体を越えて進んでいくと、防爆扉に守られた実験室がある。扉は当時のままに閉まっていた。開けるためには多量の爆薬が必要になるかもしれない。

その時、部屋の中を捜索していた海兵隊員が、防爆扉のすぐ近くにあった巨大な氷塊の下に、拳銃を握りしめた死体があるのを発見した。近づいてみると、それは親衛隊の指揮官、ゲルトマンSS少佐だった。

「天井から落ちてきたこの氷の塊に、押しつぶされたんだな」マーカス大尉が言った。

しかし、信之はその推測に違和感を覚えた。白く凍結したゲルトマンの死体の顔は恐怖で歪んでいたが、それは氷に押しつぶされた苦痛というよりは、何か恐ろしいものを見たという表情のように見えたのだ。

海兵隊員たちは、はじめ力ずくで防爆扉を開けようとしていたが、さすがに無理らしかった。爆薬を設置するために氷をよけているうちに、扉の小窓から実験室の中が見えるようになった。

「中を確認してもらえますか」

マーカス大尉に頼まれた信之は、軽く目を閉じ、覚悟を固めてから小窓を覗き込んだ。

窓から射し込む光が、室内をぼんやりと照らしている。ロッテの眠るカプセルは、ここを去った時のまま部屋の中央に横たわっていた。扉の傍、うつ伏せの姿勢で白くなっているエーデルシュタイン博士の近くには、武器にしようとしたのだろうか、ロッテの意識を抽出する際に使った、プラグのついたケーブルが転がっていた。扉を守り通したのであろう博士が、せめて楽に最期を迎えられたことを、信之は願った。

本当にこの部屋に入ってよいのかという疑念が再び頭をよぎった直後、信之は不意に理解した。それが自らの思考の結果として閃いたものなのか、何者かによる作用なのかは、わからない。とにかく、直感として理解したのだった。

ゲルトマンの恐怖の原因は、ロッテではないか。

ロッテの意識は電流化した後、基地にある兵器『ウンディーネ』に接続させられるという話だった。その兵器は、特定の相手へ向けて電磁波の放射が可能なものだったと記憶している。そして、博士の言っていた、脳に電磁波を照射して、何度も繰り返し死の瞬間を体験させるという話。ゲルトマンは、何か——それがどんなものかは知る由もないが、おぞましいもの——をロッテが操作する兵器によって見せられ、苦しみの果てに死ぬことになったのかもしれない。

それは、親衛隊の手から、自分と博士を守るための行為だったろう。だがその時から、ロッテは一種の兵器になってしまった。そして、一年後にやってきた米軍も、同じように攻撃したのだろう。彼女はもう、異質なものに変異してしまったのだ。いつか、世界を滅ぼすかもしれぬ何ものかに。

そう、ロッテの鳶色の瞳は、もう二度と開かない。彼女の小さな唇から、信之の心を震わす声が発せられることはない。この狂った世界にあって、二人を守り包む穏やかな日々は、けっして実現することはないのだ。

──しかしそれならば、ここへ来る輸送機を誘導したモールス信号は何だったのだろう？　自分たちは攻撃を受けることなく、座標を教えてもらい無事に着陸できた。信之は心の中で強くロッテを呼んだが、何も返事はなかった。

突然、遠くで爆発のような音が聞こえた。海兵隊員たちは一瞬顔を見合わせると、すぐに背負っていた小銃を手に取り、手近な遮蔽物《しゃへいぶつ》に身を隠した。

信之は、マーカス大尉によって強引に引きずり倒された。凍りついた床が、痛いほどに冷たく感じる。

縮めた首を回して淀橋の姿を探すと、少し離れた物陰に潜んでいた。「大丈夫だ」と声をかけてくる。

マーカス大尉が、屋外にいる隊員と無線で連絡を取った。

「周辺空域を警戒飛行していた護衛戦闘機の一機が、急に墜落したそうです」

「攻撃ですか」嫌な予感がした。ロッテ、やはり君は──？

「いえ、おそらく事故ではないかと……」

マーカス大尉が言い終わらぬうちに、また爆発音が響いた。さらにもう一度。隊員たちが動揺する。

「いったい何が起きているんだ」

混乱するマーカス大尉のところへ、突然淀橋が駆け寄った。通信機を奪い取り、マイクへ向け流暢な英語で叫ぶ。

「戦闘機隊を基地から遠ざけるんだ。できるだけ早く！」

「淀橋さん、どういうこと……？」

戸惑う信之にはかまわず、淀橋はてきぱきとした口調で英語の指示を続けている。

その時、すぐ近くで轟音が響いた。

実験室の扉に設置していた爆薬かと思い、信之は慌てて身を伏せたが、熱風が襲ってくることもない。

もしかして、と立ち上がり、扉に駆けつけた。小窓から覗いた室内には白煙が満ち、細かな氷の結晶が舞っている。

それらが床へ吸い込まれるように収まった時には、ロッテの身体が納まったカプセルが消えていた。正確にいえば、実験室の下部に大きな穴が開き、その中に落ちていったのだった。

エーデルシュタイン博士の言葉を、信之は思い出した。

『カプセルは、誰の手も届かぬところへ運ばれるわけです』

ロッテは米軍に回収されまいと、カプセルを氷の下の空洞へ落とす自爆装置を作動させたのだろうか？

なぜだ、ロッテ。もう少しで君に会えたというのに――。

空洞は、どこまで広がっているかわからないという話だった。数百、数千メートルもの厚さの氷の中へ紛れてしまえば、もう永遠に、ロッテの身体を収めたカプセルを回収することはできないだろう。

だが、ロッテの意識は、たとえどのようなものに変異していても、基地の中に張り巡らされているという回路――ゼーレガルテン――に残っているはずだ。

信之は、一瞬でも彼女を疑った我が身を恥じた。そうだ。たとえ世界のすべてを敵に回そうとも、自分だけはロッテを信じなければ。

ねえロッテ、そうだろう、と小さく呟く信之の横に、いつの間にか淀橋が並んでいた。小窓から実験室を覗き込み、カプセルが消えたことを確認すると、まだ持っていた通信機に向かって叫ぶ。

「マジェスティック、マジェスティック、マジェスティック」

「……なんの暗号ですか。淀橋さん、あなた、いったいどうしたんだ？」

信之は混乱しつつ、淀橋へ向き直った。よくわからない怒りが胸のうちからこみ上げてくる。なんだ、なんなんだ、何も知らされないうちに、俺の周りでよくわからないことばかりが起きている――。

「すまなかった、星野。俺は――」淀橋は、信之の目を見据えて言った。「俺は、米軍の情報機関に協力していた」

「え……？」

「南米で調査を進めていた米軍の情報機関は、南極から生還したユダヤ人の後で、俺にも接触してきたんだ。生きるために、俺は協力せざるを得なかった。仕方なかったんだ」

「……それで、米軍を南極へ連れてくることになったんですか。情報を入手したというソ連に先んじて」

「そうだ。だが、一九四六年の『ハイジャンプ作戦』の結末でわかるように、ロッテは近づくものを攻撃するはずだ。オスター大尉の言っていた、この基地にある電波兵器を使って。しかし一人だけ、ロッテが攻撃しないであろう人間がいる」

「それで、僕を……」

淀橋は視線をそらし、頷いた。

「それに、お前を巻きこむため、俺は悔やんでも悔やみきれないことをした。砧の件だが……」

「砧さんが殺されたことに、何か」

嫌な予感がした。

「目的のためにはお前の協力が必要だったが、居場所がわからなかった。だから、先に動いたソ連——ＫＧＢの工作員を尾《つ》けることにした。ＫＧＢは、南極への道案内として、やはりお前と砧に当たりをつけていたんだ。米軍の情報は漏れていたからな。連中は、俺のことはもう米軍が確保していると知っていた」

「それで、砧さんのところに」

「俺はKGBの後を追ってお前を見つけ出し、力ずくでも確保するつもりでいた。だがKGBはまず砧に接触した。砧はそれに気づいて、警告の郵便を出したようだな」

信之は、嫌な予感がさらにふくらんでいくのを覚えた。

「そしてKGBはある日、強硬手段に出た。砧を拉致《らち》しようとしたんだ。見逃した場合、KGBは砧を連れ去ることで満足してしまう可能性もあった。しかし、お前のところまで行きつかなければロッテの扉は開かない」

「それで、どうしたんですか」

「やったのは、俺じゃないと信じてくれるか」

「まさか……」

「情報部の奴らは、KGBの先回りをして、砧を殺したんだ」

信之は咄嗟に、淀橋を殴りつけた。自分でもまったく意識していない行動だった。足元を滑らせた淀橋がどうと倒れ込み、気づいた海兵隊員が駆け寄ろうとする。今にして思えば、彼らは淀橋が自分たちの仲間であることを、初めから知っていたのだろう。

淀橋は片手を上げて海兵隊員を制し、立ち上がった。戦意がないことは見て取れた。

「……すみません、つい」

「ああ。こうされるのも当然だ」淀橋は切れた唇を手の甲で拭い、続けた。「俺が見殺しにしたも同然だからな」

暗い目を凍った足元に落とす淀橋を見て、信之は思った。戦争が終わってしばらくの間、誰もが生きるため、口にはできぬことをしてきた。後の世でぬくぬくと暮らす者が、それを責められまい。南米に残った淀橋がどれほどの苦労をしてきたのか想像すれば、振り上げた拳を下ろすしかなかった。

再会してからの淀橋の行動のいくつかは、米軍に協力してきたというのなら合点がいった。だが時折見せた淀橋の言動、たとえば『タラワ』という名の艦に対する感情の発露や、ロッテへの信之の想いについての配慮は、素直に生きることを許されぬ淀橋の、せめてもの真実の心のあらわれだとも思えた。

淀橋を責める気持ちは萎《な》えていったが、それでも聞かねばならぬことはあった。

「さっきの、暗号のような通信はなんですか」

「お前を連れてきても、ロッテや実験設備を確保できない可能性は想定されていた。その場合にはこの基地自体を消滅させることになっていたんだ」

「消滅させるって……。どうやって」

「今、南極周辺を航行しているのは、『タラワ』の艦隊だけじゃない。ミサイル実験を理由に別の艦隊も展開している。そこから、核弾頭ミサイルをここへ撃ち込むんだ」

「そんなことをしたら、何も手に入りませんよ」

「いいんだ。これからは、南極での軍事行動は難しくなる。去年から、各国が南極に科学観測基地を設置しているのは知っているだろう。これ以上ナチの遺産探しに時間をかけられないんだよ。それに、大気圏内での核実験も禁止される見込みだ。だから米軍は、このタイミングで無理だとわかれば、ソ連の手に渡ることを避けるため、まるごと吹き飛ばすという選択をしたのさ」

「それじゃあ、ロッテは」

「残念だが、諦めろ。人間としての彼女はもうとっくに死んでいる。残っているのは、ただの電気信号にすぎない」

「でも、それはたしかにロッテの意識、魂ですよ」

「身体に戻れなければ、電気信号と変わらないだろう？　もう、そんな議論をしている暇はない。ミサイルは発射される。急いで撤収するぞ」

「しかし！」

食い下がる信之の腹に、何か重いものが当たった。遠くなる意識の中で、信之は拳を固めた海兵隊員の姿を見、淀橋の「すまん」という声を聞いた。

淀橋が、海兵隊員たちに叫んでいた。

「急げ！」

二〇一八年二月

「……私たちを乗せたTF－1輸送機が緊急離陸するのを待ち、空母『タラワ』とは別に南インド洋へ展開していた軍艦から、核ミサイルが基地へ向け発射されました。しかしそのミサイルは、大きく軌道を変え上昇していくと、高高度で爆発したのです。これにより大気圏高層部に電子帯が形成され、無線とレーダーに深刻な障害が発生しました。結果として、それは科学目的の高高度核実験ということにされたのですが、あくまで後付の理由です。これが、一九五八年の『アーガス作戦』の真相です」

星野老人は、そこまでを一気に語ると、長いため息をついた。

「実際にはロッテさんによって、ミサイルの軌道が狂わされていたんですね」

伊吹の確認に、老人は頷いた。

「その後の話は、だいたいわかっている」ベイカーが後を引き継いだ。「米軍の撤退を待っていたかのようにやってきたソ連軍の部隊は、ナチスの基地跡を占拠した。あくまで科学調査の名目でね。そして基地跡に観測小屋を建て、『到達不能極基地』を名乗ったんだ」

「ソ連の部隊は、なぜ攻撃されなかったんでしょうか」拓海は聞いた。

「彼らは、ロッテさんの存在については知らなかった。実験施設が失われているのを発見し、不老不死の技術を追求するのは諦めたのだろう。それ以上刺激しなかったため、彼女は静観していたのだと思われる」

「アメリカは、ソ連の行動を黙って見ていたんですか」拓海がさらに尋ねる。

「肝心のカプセルを含め実験機器は南極の氷の下深く沈んでしまったのだから、基地跡を押さえたところでソ連は大した情報を入手できないと考えたんだ」

「氷の下……そうか！」

伊吹が叫び、衣笠の顔を見て言った。「ドームふじ基地で氷床掘削中に出てきた機械部品というのは、そのカプセルの部品だったんじゃないか？」

「南極大陸の氷の下にはいくつもの氷底湖があって、それぞれ繋がって水が流れてるって話もあるしな……」衣笠が頷く。

ベイカーは話を進めた。「それに、ソ連は、到達不能極基地へＩＲＢＭ――中距離弾道ミサイルを持ち込んだ。手を出せば、南極のどこにでも核ミサイルを撃ち込めるということだ。南極観測そのものを人質にしたわけだな」

「そんなことがあったんですか。知らなかった」伊吹は目を丸くした。

「国際社会には秘密だったからね。ソ連は関係者だけに知らしめればよかったし、アメリカも事態を大きくするのを望まなかった」

「ロッテさんの意識は、どうなってしまったんでしょう」

拓海の問いに、ベイカーは言いづらそうに口を開いた。「一九五八年に米軍を攻撃したことからわかるように、その意識は変異してしまったものと考えられる。基地に残された回路の中にいたはずの彼女を、ソ連がどうしたのかは不明だが、休眠状態に入ったのは確かだ」

「それからは？」伊吹が先を促す。

「一九五九年に南極条約が締結され、六一年に発効すると、米ソ両国とも、南極での行動について国際社会への言い訳がしづらくなった。さらにはキューバ危機が起こり、核戦争の脅威を目の当《ま》たりにした両国は秘密協定を結び、到達不能極基地を閉鎖した。ＩＲＢＭも、凍りつくままに封印されたんだ」

「まあ、よかったのかな」衣笠がほっとしたように言った。

「しかし一九七九年、そのＩＲＢＭは突然発射されてしまう。ミサイルは南大西洋に着弾し、核弾頭が炸裂した。核実験監視衛星『ヴェラ６９１１号』が探知していたことにより、一部で『ヴェラ・インシデント』として知られている事案だ」

「ロッテさんが、目を覚ましたということですか？」

「おそらく。ソ連は調査チームを送り込んだが、原因はわからなかったようだ。そもそも彼女の存在を知らなかったのだし、彼女もまた休眠状態に入ってしまったのだろう。そして、IRBMはもうなくなったわけだから、この基地はまた放置された」

「それがどうして、今になって」伊吹が首をひねる。

「この事案は、忘れられてはいなかったんだ。ペンタゴンの誰かが、手柄を立てようとしたのかもしれない。一年前、米軍は思い出したように特殊部隊を潜入させた。それが、さっき見たMC-130だ」

「墜落していた輸送機ですね。しかし、墜落ということは……」伊吹は話しているうちに想像がついたらしく、言葉を濁した。

「ああ。残念ながら部隊は全滅した。一人だけ墜落時に脱出し、プラトー基地までたどり着いたようだが」

ベイカーは拓海を見て、頷いた。もう隠しておく必要はないという意味だろう。拓海は告白した。

「それが、あそこで死んでいた男ですか。でも、また目を覚ました彼女が何らかの兵器で輸送機を墜落させたのはわかりますが、彼のことはどうやって殺せたんでしょう」

わからない、と首を振るベイカーに、星野老人は何かを口にしかけて、やめた様子だった。少ししてから、ベイカーは言った。

「もう一つ気になることがある」

「まだあるのか」衣笠がうんざりした声を上げた。

「ソ連は、基地の電力をまかなうため、ここの地下に小型原子炉を設置していた。基地を放棄する際に封印されたものの、核燃料は残っている」

「それって、つまり」

「通信妨害を容易に行い、外界から南極への侵入を許さない相手だ。原子炉をメルトダウンさせるなど、朝飯前だろう。そうなれば、放射性物質が南極全域を汚染するだけでなく、温暖化で解けた氷にのって世界中に拡散してしまう」

「その人は、人類全体に対して復讐をしようとしてるってことか」

衣笠が天を仰いだ。

「ここまでの協力には感謝するが、この先、民間人を連れていくのは気が進まん。俺一人で様子を見てくる」

そう言いながら支度を始めたベイカーの前に、星野老人が立った。

「私も行きましょう。もしも……ロッテの意識がまだ少しでも残っているのなら、私が必要なのでしょう？」

「それはそうですが……やはり、危険ですよ。まずは私が」

「彼女を、あまり長く待たせたくはないのですよ」

星野老人は、きっぱりと言った。

「格好つけたじいさんだ」ベイカーは小さくため息をついたが、顔は笑っていた。

「俺も行くよ」「俺も」「僕も」

ベイカーは、お手上げだという仕草をした後、「……まあ、雪上車に残っていても格好の標的だからな。好きにしてくれ」と言った。


氷の上に積もった雪に足を取られつつも、できるだけ姿勢を低くしながら基地へ近づく。基地の前ではレーニン像が、失われた夢がまだそこにあるかのように白い地平線を見つめていた。

到達不能極基地の建物は、予想していたよりも小さかった。とても原子炉が必要な規模の基地とは思えないが、ミサイルを設置していたこともあり、軍事拠点としての活用を見越していたのだろう。それに、当時は何でも原子力で対応しようとする時代だったと、拓海は何かのドキュメンタリー番組で見た覚えがあった。

建物の扉は、ベイカーが情報機関仕込みの手際であっさりと開放した。室内の闇をベイカーのフラッシュライトが切り裂く。そのレーザーのような軌跡を、少し前に別の場所で見たのを拓海は思い出した。ほんの数日前のことなのに、遠い昔のような気がする。

　建物の中は、中央の大部屋といくつかの小部屋に分かれていた。各自が懐中電灯を手に分担して調べ始める。拓海が受け持った部屋を調べていると、伊吹の大声がした。

「エレベーターと階段があった。ハザードシンボルもあるぞ」

　一度大部屋に戻ると、ベイカーがスマートフォンを入口近くの壁に貼り付けているところだった。

「何ですかそれ」

「後で説明する。それより、伊吹さんのところへ」

　星野老人や衣笠と合流し、伊吹が調べていた小部屋へ入る。

　暗い部屋の奥にエレベーターの扉があり、その横には地下へ向かう階段の入口があった。壁には、黄色地に三つ葉のサイン——放射能を表すハザードシンボルが大きく掲げられている。

「地下に原子炉があるってことか」

「行ってみよう」

　その時、別の壁面で、ぼうっと光が灯った。ベイカーが、さっと向き直る。光は、壁面に据《す》えつけられた制御盤の、古びたブラウン管式のモニターから発せられていた。何の映像も浮かび上がっていないが、ただの黒い画面でも案外明るく感じるものだ。

「なんで急に……」と言って近づこうとする拓海を、ベイカーは片手で制止した。

「不用意に近づかないほうがいい」

やがてモニターの黒い画面に、緑色のアルファベットが一文字ずつ浮かび上がってきた。

『Gib's auf!』

「なんだ、英語じゃないな……。ドイツ語？」と衣笠が言うと、ベイカーがその文章を訳した。

「諦めろ、と言っているな」

「もしかして、ロッテさんがコンタクトしてこようとしているのでは？」

伊吹の推測は、星野老人がきっぱりと否定した。

「いや、ロッテではありません。――ロッテは、こんなことを言わない」

老人の顔は、モニターに向けられている。まるでそこに、相手がいるかのように。

「……最後にここへ来てから六十年、ずっと考えていたんだ」

老人は、静かに語りかけた。「君は、ロッテの前に実験台にさせられて、肉体を失った人だね」

少し間があき、黒い画面に、緑色のアルファベットが一文字ずつ浮かび上がってきた。

『そうだ。正しくは、人々、だが』

訳して読み上げたベイカーが、驚いたように星野老人へ尋ねる。「何のことですか」

老人は、誰に聞かせるでもなく呟いた。

「やはり……。ゲルトマンが勝手に装置を使って実験台にした人たちがいると、オスター大尉が最後に教えてくれた。それにエーデルシュタイン博士は、複数の意識電流が同じ回路を流れると、混淆する可能性があると言っていた。ロッテと博士を連れてきた時には既に、ゲルトマンの実験で肉体を失ったユダヤ人たちの魂が、回路の中で混ざり合っていたんだ」

『ユダヤ人だけではない。ドイツの兵士もいる』

引き続き、ベイカーが画面の文字を訳してくれた。星野老人は、南米時代に覚えたと言っていたとおり、ベイカーの翻訳を待たずともドイツ語を理解しているようだ。

「その複合体ということか……。君らがそこにいると知らされないまま、博士はロッテの魂を送り込んでしまったわけだ。あの日……ロッテが眠りにつき、我々が脱出した後、何があったんだ。ロッテも、そこにいるのか」

『彼女は回路に入ってすぐ我々の存在に気づき、深く悲しんでくれた。しかし、我々と同化はしなかった。そもそも、彼女自身が持つ特性ゆえ、同化できないのだ。それでも、我々を助ける方法を考えようとしてくれたのだが――』

突然、文字が打ち出されるペースが速くなった。まるで、モニターの向こうで文章を書き込む人間が交代したようだ。訳しているベイカーによれば表現も変わり、違う人格を感じさせるようになったという。

『状況は変わった。我々に、偉大なるゲルトマンSS少佐と、エーデルシュタイン博士の意識が合流したからだ』

星野老人は、驚いた表情を見せた。「扉の近くで倒れていたのはそういうことか……。しかし、どうやって回路に入ったんだ。しかも、博士まで？」

『実験室へ入ろうとするゲルトマンSS少佐に対し、小癪なあの娘――ロッテ・エーデルシュタインは「ウンディーネ」で電磁波を照射し、繰り返す死の幻覚を見せた。それに耐え、なお扉に取りついて開けようとした少佐に、エーデルシュタイン博士はカプセルから外したプラグで、ドアノブ越しに超高密度の電流を流したのだ。だが、慌てていた博士は愚かにも忘れていた。超高密度電流により発生した電磁場の中にいる者の意識は、回路に取り込まれてしまうことを』

「『ウンディーネ』って何だ？」と小声で疑問を口にした衣笠へ、星野老人は振り返って説明した。

「親衛隊が実験中だった、今でいうところのフェーズド・アレイ・レーダーの一種です。特定の相手に対して電磁波を放ち、攻撃兵器としても使えるものです」

「指向性エネルギー兵器《DEW》を当時、実用化していただと……？」

ベイカーが、信じられん、というように首を振った。「しかし、そうか……レーダーに十分な性能があれば、強力な電磁波を放って通信を妨害したり、電子機器を機能停止させたりする兵器としても使える」

　ベイカーたちの反応になど興味はないのか、画面の文字は表示され続けていた。

『回路に入ったゲルトマンSS少佐は、その統率力をもって、烏合《うごう》の衆《しゅう》だった我々複合体の指揮をとった。哀しみや恨みといった感情ほど、利用しやすいものはないのだ。さらに少佐は、同時に取り込まれた博士へ協力を求めた』

「協力？　強制だろう」と星野老人が吐き捨てる。「博士はどうなるかわからないと言っていたが、対等な形ではなく、ゲルトマンの強烈な自我を中心に統合されてしまったんだな。電流となっても結局は人間同士、力の強い者が抑え込んだということか。それで、博士の知識を我が物にした」

『我々は博士の知識も得て、かつては持ち得なかった能力も獲得したのだ。あの娘は回路の中を逃げ回りつつ邪魔をしてきたが、所詮《しょせん》は一人だ。我々は「ウンディーネ」を使い、近寄ってくるものは撃退した。お前は、一九五八年に米軍とともにやってきたな。憶えているぞ』

拓海は、部屋の天井の隅にある古い監視カメラに赤いランプが灯り、微かに動くのを見た。レンズは、大伯父へ向けられていた。

「その後、ソ連はナチス時代の建物の基礎を利用して基地を建設したから、その電子機器も君らは利用できたというわけか。ロッテは、どうなったんだ」

『あの娘に、相手の意識電流を読み取れる能力があるとはわかっていたが、回路に入ってからもこれほど面倒だとはな。七十年間、この中で争ってきた。時々、我々の目を盗んで基地の座標を送信するなど余計なこともされたが』

表示される文字からは、かすかな苛立ちが感じられる。

『だが、米軍に実験室へ踏み込まれそうになった時には、あの娘の身体が入ったカプセルを、氷の下へ落としてやった。もう、人間として復活することはできないだろう』

画面の向こう側から酷薄な笑い声が聞こえたような気がして、心配になった拓海は大伯父の様子をうかがった。だが、その顔はむしろ安堵している風にも見えた。悪事をはたらいていたのが、このゲルトマンという奴だとわかったからだろう。ロッテという女性が変異していたわけではなかったのだ。

星野老人が問いかけた。

「なぜ、今になってまた活動を始めたんだ。それも、君らの基地を探していたわけでもない飛行機を墜《お》としたりして」

少しだけ、回答が遅れた。何らかの感情の存在を思わせる時間だった。

『我々が存在しているこの回路――ゼーレガルテン――は、永遠に維持できるわけではない。まもなく設計上の寿命を迎えるだろう。そうなれば、我々を待っているものは、消滅だ。消えて、なくなってしまうことだ。そうなる前に』

「復讐したいというんだな。でも、誰に対して」

『人類』

メンシュハイト、という一つの単語だけの回答。ベイカーが訳す前に、その意味するところが何であるかは、皆想像がついた。

「やっぱりそう来たか」衣笠がぼやく。

だが、最後の回答が表示される速度にも、やはり少しではあるが遅れが感じられた。それはまるで、その回答を発することに対するためらいのようでもあった。拓海は、一つの可能性を思いついた。回路の中で複合体と闘っているというロッテの魂が、今も妨害をしているのかもしれない。

同じことを考えたのだろう、大伯父が叫んだ。

「ロッテ！」

『ここに彼女はいない』

「嘘だ！　私だ、星野信之だよ。待たせてすまなかった、ロッテ……！」

画面の文字がちらついて、消えた。それきり、何事も起こる気配がない。

「今だ。急ごう。原子炉はまだ停止している。起動させないようにしなければ」ベイカーが走り出し、皆も追いかけた。

エレベーターが動くことは期待できないので、階段を使った。さすがに大伯父は皆のように走れないため、拓海が支えながら降りていく。

先を駆け降りるベイカーたちのフラッシュライトが、暗闇の中を交錯するのが見えた。

その時、深い地の底から響く鈍い音を、拓海は聞いた。

「ああ、いかんな」大伯父が言う。

ゲルトマンらの意識の複合体が、原子炉を再稼働させようとしているのだろう。制御棒をコントロールして、メルトダウンを起こそうとするはずだとベイカーは言っていた。

階段の一番下、ホールのような場所で、拓海と大伯父はベイカーたちに追いついた。

剣を抜いて戦おうとするロシアの騎士の絵が飾ってある下に、古びた鋼鉄のドアがあった。0から9までの数字ボタンが並ぶ、機械式の鍵がついている。

ベイカーは、ポケットから何やら道具を取り出して解錠に取り掛かった。物理的な実体をもたない複合体にはできぬ芸当だ。電気を利用したものであれば容易に操れる複合体も、昔ながらのアナログな機械や装置は操作できないのだ。

とはいえ、ベイカーにもそう簡単に開けられるものではないらしい。焦った衣笠が、少し弱気になって言った。

「もう、駄目じゃないのか。逃げ出す用意をしたほうが」

「いや、なんとしても止めなければ。さっき、俺がスマートフォンを入口に取り付けたのを見たよな」

ベイカーは鍵に向き合いながら、拓海に言った。

「ええ」

「あのスマートフォンは、NSAの小道具でね。発信機にもなっているんだ。プラトー基地の無線で伊吹さんたちと交信した周波数なら、『ウンディーネ』とかいう電波兵器に干渉されにくいことは証明済みだ。だから、微弱ではあるがその周波数を使って位置を送信した」

「誰に？」

「米軍だよ。南極からの電波を、たとえ弱くても受信できるよう待ち構えているはずさ。受信さえしてくれれば、インド洋上空で待機している米軍機がこちらへ向かうオプションが発動される」

「あの複合体とかいう奴に撃墜されてしまうんじゃないですか」

「いや。やってくるのは空軍のB‐2ステルス爆撃機だ。『ウンディーネ』はフェーズド・アレイ・レーダーの一種らしいが、ステルス機を舐《な》めてもらっては困る。それにB‐2の電子機器は、核弾頭が炸裂した際の電磁パルスに備えて、コーティングを施してある。電磁波での妨害はされにくいだろう。そして飛来するのは、特殊戦用に改修を施した機体だ。爆弾倉には、爆弾ではなく、特殊部隊を収容するコンテナを積んでいる。そこから、空挺降下するんだ。ここにね」

ベイカーはそう言って、親指を下に向けた。

「しかし、うまく行くでしょうか」

「やるしかないさ」

かちり、と音がして鍵が開いた。

ドアの隙間から、光が漏れ出す。暗闇から急に眩《まばゆ》い照明の下へ出た拓海たち五人は、一斉に目をしばたたかせた。

目が慣れるにつれ、部屋の様子が把握できるようになった。大きさは、数十人が入れる会議室ほど。正面の壁一面を占める薄緑色の制御盤には、古めかしいブラウン管のモニターが数台埋め込まれ、たくさんの電球が明滅している。

向かって右の壁面にはキャビネットが並び、左手の壁はコンクリートで雑に塗り固められていた。かなり分厚そうなつくりだ。

「おそらく、原子炉はこの向こうだ」ベイカーが左の壁を指して言った。

地下へ降りる途中で聞こえ始めていた、ぶーん、という重低音は、その壁の向こうから響いてくる。

「原子炉が稼働し始めたのか。気味の悪い音だな」

「どうすればいいんですか。メルトダウンを起こされたら我々は……」

その時、制御盤のモニターが光を放ち、黒い画面に緑色の文字が浮かび上がった。

『あと一時間十二分で、原子炉は破壊される。基地から離れても間に合わない。諦めろ』

「そんなことは絶対にさせない！」

『接近中の爆撃機に期待しているのかね』

どうしてそれを、とベイカーは口にこそ出さないものの、驚愕の表情で語った。

『アマチュア無線の周波数で、位置を送信しただろう。妨害はしづらくとも、発信自体は探知できる。その方向にレーダーの電波を集中させただけだ。ステルス機だから探知できないとでも？　ナチスドイツの兵器を、エーデルシュタイン博士の知識で半世紀以上改良してきたのだ。実体のない我々でも、ソフトウェアならばいくらでも直すことができるのだよ。それこそ、舐めてもらっては困る』

ブラウン管モニターの画面が切り替わり、レーダースコープの画像が映し出された。基地を中心に、周囲を捜索しているような表示だ。その画面の右上隅に、光点が出現した。

「B-2だ。本当にレーダーで捉えていやがる」

ベイカーが苦々しげに言った。

『爆撃機の到着まで、あと数分。この状況ではおそらく、搭載しているのは爆弾ではなく、特殊部隊だろう。だが、彼らが南極の大地を踏むことはない』

さらに画面は切り替わった。映し出されたのは、雪原の中の発射台と、そこに載せられた四基のミサイルだ。見ているうちに発射台が旋回し、空へ向かって仰角をとった。

「核ミサイル？」拓海が驚いて言うと、ベイカーは否定した。

「違う。地対空ミサイル……旧ソ連のSA-3だな。基地防空用のものが残っていたのか」

画面の中のミサイルが突然火を噴いた。四連装のランチャーから次々と発射されていく。

画面が再びレーダースコープに切り替わると、画面の中心、基地のすぐそばに、別の光点が四つ出現していた。先ほど発射されたミサイルだろうか。画面上を点滅しながら、ゆっくりとB－2爆撃機を示す光点へ向かっている。

「あんな旧式のミサイルでは、B－2は墜とせないぞ」

ベイカーの言葉をあざ笑うかのように、画面上でミサイルが大きく散開した。B－2を四方から包み込む形になる。

「B－2の電波妨害《ジャミング》性能を知らないのか」

だが、ミサイルは確実にB－2への距離を詰めていく。ベイカーの表情に焦りが見え始めた。

B－2の周囲に、複数の小さな輝点《きてん》が生じた。ベイカーの説明によれば、レーダー波を妨害するためのチャフという小さな金属片をばらまいたらしい。しかし、ミサイルは何ら影響を受けていないようだ。B－2は、小刻みに動き始めた。回避機動を取っているのだ。

「SA－3……思い出したぞ」ベイカーが呟く。その顔色は、蒼白《そうはく》になっていた。

「一九九九年の、コソボ紛争だ。ユーゴスラビア軍は管制システムを改造したSA－3で、米軍のF－117ステルス戦闘機を撃墜している。旧式ミサイルでも、ステルスを撃墜するのは不可能ではないんだ。複合体は、レーダーのソフトウェアを改修したと言っていたな……」

その言葉に、皆が固唾《かたず》を呑んで画面を見守る。四つの輝点は着実に爆撃機への距離を詰めていた。

B‐2の小刻みな動きが止まった。以前のような、直進飛行に戻っている。

拓海は、ベイカーへ訊ねた。「どういうつもりなんでしょう」

「特殊部隊の隊員たちだけでも脱出させるつもりだろう。そのためには機体を一定時間、水平に保つ必要がある。だが、それではミサイルのいい的だ――」ベイカーは悲愴な声で答えた。

「ロッテ……。君はもう、そこにはいないのか。どうにかできないのかい」

星野老人の辛《つら》そうな声にも、返事はない。

画面上のB‐2から、再び小さな輝点が放出された。短い周期で、一つずつ離れては消えていく。四基のミサイルは、もうすぐ近くだ。

「隊員たちが、一人ずつ降下しているんだ。十名程度として、全員が機体から離れるのに三十秒はかかる……」

B‐2から、いくつの輝点が離れたのかはわからなかった。だが、三十秒が経過する前に光点は重なり合い、不意にすべてが消えた。

あまり、見たいものではなかった。拓海は、何者かに顔を押さえつけられ、無理やりそれを見させられているような気分になった。

ベイカーは、目をきつく閉じている。

「なんてことを」伊吹が、怒りのこもった叫びを上げた。

再び画面に文字が浮かんだ。

『我々に敵意をもつ者を攻撃するのは、当然の権利だ』

「……乗員は、どうなったんだ」

『パイロットは脱出できなかったようだな。降下したのは八名か』

「助けに行けないでしょうか」

伊吹が小声でベイカーに訊ねたが、「無理だ」と、言下に否定された。

「今の我々に、助けに行く余裕はない」ベイカーは苦渋に満ちた表情で言った。

沈黙する皆の間を、原子炉のたてる鈍い音が流れていく。その音は、次第に大きくなってきていた。

衣笠が「畜生」と言いながら床に座り込んだ。「どうにもならないのか」

拓海は、大伯父の様子を見た。じっと、制御盤の片隅を見つめている。

「どうしたの、大丈夫？」

そっと呼びかけると、「何か書くものをくれないか」と囁くような声が返ってきた。ポケットから、手帳とペンを取り出して渡す。大伯父は制御盤の一点を凝視したまま、メモを取り始めた。その視線の先を追った拓海は、緑色のランプが一つだけ、ちかちかと点《つ》いたり消えたりしていることに気づいた。それは、意思を持っているかのように長短のリズムを刻んでいる。

ランプを見つめつつペンを走らせていた大伯父が言った。

「モールス信号だ」

その頭の中では、かつて電信員として叩き込まれた信号の対応表がよみがえっているのだろうか。

「なんて言ってるの？」

拓海の質問には答えず、ただ下を向いて肩を震わせ、小さく「ああ――」とむせぶような声を出した大伯父は、しばらくして顔を上げた。ランプの明滅は続いているが、リズムが変わり、スピードも速くなっていた。

星野老人は無言で制御盤へ近づくと、ケーブルを接続する端子部分に左手をふれた。意外な行動を皆、呆気《あっけ》にとられて見守っている。

老人は初めのうち右手でメモを取り続けていたが、次第に慣れたのか、ぶつぶつと口元で読みあげるだけになった。時折、目を閉じて念ずるようなそぶりをしている。それはまるで、会話をしているようにも見えた。

「こっちへ来てくれ」大伯父が拓海を呼んだ。

わけもわからず隣に並ぶと、制御盤の端にあるトグルスイッチを指し示された。

「私が合図したら、そのスイッチをオフ側に倒して」

珍しく、有無を言わさぬ口調だった。大伯父は自分の手元でも、何かの調整をするように複数のダイヤルを回している。

星野老人は、ベイカーたちにも呼びかけた。

「なんでもいいから、複合体へ話しかけてください」

皆はそれを聞いて戸惑っていたが、やがて衣笠が開き直ったような大声を上げた。

「なあ、複合体さんよ。こっちが君らに手を出しさえしなければ、いいんじゃないのか？　もう、放っておくからさ」

『我々は人類を許さない』

「お前らだってもとは人間じゃないか」

衣笠は小声で呟いた後、星野老人とロッテのことを思い出したのか、気まずそうな顔をした。

『我々は、時折傍受する電波で、人類の様子を観察してきた。人類は、第二次大戦の頃からまったく変わっていない。我々を殺したナチズムは、未だに形を変えて生き残っている。君らは気づいていないのか。見せかけの進歩の陰で、かくも独善的に、不寛容になった社会を』

──これは、ゲルトマンではない。複合体を構成していたその他の犠牲者たちの、心の叫びなのだろうか。

『だから我々は、回路とともに消滅する前に、人類へ復讐し、警告を与えることにした』

「まあ、気持ちはわからんでもない」伊吹が呟いた。「現実を歪めて、自分の見たいようにしか見ない奴は、たしかに多い。だからといってこのやり方は賛成しないが」

『人類は数を減らして、やり直すべきだ。地球環境が放射能で汚染されようが、我々の知ったことではない』

「エコじゃねえな」衣笠が忌々しげに言った。

『人類のいうエコなど、所詮はエゴにしかすぎな──』

画面へ順に映し出されていた文字列が突然、停止した。

「どうしたんだ。止まっちまったぞ」

衣笠が困惑の表情で皆を振り返った。もちろん、誰にも理由はわからない。

『今からでも、やり直せば遅くはない。排除の必要はないかもしれない』

──言っていることがさっきと違うんじゃないか？　拓海は、隣に来た伊吹と顔を見合わせた。

『いや、やはり排除せねばならん。数を減らすなど甘い。根絶すべきだ──』

また明らかに違う主張。どうなっているんだ。

「人格が分裂しているんだ」ベイカーが言った。「奴の中で、何かが起きている――」

その時、大伯父は拓海へ向かって小さく叫んだ。「今だ！　スイッチを」

言われるがまま、トグルスイッチをオフ側に倒す。

――何も起こらない？

拓海が困惑した次の瞬間、爆発音が轟いた。その場にいた誰もが原子炉のことを思い出し、覚悟を固めた。だが――。

『敵襲、敵襲』

古い録音テープのような、聞き取りづらいロシア語の音声が流れ始めた。警報が鳴り響き、赤い非常灯も明滅している。

「敵襲と言ってるんですよね」伊吹がベイカーに訊ねた。

「もしかすると、さっき降下してきた連中がやってくれたのかもしれん」

再び爆発音。今度のものは先ほどよりも大きく、震動で天井の埃がぱらぱらと落ちてきた。

「でも、複合体はあれほど自信たっぷりだったのに、こんな簡単に侵入を許すなんて」拓海は首をひねった。

「待てよ……原子炉の音が消えてる！　止まったんだ！　特殊部隊がやってくれたの

か」衣笠が、喜びを隠せない表情で叫ぶ。しかしベイカーは「まさか。原子炉は我々のすぐ隣だぞ。誰も来ていないじゃないか」と冷静に反論した。

「ロッテです」

星野老人が、制御盤へ視線を送ったまま答えた。モニターは消えているが、ランプの明滅だけは続いている。

話の続きを待つ皆をよそにランプを見つめていた星野老人は、やがて「ああ、わかった……。うん」と呟いた後、少し悲しそうな声で言った。

「原子炉は完全に停止しました。上に、特殊部隊が迎えにきています。まだ何があるかわかりません。急ぎましょう」

その言葉に、皆は地上への階段を駆け上がった。さすがに星野老人は、ベイカーが背負っている。その背中に揺られながら、老人は語った。

「ロッテは回路の中で、何十年も彼ら——ゲルトマンたち複合体と闘い続けてきました。その中には父親である博士もいたというのに」星野老人は、痛ましい表情で言葉を切った。

「さっきのモールス信号は、ロッテさんだったのですね」

「ええ。複合体が爆撃機や私たちに気を取られているうちに、その目を盗んで連絡してきたのです。そして、私と拓海が物理的に回路を操作することで複合体を混乱させ、誘導したその電流を特定の機器の中へ閉じ込めた。それはおそらくゼーレガルテンという回路のどこかにあるのだと思いますが」

「じゃあ、もう複合体は――」

「基地の制御は、ロッテが取り返しました。原子炉を停止し、南極全域の電波妨害も解除されています。だから降下してきた特殊部隊も、攻撃されずに基地へ接近できたというわけです」

「ロッテさんは、回路の中でずっと闘い続けてきたと？」

「ええ。一九七九年には、ソ連が残したミサイルを操作できるようになった複合体が、それを南米の人口密集地へ撃ち込もうとしました。その頃既に、彼らは人類への復讐を計画し始めていたのです。しかしロッテが妨害し、発射されたミサイルの目標をぎりぎりで無人海域へそらすことができたそうです」

「それが、『ヴェラ・インシデント』の真相か」ベイカーが大きく頷いた。「しかし、小さなランプの明滅とはいえ、複合体によく気づかれないで済んだものだ。名前を呼ばれたのでしょう？」

「いえ、魔法の言葉ですよ」

星野老人は照れくさそうな笑みを浮かべたが、その表情はすぐにまた悲しげなものに戻っていた。

息を切らしながら階段の上に到達すると、基地の建物の中では、米軍特殊部隊の隊員たちがカービン銃を手に何かを探していた。

拓海たちが立てた物音に、銃口が一斉に向けられる。

慌てる拓海を片手でかばい、星野老人を肩から降ろしつつ、ベイカーは落ち着いた様子で「撃つな」と言った。

「NSAのベイカー海軍少佐だ。前はSEALチーム9にいた」

隊員たちがすばやく銃口を下げ、敬礼を返す。

「陸軍第一〇山岳師団、シェフィールド大尉です。救出に参りました。雪中戦で名高いチーム9の方ですね。お噂はかねがね聞いております。お会いできて光栄です」

「いや……活躍したのは出向してきていたスナイパーだよ。ともかく、ありがとう」

拓海たちは、一斉に力が抜けて床に座り込んだ。しかし、心配なことは残っている。

「飛行機が撃墜されてしまって、この先どうやって帰るんですか」伊吹が訊ねた。

「ご安心ください。南極の通信状況は完全に回復しました。各国の基地宛てに、救援要請を送信済みです。それに、どういうわけだか我々が連絡する前に、日本の昭和基地沖にいた砕氷艦からヘリが向かってきています。何者かからの信号を受信したそうです」

シェフィールド大尉は、通信機を背負った隊員を呼んだ。

やってきた隊員が答える。「あと三十分で到着予定と連絡がありました」

ロッテさんだ。ロッテさんが連絡してくれていたんだ。拓海は、大伯父と顔を見合わせた。昭和基地からここまで、かなりの距離がある。あらかじめ連絡しておかなければ、到着まで時間がかかってしまう。ロッテさんは複合体とせめぎ合いを続けながら、隙をついて昭和基地へ連絡し、さらには飛来するヘリの情報を隠して攻撃されないようにしてくれていたのだろう。

「この基地の扱いは、どうしますか」シェフィールド大尉はベイカーへ訊ねた。

珍しくベイカーが迷っていると、星野老人が覚悟を決めたような顔で口を挟んだ。

「爆破してください」

「爆破……ですか。それでいいんですか？」

ベイカーだけでなく、拓海たち全員が驚いた。それでは、ロッテさんまで。

「この基地は、かつてのナチスの基地の基礎構造を利用して造られているようです。その基礎の部分を調べてみてください。電気回路が埋め込まれているはずです。基礎全体が、一種の巨大な回路を構成しているんです」

星野老人の説明を聞いたベイカーは、シェフィールド大尉へ建物の基礎を調べるように命じた。すぐに大尉は、何人かの部下を引き連れて駆けていった。

数分ほどで、「たしかに、ケーブルらしきものが埋め込まれています」という大声が聞こえた。

「それが、『ゼーレガルテン』です。複合体はその中か、この建物のどこか、分断された回路にいます。地下の原子炉だけ注意しつつ、基地全体を爆破してしまえばいいのです。『ウンディーネ』の機構は残りますが、操作する複合体さえ消滅させてしまえば問題ないでしょう」

「ちょっと待って。ロッテさんは……」と慌てる拓海を制し、大伯父は穏やかに言った。

「だから、少しだけ、ロッテといさせてくれませんか」

星野老人が、部屋の隅の小さな配電盤へ向かう。

「まさか、残るつもりでは……！」「いけない！」皆が異口同音に叫ぶ。

「そんなことはしませんよ。ベイカーさん、少しだけだ。いいでしょう」

ベイカーは頷くと、特殊部隊の隊員たちへ、爆破の指示を始めた。

伊吹が皆へ、先に出ようと目配せをした。しかし、と言いかけた拓海を、ベイカーがそっとさえぎる。

「大丈夫だと思う」

基地の外へ出た皆を、隊員たちが誘導した。

「ヘリにはこのあたりに着陸してもらいます。その吹き溜まりの陰にいてください」

異様に青い空の下、空気はきんと冷たく澄んでいる。拓海は雪塊越しに、基地の建物を見つめた。建物の周囲で隊員たちが動き回り、爆薬を仕掛けている。ベイカーは入口の前に立ってその様子を見つつ、星野老人が出てくるのを待っていた。老人はなかなか姿を現さない。

やがて、遠くから何かの回転する音が聞こえてきた。

「ヘリだ！」

衣笠が指差す。彼方の地平線、白と青の境界に、胡麻粒《ごまつぶ》のような黒い点が見えた。次第に、回転するローターの形が見えてくる。『しらせ』艦載の、CH−101輸送ヘリだ。奇妙なのは、機体の下にドラム缶らしきものをロープで吊り下げていることだった。

「なんだ、あれ」

拓海が誰にともなく呟くと、伊吹がしばらくして手をぽんと打った。

「燃料だ！」

「え？」

「CHの航続距離ではどうやってもここまで持たないだろうと不思議だったんだが、そういう手があったか」

「俺たちが置いてきた燃料だな。ロッテさんが連絡してくれたのか」衣笠が言う。

「ああ」伊吹は、拓海に説明した。「我々が航空拠点整備の途中で皆さんの救援に向かった際、航空燃料のタンクを置いてきたんです。それをあのヘリは回収して機内タンクを満タンにし、さらに残りの分を吊り下げてきたわけです。飛んでくるうちに機内タンクが減った分は、ここで補充すればいい」

話をしているうちに、黒に近い濃緑色の、南極仕様塗装を施したヘリの機体がはっきりと見えてきた。日の丸の横に、『海上自衛隊』の文字がある。

――信之じいちゃんは？

拓海が基地を振り返った時、ちょうど扉が開いた。ゆっくりと歩み出る大伯父に、ベイカーが近づいている。拓海たちも急いでそこへ向かった。

皆の心配そうな顔を見回した星野老人は、ヘリの爆音に負けぬよう大きな声で言った。

「行きましょう。ロッテの拓《ひら》いてくれた道を、無駄にしてはいけない」

ヘリは燃料タンクを着地させた後、慎重にその横へ機体をずらして着陸した。白色の雪中迷彩で身を包み小銃で武装した隊員たちが、ハッチから飛び出し散開する。

「自衛隊？」

「あんな連中、『しらせ』に乗ってたっけ」

伊吹と衣笠が不思議そうに話し合っていると、一人の隊員が駆け寄ってきた。

「陸上自衛隊冬季戦技教育隊、遅ればせながら救援に参りました」

「あれ……？」隊員を見た衣笠は、見覚えがあるという表情をした。

「身分を隠していて申し訳ありませんでした。私は、本来の『しらせ』の乗組員ではなくて、陸自の人間なんです」

隊員は、ベイカーの姿に気づくとすばやく敬礼をした。

「ベイカー少佐！　お久しぶりです」そう言ってから、小声で「チーム9ではお世話になりました」と続ける。

「……香取《かとり》一尉か？　冬戦教《とうせんきよう》といえば、雪中戦のエキスパートだったな……しかし、なぜここに」

香取一尉と呼ばれた自衛隊員は、にやりと笑った。「あなたと同じようなものですよ。米軍の情報機関から急遽《きゆうきよ》、我々を『しらせ』に乗せる要請があったのです。私も詳しくは知りませんが、ヨドバシ機関とかなんとか……。この航海での『しらせ』は、人が多く乗っているように感じませんでしたか」

話の最後の部分は、伊吹と衣笠に向けられたものだった。

香取は、拓海たちをヘリへ誘導した。回転するローターに巻き上げられた、細かな氷のかけらがびしびしと顔に当たる。腕でそれを防ぎながら、転がるように乗り込んだ。

ヘリの機内には、旅客機に比べれば座席と呼ぶのも憚られるような、小さな布製のシートが向かい合わせに並んでいた。腰を下ろした途端、拓海は下を向いて長い長いため息をついた。

そして顔を上げると、まず大伯父の姿を探した。老人は斜め向かいのシートに座り、自身の背中にある小さな窓を振り返っていた。機内は暗く、その表情はよくわからない。窓の向こうには、到達不能極基地のオレンジ色の建物が見えた。

やがて、自衛隊員や米軍の兵士たちが乗り込んできた。米兵の一人が、ステレオアンプのような機材を持っている。爆破に関連した装置だろうか。それは他の機材と一緒に、ヘリの機内へ仕舞い込まれた。

「起爆装置、確認済み」

「給油完了。燃料タンク懸吊《けんちょう》接続完了」

短い言葉のやりとりが慌ただしく飛び交う外で、拓海たちは基地の建物をじっと見つめていた。

「離陸します」

機体が、ふわりと浮かび上がった。こんな重いものがどうして飛ぶんだろうという疑問が頭をよぎる。この状況でも普段飛行機に乗った時と同じようなことを考えるんだな、と拓海は妙に感心した。

シェフィールド大尉らと話しあっていたベイカーがやってくると、拓海に頷きかけ、星野老人の隣に座った。

「星野さん、基地を爆破します」静かに言う。

「お願いします」

老人もまた、静かに答えた。もう、窓を振り返ってはいなかった。穏やかな表情で、機内の壁を見つめている。

「すみません」

ベイカーは頭を下げ、それから前方のシェフィールド大尉へ合図をした。

しばらくして、絶え間なく流れるヘリのエンジン音の底から、鈍い響きが聞こえたような気がした。想像していたよりも、小さな爆発音だった。隊員たちは窓からその様子を確認していたが、拓海たちは誰も、外を見ることはなかった。

星野老人は目を閉じ、祈るような姿勢をとっている。

「俺、帰ったら家族ともう少し話してみるよ」と、伊吹がぽつりと呟くのが聞こえた。

「おいおい、まだ無事に帰れると決まったわけじゃないぜ」衣笠が笑って答えている。

「もう全部終わったんだ、大丈夫さ」

*

アラーム音が鳴った。拓海は、その音を初め認識できなかった。このところのあまりにも日常を逸脱した経験から、警報のようなものだろうと推測できただけだ。

カーン、カーン、カーン、と響き渡るその音は、この船が、南極観測船という衣を着た軍艦であると知らしめている。『しらせ』は南極観測船と呼ばれることが多いが、正式な所属と船種は海上自衛隊の「砕氷艦」であり、国際的には軍艦とみなされる船なのだ。

二人部屋のもう一つのベッドには、大伯父がまだ眠っている。ヘリで『しらせ』に運ばれた後、大伯父はほとんどの時間をベッドに横になって過ごしていた。老人にはあまりにも厳しい日々だったのだから、仕方がないだろう。それに、ロッテさんのこともある。

収容した拓海たちをオーストラリアへ送り届けるため、『しらせ』は一時的に昭和基地沖から離脱して南氷洋を進んでいた。

アラーム音が鳴り響く中なのであまり意味はないとは思ったが、大伯父に気を遣い、拓海はできるだけ音を立てぬようにそっと船室を出た。

急ぎ足で通路をやってきた伊吹と衣笠に、声をかける。

「今度は何が起きてるんですか」

「よくわからないが、船が行き足を止めかけているみたいだ」

艦橋へ向かうという伊吹たちに、ついていくことにした。拓海は部外者とはいえ、艦内では有名人である。そもそも、『しらせ』は自衛艦とはいえ民間人も多く乗船しており、機密をあまりとやかく言う雰囲気はなかった。

艦橋の下まで来て、警備をしていた隊員に事情を聞くと、「こちらへ」と通された。

現代の軍艦には普通、戦闘指揮所《CIC》というものがある。砲やミサイルといった固定武装がなく、海賊の襲撃に備えた小銃を積んでいるだけの『しらせ』にも、名称こそ「航行支援室」と呼ばれているが同様の部屋があり、そこに通されたのだ。

拓海は、壁面に巨大なレーダー画面が表示されている薄暗い司令室をイメージしていたが、意外にもこぢんまりとした普通の会議室のような部屋だった。小さな制御卓がいくつか並ぶ部屋の中央で仁王立ちになり、壁掛けの薄型モニターを注視しているのは、『しらせ』の艦長だ。

「何があったんですか」伊吹が訊ねた。

「突然現れた国籍不明の艦艇が、本艦の進路を妨害する航路を取っています。衝突を避けるため、停船しました」

「国籍不明？」

「ええ、こちらの呼びかけにも反応しません」

その時、スピーカーから声が流れた。

『見張所より連絡。国籍不明艦を目視。データベースに無し』

「データベースに載っていない？　どういうことだ」

首をひねった艦長は、光学望遠鏡の画像を転送するよう制御卓の前の隊員に指示した。艦影がモニターに表示される。隊員たちが改めてデータベースを検索しても、記録はないという。

「あれは『ＩＸ－９０１』だ」

背後からの声に振り返ると、米軍との連絡要員として『しらせ』に残ったベイカーが、壁に背をもたせかけ立っていた。その隣には、香取一尉がいる。

星野老人の姿もあった。いつの間にか起きてきたのだ。その表情は、以前のように矍鑠《かくしやく》としている。

「ベイカー少佐。知っているのか」艦長が訊ねる。

「ええ。アメリカ海軍が秘密裏に建造していた無人戦闘艇です。数日前、南大西洋で試験航海中に消息を絶ったという連絡が入っていました。……ああ、伝える許可が出ていなかったのです。申し訳なかった」

「それがどうして」

「嫌な予感がしますな」

ベイカーにしたところで、行方不明になった無人戦闘艇が突然現れた理由も目的もわからないようだった。「小型だが、ウォータージェット推進により、速力は四〇ノット。武装は五七ミリ速射砲一門だけとはいえ、この『しらせ』程度なら簡単に沈めることができます」

「そう簡単に沈むつもりはないよ」

「もちろん、そうなられては困ります。南氷洋は、泳ぐにはいささか冷たすぎますから」

画面の中で、『IX‐901』は『しらせ』に左舷を向け、その行く手を阻むように停船していた。艦首の五七ミリ砲を旋回させてこちらへ向けている。

その時、制御卓に向かっていた隊員の一人が、耳にかけたヘッドセットを外しながら言った。「不明艦よりテキストデータ受信。モニターへ出力します。こちらからの音声送信を要求しています」

『また会ったな』

ただの文字列だが、その奥にある人格は不思議と想像がついた。明らかに人間ではなく、かといって機械でもない、それは。

「……複合体か。生きていたのか」ベイカーが叫ぶ。その声は、マイクを通して伝わっていた。

『もはや複合体ではない。かつて私は、ゲルトマンと呼ばれていた』

「ゲルトマン……貴様」星野老人が悔しそうに画面を見上げて言った。

『人間の強欲さというのは、やはり変わらないな。基地を爆破するだけでよかったものを、米軍は何かしら土産がほしかったのか、手近にあった通信機器を持ち出した。それ自体は何の変哲もない古い装置だが、基地の制御系統とはケーブルで繋げられていた。ちょうど、私たちが押し込められた回路の部分とな』

あのステレオアンプみたいな装置か——。拓海はその場面を思い出し、ベイカーを見た。

ベイカーは「聞いていないぞ」と弁解するように言った。「くそっ、指揮系統が曖昧だからこんなことになる」

『電流なのだからな。回路が接続されていればよいのだよ。米兵が装置を持ち出そうとするのを見た私は、もはや用済みの複合体を置いてその中へ移動したのだ。しかし、おとなしく爆破されてしまうとは、馬鹿な奴らだ』

もとは非道な実験の犠牲者だったという、複合体を構成していた人たちのことを思い、拓海は歯ぎしりした。それに、ロッテさんも――。

「米軍の兵士たちは、その装置を持って『しらせ』からどこへ行ったんですか」伊吹がベイカーに尋ねた。

「ヘリで、『IX-901』の試験を行っていた母艦へ向かいました。そこで、装置をテストするために他の機材へ繋いだのでしょう。だから、奴は母艦のシステムへ移動できた……」

『そうだ。そこで私は「IX-901」のプログラムを改修するよう偽の命令を発した。そして、さらにメモリーカードに乗り換え、この無人戦闘艇へ運ばせたのだ。移動できる住処《すみか》というのは、なかなか良いものだな。このまま懐かしき文明世界への帰還を果たそうとも思ったんだが、その前に挨拶をしておこうと思ってね。まあ、まだ人間の理不尽な部分を残しているということか』

それから、あざ笑うように、画面上に意味不明の記号が流れた。

「奴は我々を沈めた後、北上するつもりだ」

そこに待っているのは、世界中を繋いだ広大な電子の海だ。無限に増殖していくゲルトマンのイメージを拓海は想像し、身震いした。

「そうはさせん」艦長はきっぱりと言い、「水上戦闘用意」と下令した。それからマイクを切るように指示すると、香取一尉とベイカーを呼んだ。

「五七ミリ砲さえ無力化できれば、策はあるのだが。狙撃して破壊できないだろうか」

「彼我の距離は」

「およそ二七〇〇メートル」

「それではとても無理だ。小銃の射程では届かない。仮に届いたとしても、あの砲塔は小銃弾程度では破壊できませんよ」

香取は少し考えるそぶりを見せ、呟いた。「ああ、それなら……」

ベイカーと香取が何やら打ち合わせているうちに、再び画面に文字が流れた。

『作戦を練っているのかね。非武装の砕氷艦に、何ができる。それにしても、砕氷艦を「南極観測船」か。君たち日本人は言葉遊びが好きだな。半世紀以上前から何も変わらない』

「電気信号のくせに、知ったような口をきくじゃないか。大方、その船のデータベースで新しく仕入れた知識を披露したいだけだろう」マイクのスイッチを入れたベイカーが、挑発するように言う。

『君は嫌味な男だな。ランディ・ベイカー少佐』

「俺の個人情報まで調べているとはね。いやがらせか」

『本当のいやがらせというのは、こういうことを言うのだよ。少し、味わってもらおうか』

その直後、ベイカーは身体を硬直させ、倒れ込んだ。

「ベイカーさん！」

その横に跪《ひざまず》いた拓海は、ベイカーの顔が苦痛に歪み、その瞳の焦点が合わなくなっている様子を見た。

「いかん、これは……。何かを見させられている」

星野老人が言った。

『私と同じ苦しみを味わうがいい』

「電磁波の照射か……。意識の微分による、死の瞬間の繰り返し。博士は、ナチスには秘密にしていたというのに」

『博士は私と融合していたのだからな。私は同じものを、あの小娘が操作する「ウンディーネ」によって見させられた。自分の死を何千、何万回と繰り返し見せつけられたことは忘れんよ』

苦悶するベイカーの表情は、拓海にプラトー基地で見た死体の顔を思い出させた。到達不能極基地を捜索していた米軍特殊部隊の生き残りだというあの男も、同じように無限の死を見せられたあげく、逃げ込んだプラトー基地で絶命したのか。

『この船には、「ウンディーネ」と同じ原理の装置がついていてな。お誂え向きだった』

「フェーズド・アレイ・レーダーのことか」艦長が言った。「レーダーから電磁波を選択的に照射しているのか」

再び、画面に意味のわからない文字列。拓海には、薄気味の悪い哄笑《こうしょう》が聞こえるような気がした。

その間も、ベイカーは悶《もだ》え苦しんでいる。自らの死を繰り返し、繰り返し見せられているのだ。数分して衛生員がやってきたが、処置のしようがないらしい。拓海たちも顔を見合わせ、手をこまねくことしかできなかった。

——そういえば、信之じいちゃんがいないな。それに、あの香取さんという人も。

拓海は二人の不在に気づいたが、今はそれどころではない。ベイカーはついに、口から泡を噴き始めた。

「まずい、本当に死んでしまうぞ。やめてくれ」

伊吹がマイクへ向かって懇願する。

その時、制御卓に向かっている隊員が少し驚いたような声をあげた。

「水上捜索レーダーのデータが、外部出力されています」

「構わん。香取一尉だろう」

そう答えた艦長は、いつの間にか制帽の上にヘッドセットを被っていた。少しの間をおき、そのマイクへ向かって小さく叫ぶ。

「射《て》ーっ！」

えっ、撃つのか、と拓海は意外に思った。この船に積んである小銃では、射程が足りないという話だったが——。

「命中」

モニターを見上げた隊員が、淡々と、しかし喜びのこもった声で報告した。すぐに、艦長が声を張り上げる。

「両舷前進一杯！」

モニターに映し出された『ＩＸ－９０１』の砲塔が破壊され、煙がたなびいている。拓海が見ているうちに、その艦尾に閃光が連続して発生し、また黒煙が上がった。

「続けて命中。敵艦、行動不能」

「このまま行け。各自衝撃に備えよ」

拓海と伊吹、衣笠は頷きあうと、震え続けるベイカーの身体を守るよう覆いかぶさった。『しらせ』の艦体の底から、これまで聞いたことのないほど大きな機関音と震動が伝わってくる。統合電気推進機関は今やその全出力、三万馬力を発揮していた。

「速力二〇ノット」

「まだ行ける、やってみせい！」

『しらせ』が、一・五メートルの厚さの氷をも砕くステンレスクラッド鋼の艦首で、『IX－901』のアルミニウムの艦体を二つにへし折ったのは、その三分後のことだった。

予想よりもあっけない衝撃が抜けていった直後、拓海の下で、ベイカーの震えが止まった。はっと身体を離すと、ベイカーの瞳の焦点が戻り始めていた。

「……俺はまだ、生きているのか」

「ええ。おかえりなさい」

起き上がろうとしたベイカーがよろめき、拓海たちは慌ててその身体を支えた。

背後では、隊員たちが「敵艦撃沈確認」と、相変わらず淡々と報告の声を上げていた。

「いったい、何をしたんです」

衣笠が艦長へ訊ねた時、扉が開き、あちこちに雪や氷をつけた防寒ジャケットを着たままの香取一尉が入ってきた。片手に、見たこともないような大型のライフルを提げている。使われたばかりらしい銃身からは、まだ湯気が立っていた。

「それが対戦車ライフル──いや、今どきは対物《アンチ・マテリアル》ライフルとか呼ぶ奴か」

艦長の問いかけに、香取一尉が答える。「はい。バレットM95SPです」

「まったく、君ら冬戦教をよくわからん理由で乗せるために、本艦の武器庫を改修する羽目になった」

香取は軽く頭を下げて言った。

「私も本当に使う事態になるとは思っていませんでしたが……その節はご迷惑をおかけしました。しかし、何とかやりとげましたよ。あれほどの距離から狙うとは、相手も想定外だったんでしょう」

「いざとなれば人間の肉体にどれほどのことができるか、過小評価していたのだろう」

「おそらくは、実戦における狙撃距離の世界記録です。しかも揺れる艦上からですよ。まあ、私一人の力ではないから参考記録ですが」

香取一尉が笑うと、その後ろから、携帯電話を手にした星野老人が現れた。

「詳しくは後で教えてもらいますが、こちらの御老体が、横でレーダーのデータをもとに弾道計算をしてくれましてね」

「君ではなかったのか？　データを出力していたのは」艦長は意外そうな顔をした。

信之じいちゃん、なんでそんなことができるんだ。拓海だけでなく、皆が驚愕している。

だが、香取一尉は、あまり細かいことを気にしないようだった。

「というわけで、二人がかりだったので、参考記録ですね」

「いや、三人ですよ」

星野老人が、意味ありげな笑みを浮かべた。

「なんだかよくわからんことだらけだが……。まあ、狙撃記録の申請はないだろうね。この戦い自体、記録ずくめなんだがな。おそらくは世界で最も南で行われた海戦、初の無人艦との海戦、そして海上自衛隊初の海戦、撃沈記録だ。まあ、よりによって同盟国のフネだし、私は下手したら懲罰ものだよ」艦長は苦笑した。

「公表は控えていただくことになるでしょうね」と、支えられて立ち上がったベイカーは言い、香取に向き直って礼をした。「また君の狙撃に助けられたな」

「それも公表を控えていただく部分ですよ。世の中、そんな話ばかりですね」香取が答える。

「そういうものです。かつて、日本初の南極飛行という記録もありました」

星野老人が呟いた。画面の中の、二つに折れて沈没しつつある『IX-901』を見つめている。

「これで、本当に終わりなんでしょうか。奴は、また沈められる直前に、この船に移ってきていたりしませんか」

「物理的な回路の接続がなければ、大丈夫」星野老人は、力強く断言した。「あの船の回路ごと、奴は永遠に南氷洋の底です」

「それにしても、星野さん、狙撃の弾道計算など、どこで身につけられたんですか」

ベイカーが称賛の表情で言った。「かつての電信員の経験とは、関係ないでしょう」

「ロッテがね、助けてくれたんですよ」

そう返事をした星野老人の顔は、これまでになく穏やかだった。

南氷洋を抜け、穏やかな航海を続ける『しらせ』の後部甲板。南極圏からは離れて久しく、甲板を歩く際に防寒着は要らなくなっている。夕陽を見ようと、船室にこもりがちの大伯父を連れ出してきた拓海は、先客がいることに気づいた。ベイカーだった。

三人は挨拶をかわした後、しばらくの間、海原に沈みゆく太陽を無言で眺めていた。

「しかし、不思議な旅でしたね。他の人には話せないのが残念ですけど」拓海は、ぽつりと言った。

もう間もなく、船はオーストラリアに着く。その前に、乗艦してきた防衛省やアメリカのいくつもの機関の役人に、拓海たちは南極で見聞きした事柄の大半について秘密を守る署名をさせられていた。

反論をする余地は与えられなかった。もっとも、そこまでする気もなかった。拓海は、かつての日常に戻りたくて仕方がなかった。あの猥雑《わいざつ》で、慌ただしくて、矛盾に満ちた、しかし平和な懐かしき世界。

「まあ、話したところで相手がどこまで信じてくれるかね」

「ベイカーさんの体験なんか、特にね」

「ひどい目にあった。もう死ぬのには飽きたよ」ベイカーは首を振った。

「でもいつか、あと一回は経験することになりますよ」拓海はそう言ってから、ずいぶんブラックな言葉を口にしたものだと反省した。そばには大伯父もいるのだ。

「死ぬのは、一回だけだからいいんだよ」

星野老人は、壮大に赤く染まった西の空を見つめながら言った。今まさに、遥か彼方で太陽は水平線に接しようとしていた。

＊

オーストラリアからの帰国便に拓海と一緒に乗ったのは、大伯父だけだった。伊吹と衣笠は、昭和基地から引き揚げてくる残りの観測隊員をオーストラリアでしばらく待つという。全員が無事救出されたチャーター機の乗客は、既に帰国済みだった。

空港には、拓海の会社の会長自らが迎えに来てくれていた。叱責されるのかと緊張に身を固くしたのは取り越し苦労で、拓海が恐縮するほど生還を喜び、労をねぎらってくれた。どうやら、防衛省からある程度の話は伝えられているようだった。

それから会長は大伯父のほうを向くと、「借りは返せたのかな」と妙に馴れ馴れしく呼びかけた。

「ああ、ありがとう、瀧田」

大伯父もまた、古い友人に対するような話し方で答えた。いや、実際に古い友人なのかもしれない。会社が用意してくれたリムジンの後部座席で、拓海は大伯父にそのことを訊ねた。

「戦友だよ」と老人は車窓を流れる街並みを、不思議そうに見つめながら言った。

「あれからもう、七十年も過ぎたとは信じられない」

それから大伯父が話してくれたのは、通常であれば高齢を理由に断られて当然の、今回のツアー参加にゴーサインを出したのは会長であるという事実だった。

大伯父は、会長とは古い友人であり、関急トラベルがまだ小さな旅行代理店だった時代に、米軍との間を取り持って事業拡大の手助けをした経緯があるという。借りというのはそのことで、だから会長は今回特別扱いをしたのかと聞くと、大伯父は意味ありげに笑った。

「いや、私を南極へ行かせることが、彼にとって借りを返すということだったんだよ」

よくわからない答えではあったが、まあいいだろう。それに――。拓海は嫌な思いつきが、おそらくは否定されたことに安堵してもいた。その思いつきとは、会長は大伯父に借りを返すため、親類である拓海を入社させたのではというものだった。

しかし、もし本当にそうだったとしても、拓海は今の自分に少しだけ自信をもてるようになっていた。それだけのものを、南極から持ち帰っていたのだった。

二〇一八年八月

その後も、拓海は南極で知り合った人々と交流を続けた。伊吹や衣笠とは、時折飲みに行くこともあった。伊吹はそんな時いつも、家族とどこかへ出かけた幸せそうな写真を見せては、衣笠にからかわれていた。

ベイカーとも、彼が仕事で来日した時に何度か会っていた。「その後、死んではいないですか」と挨拶するのが恒例になっている。その都度ベイカーは笑いながら「香取に助けてもらうから大丈夫さ」と言い、拓海も「それは公表されないんですよね」と返すのだった。

そして、その夏、星野信之は逝《い》った。心臓の薬を飲んでいることを除けばまったくの健康体だったものが、ある時少し体調を崩し、検査入院した先で眠るように亡くなったのだ。拓海は臨終には間に合わなかったが、苦しむ様子はなかったという。

不思議と、悲しみはなかった。大伯父の魂は、ロッテとともにあることを知っていたからだ。

大伯父は、すべてが終わって南極からオーストラリアへ向かう『しらせ』の船室で二人きりになった時、拓海にそっと教えてくれていた。

――私が今になって南極へ向かった理由について、ベイカー少佐は、ロッテが私に連絡してきたからだろうと言っていたね。それで、私は南極へ向かったのだと。私は曖昧に誤魔化したが、彼の推測は、言ってみれば半分当たり、半分外れだったんだよ。

私はただ、ロッテにもう一度会いたかっただけだ。

もう、私も長くはないだろう。いや、否定しなくていい。自分の体のことは、自分が一番よくわかっている。

一般人でも南極へ行けるようになるとは、ありがたい世の中になったものだね。

私はまもなく世を去るし、ロッテもそうだ。回路の寿命は七十年ほどだと聞いていたが、そうなれば、彼女の意識は消滅してしまう。

あの凍《い》てついた世界に、独り残されていたロッテ。たとえ会えないとしても、せめて近くまで行きたかった。

ただ、それだけだったんだよ。

ロッテかい？　ここにいるよ。今も、私に寄り添ってくれている。あの時、複合体とともに、ロッテは回路に残って消滅するつもりだった。それを聞いて、私は基地の爆破を申し出たんだよ。正直にいえば、私も一緒に残ろうと思っていた。

しかし、複合体を構成していた人々はロッテに言ってくれたのだ。私と一緒に行けとね。彼らは、ゲルトマンから切り離され、本来の心を取り戻していたんだ。

そうして、一人だけにさせてもらった基地の中、配電盤の端子に接触させた私の携帯電話へロッテは移ってきた。その後、『IX－901』のゲルトマンを倒す時に、香取一尉の傍で『しらせ』のレーダーに接続し弾道計算をしてくれたのも彼女だ。ロッテと再会するまで生きるのが、私の望みだった。だからもう、私には思い残すことはないさ。

知っているかい、脳内の電気信号は肉体の死後、空間に放出され、自然の電流となってなんらかの形を保ち続けるという。

だから、複合体を構成していた人たちの魂だって、あそこで焼き尽くされて消えたわけじゃない。大気へ飛び出して、この世界の一部になったんだよ。

そして、私とロッテも――。

拓海は、火葬場の空へ昇る煙を眺めながら思い出していた。大伯父が亡くなった後、病室に残された荷物の中から見つけた携帯電話。それは、スイッチを入れても、充電をしても、起動することはなくなっていた。

一つだけ、大伯父に聞きそびれたことがある。あの南極の到達不能極基地で、最初のモールス信号を受け取った時に貸した手帳。そのページに大伯父は、『ＰＩＮ』とだけ書き込んでいた。いったいどんな意味があったのか、もう知る由もない。

――いや、やはり知らなくていいのだろう。拓海は思い直した。大伯父とロッテさんだけの、魔法の言葉なのだから。

大伯父の魂は電気信号となって、この世界へ解き放たれたのだろうか。そして、今ようやく、ロッテさんの魂と出会えたのだろうか。

拓海の頰を、一筋の涙が伝った。ここではもう、凍ることはない。煙が薄れ、とけていく青空を見上げ、強く感じた。

そうだ、あの二人の青春は、もう何ものにも邪魔されることはないのだ。

主要参考文献

『エンデュアランス号漂流記』アーネスト・シャクルトン 著
木村義昌 谷口善也 訳（中央公論新社）
『南極ないない』小塩哲朗 著 二平瑞樹 漫画（中日新聞社）
『南極大陸 完全旅行ガイド』（ダイヤモンド・ビッグ社）
『南極建築 １９５７─２０１６』（ＬＩＸＩＬ出版）
『考証要集 秘伝！ ＮＨＫ時代考証資料』大森洋平 著（文藝春秋）
『海軍よもやま物語』小林孝裕 著（光人社）
『零戦の操縦』青山智樹 こがしゅうと 著（アスペクト）
『世界の傑作機№59 １式陸上攻撃機』（文林堂）
『航空ファン 別冊№51 アメリカ海軍空母』（文林堂）
『世界の艦船 別冊 アメリカ海軍ハンドブック』（海人社）
『コンバット・バイブル アメリカ陸軍教本完全図解マニュアル 増補改訂版』
上田信 著（コスミック出版）
『ＷＩＲＥＤ vol.14』（コンデナスト・ジャパン）

間氷期

1

緑色に輝く山が、闇の彼方《かなた》で揺れている。

だがそれは、自然の緑ではない。夜空を背に雪を戴く峰々が、電子的に光量を増幅され、緑色の輪郭を浮かび上がらせているのだ。

暗視装置の視界の中、世界は緑と白と黒のグラデーションだけで構成されていた。

細かな砂礫《されき》に覆われた緩斜面を、小石を蹴り飛ばさぬよう登っていく。目の前で揺れる、大きなバックパック。それには、白いカバーが被《かぶ》せられている。後ろを振り返れば、同じようにバックパックを背負った男たちが列をなしているだろう。

誰も、ひと言も口にしない。聞こえるのは、吹きつけてくる風の音と、スノーブーツが踏みしめる砂利の音、そして自らの息づかいだけだ。空気は明らかに薄く、呼吸は荒い。

自分たちを除き、周囲に動く者の気配はない。それでも、すぐ前を行く男は声を潜めて言った。

「五〇ヤード（約四五メートル）先の大岩で小休止」

ありがたい。同じ台詞《せりふ》を、後ろに続く男へ伝える。小声が、さざ波のように縦隊を伝わっていくのが聞こえた。

数分後、闇の中に一際黒くそびえる岩の下で、ジョン・デフォー二等兵曹はバックパックを降ろして座り込んでいた。

周りで腰を下ろした七人全員が、冬季作戦用の白い防寒パーカーとオーバーパンツを着用し、ウールニットのフェイスマスクで顔を覆っている。さらに暗視ゴーグルつきの白いヘルメットを被ったその姿は、さながら雪山の怪物のようだ。

ゴーグルを外す。不思議なことに、暗視装置を通すよりも世界は明るく感じられた。見上げると、空を覆っていた厚い雲は強風に吹き流され、澄んだ漆黒の空に無数の星屑《ほしくず》がちりばめられている。

冷たい星明かりが、六〇〇〇から七〇〇〇メートル級の山々――中央アジア、カラコルム山脈の稜線を照らしていた。視線を周囲へ向ければ積雪は意外に少なく、ところどころに万年雪が残っている程度だ。植物の姿はほとんどない。森林限界をとうに超えた標高なのだ。

右手に見える山塊の向こうには、南極を除けば世界二位の長さをもつシアチェン氷河が流れているはずだ。ここは、インド・パキスタン国境の紛争地帯――『世界最高地点の戦場』とも呼ばれる土地である。

そんな天国とも地獄ともつかぬ場所へ、つい数十分前、デフォーたちアメリカ海軍特殊部隊『ＳＥＡＬｓ』は上空一万メートルを行く輸送機からパラシュート降下してきたのだった。

「高度障害にかかっている者はいないな。各自、早めに食事をとっておけ」

陸海空のすべてを活躍の場とすべく、シー・エア・ランドの頭文字からなる名を与えられた『ＳＥＡＬｓ』。部隊を構成する十のチームのうち、〝チーム９〟から今回の任務に選抜された八名の指揮官、ランディ・ベイカー大尉が言った。

夜明けは、まだ遠い。夏季であるにもかかわらず、気温はマイナス三十度を下回っている。

その中で、通常より味の濃い、高地用の戦闘糧食を袋から直接食べた。正直、旨《うま》いものではない。

デフォーは思った。この程度の餌――とまでは言い過ぎか――を与えておけば、特殊部隊は疲れもせず延々と戦い続けられるとでも、上の連中は思っているのだろうか。所詮《しょせん》、兵隊など駒ということか。

「まったく、ろくでもない寒さの上、空気も薄いときた。泣けてくるね」

フロリダ生まれのティム・ロバーツ上等兵曹の文句が聞こえたが、それを無視して、ベイカーは皆に告げた。

「そろそろ出発だ。調査隊のベースキャンプまで、北へ六マイル（約一〇キロ）ほど。この先で、いくつか尾根と氷河を越えることになるが、見たとおり積雪は少ない。ピクニックみたいなもんだ」

「最初から目的地に降りられれば楽なのにな。詳しい地形図がないなんて、今どき本当かよ」

隊員の一人のぼやきに、ベイカーが今度は律儀に答える。

「衛星から写真が撮れる時代でも、よほどの僻地《へきち》になると、完全なデータは揃っていない。そしてここはその、よほどの僻地というわけだ。各自、装備をチェックしろ。ウェスト、先行してくれ」

ベイカーに声を掛けられた隊員は、構えていた双眼鏡から目を離すと、バックパックを背負った。偵察を担当するアンドレア・ウェスト上等兵曹はバードウォッチングが趣味で、暇さえあれば鳥を探している。SEALsを志願したのも、世界中の鳥を見るためだというのがもっぱらの噂《うわさ》だ。

「鳥ばかり見てるんじゃねえぞ」

そう言ってからかうロバーツは、目つきが鋭く犯罪者じみた凶相をしているので、悪気はないのだろうが聞いているほうは少々ひやりとしてしまう。もっとも、当のウエストはデフォーよりもずっと長い付き合いだからか、さらりと言い返した。

「偵察のついでに見てるだけだ。そんなことより、お前のそれは今回役に立たないだろうな」

ロバーツの、前をはだけた防寒パーカーから覗《のぞ》く、戦闘服の記章をウェストは指さした。それは電子情報処理の特殊技能資格を表すものだった。たしかに、こんな雪山での任務でサイバー戦など起こりようもないだろう。

――シアチェン氷河奥地に入ったアメリカ・日本合同の学術調査隊が、イスラム過激派勢力の脅威にさらされている。ＳＥＡＬチーム９派遣部隊は調査隊を守り、過激派を殲滅《せんめつ》せよ。

二日前の、カリフォルニア州コロナド基地。デフォーたちに、国防総省から来たという担当官は命じた。

通常であれば、命令は部隊の指揮系統を通じて伝達される。国防総省の担当官が直接、命令を伝えてくるのは異例といってよい。それだけで、この作戦がかなり上のレベルの直轄、つまり面倒な仕事であることは想像できた。さらに不思議なのは、その場にもう一人いた担当官の所属だった。その男は、ＮＮＳＡ――国家核安全保障局から来たとだけ自己紹介し、その後はずっと黙っていた。いったい、この件と核に、何の関係があるというのか？　今回のミッションは、妙なことが多い――。

だが、じっくりと思考を巡らせる贅沢《ぜいたく》が、行動中の特殊部隊員に許されるはずもない。まもなく全員が重さ二十キロ近い装備を再び背負い、緩斜面の先の尾根を目指して登り始めた。高度障害対策のため、行軍ペースが遅めなのはありがたかった。

ほとんどの者が、いつでも撃てるように、銃身の短いＭ４カービンを軽く構えている。Ｍ16に代わりアメリカ軍の制式自動小銃となったものだが、特殊任務用にスコープやレーザーサイト、サプレッサーなどをごてごてと装着したモデルだ。デフォーは、自分の銃に白いテープを巻いてカモフラージュを施していた。同様にしている者も多い。

「学術調査隊って、何を調査してるんですか」

歩きながら、デフォーは前を行くベイカーに小声で話しかけた。白い息を吐き出さぬよう、なるべく口を開けずに声を出す。

ベイカーはお喋りを注意するでもなく、投げやりに答えた。

「ブリーフィングで聞いた以上のことは、俺だって知らんよ」

国境紛争を続けていたパキスタン軍とインド軍が停戦協定を結んだため、パキスタン側へ学術調査に入ったという説明は聞かされていた。

――しかし、イスラム過激派がいるのに調査に入るなんて、助けに来るほうの身にもなってほしいもんだ。

デフォーは足元の砂礫を踏みしめつつ思った。雪の積もった部分が増えてきている。尾根を越えた反対側、北向きの斜面を下りる時には、もっと歩きづらくなるかもしれない。

すぐ後ろを歩くロバーツが、話に入ってきた。

「そんな連中を守りながら仕事するのは、ちょっと面倒だな。今回は新人もいることだし」

最後尾を黙々とついてくる男、最近チーム9に加わった、カトリと名乗る日系人のことだ。陸軍特殊部隊からの出向だと聞いている。

カトリは寡黙な男で、話しかけてもただ曖昧《あいまい》な、東洋的な笑みを浮かべるだけのことが多い。狙撃手であるため、皆と同じM4カービンの他、対物《アンチ・マテリアル》ライフル、バレットM95SPを持っている。全長一メートルを超える大型の銃を分解収納したケースは、彼のバックパックにくくりつけられていた。

長い時間をかけ、チームはようやく尾根に到達した。そのあたりまで来ると積雪量は増え、ブーツの足元から迫《せ》り上がる冷気は一段と激しい。空を覆っていた星々はいつしかその数を減らし、藍色《あいいろ》の空は夜明けの予感をはらんでいた。

稜線から頭を出さぬよう、姿勢を低く保って休息を取る。何人かは酸素を吸っていたが、デフォーは今のところ大丈夫だった。隣では、学者肌なのに体力は人一倍あるウェストが、嬉々として双眼鏡を構えている。

「本当に鳥が好きなんですね」

「鳥だけじゃなく、自然科学全般に興味があるんだ。この部隊で金を貯めて、除隊したら大学に入り直すつもりさ」

ロバーツが口を挟んでくる。「あのな、そういうこと言う奴は、たいてい戦死しちまうんだよ。やめとけ」

それでもウェストは笑って双眼鏡を覗き続けていたが、ベイカーに偵察を命じられると、もう一人の隊員とともに尾根の北側斜面を下りていった。

北側斜面には、登ってきた南側より傾斜のきついガレ場が広がっていた。起伏も激しく、至るところに雪渓がある。そこを下り切った先の谷底には、道とも呼べぬ道があった。

谷の向こうには、夜空とは違う黒さの、それぞれ微妙に色合いの異なる影が幾重にも連なっている。何列もの山並みが続いているのだ。ところどころの頂が明るく見えるのは、もう陽の光が届いているのだろうか。

どこにも人工のものは見当たらない。ここは、文明から隔絶された土地だった。そういえばと、デフォーはベイカーに尋ねた。

「大尉は、以前に南極へ行かれたことがあるとか」

「ああ。このチーム9を、雪中戦担当にする計画があったんだが、その訓練で行かされた。正直、俺は寒いのは苦手なんだ。なんでその俺のチームを、雪中戦部隊にしようなんて思うんだか」

「こう言ってはなんですが、チーム9はいいように使われてばかりですよね」

デフォーは、最近参加した作戦を思い出しながら言った。どうも、自分たちは雑に扱われているような気がしてならない。チーム9は、他のチームで持て余し気味だったり、問題を起こしたりした隊員の寄せ集めだという噂が、SEALsの中では囁《ささや》かれている。

「まあいいさ。実際、デフォー自身にも心当たりはあった。来年には俺も異動だ。そうしたら、雪山にも南極にも縁はなくなるだろう」

ベイカーが期待する口調で言った時、ウェストたちが戻ってきた。鳥を探していた時とは別人のような顔をしている。デフォーは、その表情が何を意味するか、知っていた。戦場にいる兵士のそれだ。

ウェストは、ベイカーに開口一番、言った。

「あまり楽しくないものを見つけました」

2

それは、この地に来て初めて見る人工物だった。

尾根から雪渓のあるガレ場を一〇〇メートルほど下り、突き出した大岩を迂回《うかい》していった先に、狭い岩棚があった。尾根からは死角になっていた場所だ。そこに身を寄せ合うように設営された、カーキと白の迷彩が施された数張のテントは、小規模な部隊のキャンプ地であることを示していた。

岩陰から状況を確認する。少し観察しただけで、誰もいないであろうことはわかった。少なくとも、生きている人間は。

テントの周囲に、軍用としては違和感のある色——赤い色が飛び散っていたからだ。

姿勢を低くし、M4カービンを腰だめに構えながら、警戒隊形でテント群の中に分け入る。すぐにデフォーたちは、白く凍《い》てついた七つの死体を発見した。

凍結し、雪に覆われてもなお、いくつもの血だまりは鮮やかな赤色を残していた。

テント群の中心、かまどの周囲には食料や装備が散乱し、何らかの惨劇がこのキャンプ地を襲ったことを想像させた。

うつ伏せになった死体を、ロバーツが仰向けに転がした。

「こんなところで寝てると、風邪ひくぞ」

その冗談には隊員たちの誰も反応しなかったが、死体が着ている戦闘服と、背負ったままのドイツ製G3自動小銃を見たベイカーは冷静に言った。「パキスタン軍だな」

「インドとの停戦協定で、この地域にいてはいけないはずですよね」

デフォーの口にした疑問に、ベイカーが答えた。

「この連中も、イスラム過激派を追っていたのかもしれん。パキスタン政府は、過激派に悩まされているからな。それが、返り討ちにされたということだろうか」

その時、別の死体を確認していた隊員が言った。「銃撃の跡がないな。皆、刃物で殺《や》られている」

また別の隊員が、一つのテントの裏で声を上げた。

「なんだ、これは」

皆が集まる。そこには岩肌に打ち込まれたアンカーから、鉄の鎖が垂れ下がっていた。片方の端には手錠らしきものがついていたが、それは外れた状態だ。ただし鍵で開けたのではなく、破壊されている。不揃いな鋸《のこぎり》状の断面は、固いものを何度も打ちつけたようでもあった。

「捕虜を繋《つな》いでいたんだろうか。それを奪回に来たのかもしれない」

「ずいぶんひどい扱いをしていたみたいだな」

デフォーの頭に、捕虜虐待という単語が浮かんだ。

捕虜虐待は、人類史上いくつもの悲劇を経た末、ジュネーヴ条約で禁止された。しかし戦場においては遵守されないことも多く、そもそも正規軍ではないゲリラに対しては適用されない。アメリカ自身、捕えたイスラム過激派の戦闘員を拷問しているという。デフォーも、グアンタナモ基地で行われているらしいその措置についての話を聞いたことがあった。

よく見れば、手錠には血のこびりついた、毛皮の切れ端のようなものが挟まっている。

デフォーの隣から、ロバーツがそれを覗き込んできた。

「こりゃあ、過激派じゃないぞ。雪山に住むっていうイエティだな。この連中、イエティを捕まえてたんだ。それで、取り返しに来た仲間に殺された」

冗談めかして伝説の雪男の名を口にしたロバーツを、ウェストが即座に否定した。

「それはないだろう。イエティは、ヒグマの見間違いという説が有力だ」

「びびってるのか？」ロバーツが冷やかす。

「無駄口を叩くな」ベイカーが遮った。「そんなもの、存在するはずがない」

「大尉殿は夢がないですなぁ」

くっくっく、とロバーツが不気味な笑い声を上げる。「ま、夢なんて俺たちの仕事にゃ一番要らないものですがね」

ロバーツはそれから、テントの一つに入っていき、中を物色し始めた。

ふと見ると、カトリが死体の前で自分の手のひらを合わせ、目を瞑《つむ》っていた。デフォーは尋ねた。

「何やってるんだ」

「死者が安らかに眠れるよう、祈っていた」

「日本……日系人というのは皆そうするのか」

「人によるよ」

カトリは、その死体を確認するためにそっと仰向けにした。すぐにあることに気づき、デフォーとカトリは顔を見合わせた。

「これは……」

二人の声を聞いたベイカーが近づいてくる。「どうした」

「見てください。刃物だけじゃないようです」

カトリの指し示した死体の胸、バジュワ中佐と読める名札をつけた部分に、細い木の棒のようなものが刺さっていた。倒れ込んだ時に折れたのだろう、くの字になった後ろの部分には、三枚の羽がついている。三枚それぞれに、筆でさっと刷《は》いたような赤い線が入っていた。矢羽だった。

発見した死体すべてを確かめると、三体に矢で射抜かれた跡があった。

「他の二人からは、矢を回収したんだな。これだけは、死体の下敷きになっていたので気づかなかったのかもしれない」

ウェストはそう言った後、凍った死体から抜き取った矢を観察して呟《つぶや》いた。「鏃《やじり》の工作精度は悪くないが……。イスラム過激派が、今どき矢で戦うかな？」

「やっぱりイエティだ。矢を使うイエティ」と、テントから出てきたロバーツがふざける。

「しつこいぞ」と叱ってから、ベイカーは皆に告げた。「調査隊が心配だ。急ごう」

デフォーは、バックパックを背負い直した。頭の中では疑問が渦巻いている。彼らパキスタン兵が追っていた相手、そして彼らを殺した相手は、本当に過激派だろうか――。

3

太陽は高く昇り、濃い青色の空から眩《まばゆ》い陽光が降り注いでいる。強烈な紫外線から目を守るため、ゴーグルは外せない。

パキスタン兵のキャンプ跡を調べていたことで、予定の時間をオーバーしていた。ただでさえ薄い酸素のせいで注意力が落ち、行動に通常よりも時間がかかっている。デフォーたちは急いで斜面を下りきると、すぐにまた、谷向こうの山を登り始めた。その先にある氷河を渡れば、調査隊のベースキャンプだという。

山の中腹で小休止を取っている時、ロバーツがノートパソコンを取り出していじり始めた。

「それ、軍から支給されているパソコンじゃないですよね」

デフォーが訊《き》くと、ロバーツはにやりと笑って答えた。

「さっき、パキスタン兵のテントの中にあったのを失敬してきた。何か情報がないか漁《あさ》ってみたいんだが……ちょっと手こずりそうだ」

さすがのロバーツも、短い休止の間にはロックを解除できなかったらしい。悔しそうにパソコンをバックパックへ仕舞っていた。

そこから三〇〇メートルほど高度をかせぎ、峠にたどり着いたのは、もう昼過ぎだった。

峠から見下ろす反対側には、平坦な地形が広がっていた。

「最初からあそこに降下すればよかったのに」

デフォーが呟くと、隣で双眼鏡を覗いていたウェストが答えた。「表面を砂礫に覆われているが、あれは氷河だ。あんなところに降りてみろ、隠されてるクレバスに飲み込まれちまうぞ」

「あれが、氷河ですか。大昔は、あんなのがそこら中にあったんですかね」

「氷期にはな。知ってるか、地球は今でも氷河時代の最中なんだぜ。その中で、氷期と間氷期を繰り返している。今は、一万数千年ほど前に始まった第四間氷期という時期なんだ」

「へえ……」

ウェストによれば、目の前の氷河は西から東へ、年に数メートルというきわめてゆっくりした速度で流れているらしい。氷河の北側には別の尾根が並行しており、鋸状の稜線には一ヵ所だけ切り取ったように、氷河よりも標高の低い鞍部《あんぶ》があった。もっとも、氷河がそこへ流れ込むにはまだ何千年もの時間を要するのだろう。

その鞍部の向こうには、盆地らしき地形がかろうじて見通せた。

「あれが、調査隊のベースキャンプがあるという盆地だな。見ろ、氷河にロープが張ってある」ベイカーが指さした。

「調査隊が残置したものかな」「使わせてもらうとしよう」と、他の隊員たちが話し合っている間、デフォーは自分たちのいる峠の周辺を念のため確認した。そして、モノトーンの中に小さく光る原色を見つけた。

大きな岩陰に不自然な形で石が重なっており、その前に乾いた黄色い花があったのだ。花はそこに生えているものではなく、その茎は石の隙間《すきま》にねじ込まれていた。どこか余所《よそ》から抜いてきた花を差したようにも見える。

花の添えられた石。これはつまり、墓のようなものか？　いったい誰がこんなものを？

その時、かつん、と硬いものがぶつかる音がした。デフォーの頭上の大岩に、何かが当たったのだ。ぱらぱらと落ちてきた石の破片がヘルメットに当たり、乾いた音を立てる。

「敵襲！」

デフォーは咄嗟《とっさ》に叫んだ。隊員たちが一斉にその場で伏せる。

ひゅっ、という空気を切り裂く音がした直後、細長い棒状のものが地面に突き刺さった。音が聞こえる度に、突き刺さるものが増えていく。中には岩に当たって跳ね返され、転がってくる棒もあった。

矢だ。

続々と飛んでくるそれを避《よ》け、隊員たちは手近な岩陰で身体を屈《かが》めた。様子を見ているうちに、矢の飛来してくる方向がわかった。峠を見下ろす、尾根の高い位置から放っているのだ。

岩の隙間で、デフォーの身体の半分ほどは吹き溜《だ》まった雪に埋もれていた。ゴアテックスのECWCSパーカーから水分がしみ込んでくることはないものの、冷気は容赦なく全身を包み込む。雪に触れた肌が、痛みを感じ始めた。だがパキスタン兵の死体を思い出せば、そんなことに構ってはいられない。ナイフを手に躍り込んでくるイスラム過激派戦闘員の姿を想像し、M4カービンを握り直した。

「皆、無事か」

ベイカーの声に、「ジャクソン、無事です」「ニールセン、生きてます」と次々に声があがる。幸い、負傷した者はいないようだ。

やがて、飛来する矢の数は減ってきた。デフォーはその隙に、雪にまみれつつ匍匐《ほふく》して皆のところへ戻った。カトリを除く全員が、同じ岩陰に入っていた。

そのカトリは、少し離れた岩の下で、M4カービンを手に身を屈めていた。すぐ近くの地面に、矢が刺さっている。

「危ないぞ。こっちへ来い」

ウェストが叫ぶ。頷《うなず》いたカトリは走り出しかけたところで敵の影に気づいたらしく、M4カービンを構えて狙いをつけた。

しかし、撃つのかと思いきや、カトリはすぐにはっとした顔をして引き金から指を離した。皆のそばへ走り込んでくる。

「敵を見たのか」

「ああ……」カトリは、神妙な顔をしていた。

「なんで撃たないんだよ」ロバーツが言う。腰抜けめ、とでも続けそうな表情だ。

いつの間にか双眼鏡で周囲を見回していたウェストが報告した。「遠くに逃げていく影が見えます。もう……いなくなりました。皆、出てきて大丈夫だと思います」

警戒しつつ岩陰から出て安全を確認すると、ベイカーは自問するように呟いた。

「パキスタン兵を襲った、イスラム過激派か？　なぜ銃を使わなかったんだろう。ウェスト、姿を見たか」

「遠くて、はっきりとはわかりませんでしたが……。なんというか、毛皮のようなものを着ていました。防寒着にしてはずいぶん古臭い感じです」

「お前が撃っとけば正体がわかったかもしれないのに」ロバーツが、カトリをしつこく問い詰めた。「なんで撃たなかったんだよ」

カトリは、ぼそりと言った。

「今の奴らは、過激派じゃない」

「は？　どういう意味だ」ロバーツが苛立《いらだ》った様子で言い返す。

「誰かはわからないが、少なくとも我々を殺そうとはしていなかった。あの位置から奇襲して、誰にも当てていない。自分を狙っていた奴も、わざと外した。狙撃兵の自分にはわかる」

「威嚇《いかく》だったということか？」ベイカーが間に入った。

おそらくは、とカトリが答えると、ロバーツが聞こえるか聞こえないかの声で言った。「本当かよ」

「そこまでにしておけ」

ベイカーは話を終わらせると、皆に告げた。「すぐに出発するぞ」

装備を再び身に着ける隊員たちの間に、カトリを臆病者とみなす雰囲気が漂っているのをデフォーは感じていた。

パキスタン兵の死体に祈りをささげていた彼の姿を思い出す。……カトリは、この先俺たちの足を引っぱりはしないだろうか。

4

「来てくださって、ありがとうございます」

米日共同の学術調査隊を率いるランシング教授は、敬礼するベイカー大尉以下の隊員たちを前に言った。事前の説明では五十過ぎだと聞いていたが、豊かなブロンドの髪と、彫像のように整った顔立ちからは、かなり若い印象を受ける。女子学生に人気のあるタイプだな、とデフォーは思った。それが僻《ひが》みだとは自覚している。

互いの身体をロープで結び、クレバスに注意しつつ氷河を横断した先。山塊の狭い鞍部を抜けてたどり着いたその場所が、調査隊のベースキャンプだった。

キャンプの先に広がる盆地は、全周を切り立った峰々に囲まれていた。太陽の姿は、山の向こうに隠されている。光の差し込まぬ薄暗い盆地に、入ってきた鞍部のほか出口はないように見えた。

「これで安心です。イスラム過激派を警戒するのに手を取られて、調査がなかなか進まず困っていたのです」ランシング教授は言った。

「つい先ほど、我々もそれらしき集団を目撃しました」

ベイカーは、全滅していたパキスタン兵や、自分たちが受けた攻撃については話さなかった。そこまで伝える必要はないということか。

それにしても、これほど危険な場所でなぜ調査を続けているのだろう？

デフォーと同じ疑問を抱いていたらしいベイカーが、教授に尋ねた。

「ここは危険です。撤収したほうがよいのでは？」

「そうもいきません。非常に重要な調査なのです」

「いったい、何を調べているのですか」

「……単なる、地質調査ですよ」

「そこまでして調べなければいけないとは、何か重要なものでも埋まっているのでしょうか」

ベイカーが重ねて尋ねた時、教授の表情がわずかに強《こわ》ばるのが見えた。

「いえ……。そういうわけでもありません。このあたりはアルプス・ヒマラヤ造山帯の一部で……これ以上は、専門的な説明になりますが？」

「ああ、いや、結構です」

自分で聞いておきながら、面倒になったのかもしれない。ベイカーは早々に話を切り上げた。

「では、我々は過激派の捜索に向かいます。くれぐれも気をつけてください」

「お願いです、早く彼らを排除してください」

デフォーは、一瞬耳を疑った。科学者の口から、「排除」などという台詞を聞くとは思わなかった。いくら研究のためとはいえ、そこまで望むものだろうか——？

陽は傾き、東の空には再び星の光が見え始めている。

調査隊のベースキャンプから出発したチーム9は、盆地と氷河を隔てる尾根の鞍部を越え、小休止に入っていた。

もう少し進み、守備に適した地形が見つかり次第、今日は野営することになるだろう。雪洞が掘れるくらい雪が積もっていれば助かるのだが、中途半端な積雪量だ。

じっとしていると、すぐに圧倒的な冷気で身体が震えてくる。デフォーは立ったまま足踏みを続けていた。隣ではロバーツが座り込み、パキスタン兵のパソコンのハッキングに相変わらず精を出している。集中のあまり、寒さも気にならない様子だ。

隊員たちの小声の会話が一段落したところで、デフォーはベースキャンプからずっと胸に抱えていた不信感を口にした。

「ランシング教授って人は、何かを隠していると思いませんか」

怪訝《けげん》そうな顔が一斉に向けられる。

「そうかな……？」「思い過ごしじゃないのか」

ほとんどの者からは否定的な言葉が返ってきたが、一人だけ同意の声を上げたのは、意外にもカトリだった。

「私も、そう思います。そもそも科学者が、いくら研究に邪魔な相手とはいえ、『排除してくれ』などと言うでしょうか」

カトリも、同じことが気になっていたようだ。

だが、皆はまだ首を傾《かし》げている。カトリの意見であることも、皆の反応を鈍らせている原因かもしれない。デフォーが、自分でも思いがけずカトリを擁護する台詞を口にしようとした時、それまで会話を無視してパソコンへ向かっていたロバーツがつまらなそうに呟いた。

「あながち、そいつらの言うことも間違っちゃいないみたいだぜ」

ロバーツが、パソコンを手に立ち上がる。見たことのない真面目な顔をしていた。

「ようやく、パスワードを解読できた」

「何だ、役に立ったじゃないか」ウェストが、ロバーツの胸、防寒パーカーの下の記章のあるあたりを指さす。

ロバーツはにやりと笑い返してから、また表情を引き締め直し、「どうやら俺たちは、ずいぶん軽く見られていたらしい」と言った。

5

夜が明けた。

とはいえ、山に囲まれた盆地にまだ陽の光は届かない。峰々の雪に反射した光が、うっすらと調査隊のベースキャンプを照らしている。

岩陰の寝袋で凍える夜を越し、デフォーたちはベースキャンプに戻ってきた。その時キャンプの外れでは、ダウンジャケットに身を包んだランシング教授が、湯気を上げるシエラカップからコーヒーを啜《すす》っているところだった。霧に包まれた盆地へ視線を送る教授は、背後に立ったデフォーたちチーム9にはまだ気づいていないようだ。

ベイカーが呼びかけた。

「ランシング教授」

教授は振り返ると、落ち着いた微笑《ほほえ》みを浮かべた。

「ああ、皆さんでしたか。過激派の動向はわかりましたか」

「教授。我々に隠していたことがありますね」ベイカーは直截《ちょくせつ》に言った。

「……何をおっしゃっているのでしょうか」

「調査を妨害しているのは、イスラム過激派ではない――この土地の、先住民族だ」

それは、ロバーツがハッキングしたパソコンに記録されていた。住む者など誰もいないとされていたこの地域には、文明世界に知られることなく暮らす先住民が存在し、この二十一世紀においても、狩猟中心の生活をしていたのだ。

アマゾンやニューギニアのジャングルでもそのような民族が見つかっているというのだから、おかしくはないとデフォーは理解していた。何しろこのあたりは国境紛争が起きるまで、地形図がなくても誰も困らなかった土地なのだ。

微笑みをその顔に貼《は》りつかせたまま黙っている教授に、ベイカーは言った。

「その先住民たちを排除することを、あなた方はパキスタンに要請した。そのため、パキスタン軍の部隊が停戦協定に違反してこの地域に入ってきたんだ。部隊の指揮官は、バジュワ中佐という方ですね。ご存知のはずだ」

ランシング教授が、息を呑《の》むのがわかった。ベイカーがたたみかけるように言う。

「残念なことを教えてさしあげましょう。バジュワ中佐とその部下たちとは、もう会えませんよ」

「どういう意味ですか」

「中佐の率いる小部隊は、全滅していました。私が思うに、そうなっても仕方がないことを、彼らはしていた」

進み出たロバーツが、ノートパソコンを掲げる。一見、教授を睨《にら》みつけているよう
だが、歪《ゆが》めた口元からすると薄笑いを浮かべているのかもしれない。ベイカーが続け
た。

「先住民の妨害とはいっても、矢を射かける程度だったはずだ。なのに、あなた方は
排除を望んだ。それは単に追い払うという意味ではなかった。バジュワ中佐たちは、
先住民を何人か撃ち殺したんだ。その上、捕えた者を虐待していた。報告文書が残っ
ていましたよ。助けに来た先住民の仲間によって、中佐たちはその報いを受けました
が、先に民間人へ手を出したのはあなた方だったということは間違いない」

ランシング教授の表情から、微笑みが消えていた。

「なるほど、そこまでご存知ですか」

「それだけではないでしょう」ベイカーはさらに厳しい顔つきになって言った。「パ
キスタン軍の資料には、近々アメリカ軍もやってくると書かれていました。我々のこ
とですね。我々にも、その先住民を排除——殲滅させるつもりだったんだ。イスラム
過激派など、元からいなかった。我々は、過激派だと思い込まされ、民間人を撃つと
ころだった」

チーム９の全員が、教授へ険しい視線を投げた。だが、教授はそれに怯《ひる》む様子はな

い。淡々と話し始めた。

「正直に言えば、バジュワ中佐たちは好きではなかった。軍人といっても、パキスタンの軍閥の私兵のような連中、金のためになんでもする、はぐれ者の寄せ集めでした」

ロバーツの眉がぴくっと動くのが見えた。

「だから、アメリカ側も部隊を出すと聞いて、よかったと思いました」

「アメリカ『側』……？」

「そう。アメリカ側はあまりパキスタン軍を信用していないようですね。自分たちのほうで確実に手を下したいと思ったのでしょう。だから、皆さんが送り込まれたんです」

「学術調査隊のためにパキスタン軍や我々アメリカ軍まで動かすなんて、背後に誰がいるんですか？」

ベイカーの質問に、ランシング教授は微《かす》かなため息をついてから答えた。覚悟を決めたような顔に見える。

「この調査は、単なる学術調査ではない。アメリカ政府主導の、きわめて重要な国家プロジェクトなのです。邪魔する者がいるならば、武器を使用することすら認められています。そして私も、それに同意します」

――やはり。教授が「排除」という言葉を口にした時の違和感は、間違いではなかった。デフォーは思った。

視界の隅に、テントから他の科学者たちが出てくる様子が映った。遠巻きに、この状況を見守っているようだ。

「いったい、何のプロジェクトなんですか」ベイカーの声が大きくなる。

教授は表情を硬くし、黙りこんだ。その様子に苛立ったのか、ロバーツがドスの利いた声で言った。

「あー、パキスタン軍の奴らがはぐれ者って話でしたが、俺たちも結構はぐれ者の寄せ集めでしてね。厄介者のチーム9ってね」

「やめろ」

意外にもロバーツをたしなめ、会話に割り込んだのは、ベイカーではなくウェストだった。

「ランシング教授……。どこかでお写真を拝見したことがあると思いましたが、『サイエンス』誌に論文を載せておられましたね。しかし、ご専門は地質学などではないはずです。たしか、核物理学……。論文は、放射性物質の地層処分についてでした。そんな方が、ここで何をされているのです」

教授が、ほう、と目を見開いた。

「『サイエンス』を読む兵隊がいるとはね。そう、私の専門は放射性物質の管理と廃棄です。ここで行っているのは――」

教えてはいけない、という声が科学者たちの間から聞こえたが、手のひらを上げてそれを制し、教授ははっきりと言った。

「我々が行っているのは、米日共同の放射性廃棄物処分場建設計画、その事前調査です。アメリカ、日本、そしてパキスタンの政府は秘密裏に、そして強力にこの計画を進めています」

デフォーは目がくらむような思いを抱いた。任務の関係上、様々な秘密を知ることもあった。だが、まだまだ国家機密の闇というのは深いらしい――。

ランシング教授は、手を後ろに組んで行ったり来たりしながら、学生へ説明するように、ゆっくりと語りかけてきた。

「今この瞬間も、世界中で放射性廃棄物が生み出されています。これは、我々の文明が原子力に頼っている部分がある以上、致し方ないことです。今はもう、原子力に賛成だの反対だの、言っている場合ではないのですよ。人類はそれを手にしてしまったのだし、社会はそれによって動いているのだから。そして生み出された放射性廃棄物は、どこかに捨てなければいけない。それを妨げることは、人類の進歩を妨げることでもある。それでもなお邪魔するならば――私はやむを得ないと思います」

皆、口を開かない。それは完全に同意はできないが、明確な反論も思いつけないという沈黙だった。

「数年前、アメリカと日本は、放射性廃棄物の最終処分施設をモンゴルに建設する計画を立てました。しかし、計画を公開したことで反対運動が激化し、計画を断念せざるを得なかった。あらためて見つけたこの地では、もう失敗を繰り返すわけにはいきません。残された時間は、あまりないのです」

それからランシング教授は、同僚の科学者たちのほうへ歩いていった。科学者たちと、デフォーたちチーム9が、向き合う形になる。

「この盆地の突き当りに、洞窟《どうくつ》があります」

教授が指さす先で、霧が晴れつつあった。薄暗い断崖《だんがい》の陰に、周囲よりもさらに深い闇が見える。

再びデフォーたちへ顔を向け、教授は言った。

「洞窟は、少なくとも長さ五キロ以上、深度も四〇〇メートルを超えると推定されます。我々の目的――大深度地下に放射性廃棄物を埋設する、地層処分場にはお誂《あつら》え向きです」

「受け入れることになるパキスタンは、本当に承知しているんですか」ベイカーが聞いた。

「パキスタン政府は歓迎していますよ。だからこそ停戦に合意し、我々はここに来られたのです。彼らには、アメリカと日本から相応の見返りが提供されます。彼らだって、こんな土地――兵士の死因のほとんどが凍傷というほどの土地は持て余していた。ただ、面子《メンツ》のために軍を置いていただけです」

ウェストが、あくまで素朴な疑問といった調子で手を挙げた。

「廃棄された放射性物質は、どうなってしまうんでしょうか」

いい質問です、とまるで学生に対するように教授が答えた。「放射性物質の原子核は、放射線を出して別の原子核へと変わる『放射性崩壊』を繰り返し、安定した物質になっていきます。当初あった放射性物質の半分が別の物質へ変わるまでの時間――『半減期』は、ラドン２２０ならわずか五十五秒ですが、セシウム１３７は三十年、ウラン２３８に至っては四十五億年です。ここに埋める放射性廃棄物の場合、様々な元素が含まれますが、一万年後にはおよそ二千分の一にまで放射能は減少する計算です。ちなみに、建設する施設の管理期間は百万年と想定しています」

「百万年……」何人かの隊員が、呆然《ぼうぜん》として呟いた。

「そう。人類が農耕を始めたのがおよそ一万年前。その百倍もの期間です。その間には、いくつかの氷期と間氷期を繰り返すでしょう。永劫《えいごう》といってもいい時間です」

それまで黙っていたカトリが、ぼそりと口を挟んだ。

「百万年後の人間にとっては、迷惑な負債でしかない」

何を考えているのか、東洋人の表情はよくわからないが、吐き捨てるような口調はわかった。そこに含まれているのは、怒りだ。

それを聞いた日本人らしき科学者が、カトリを睨みつける。ブリーフィングに同席していた、デフォーは、三日前の基地での情景を思い出した。NNSAの男――。ようやくその意味がわかった。放射性廃棄物処分場のための作戦だったからか。

同じ場面を思い浮かべていたのだろう。隊員の一人が誰にともなく呟いた。「なぜ、最初から先住民のことを言わなかったんだ」

その問いには、ウェストが答えた。

「本音と建て前だろう。いくらなんでも、民間人を殺せとはストレートに命令できない。この地域に民間人はいない、いるのは全員過激派だと情報を与えておけば、手を汚すのは俺たちだ」

「こういう仕事は、厄介者のチーム9にやらせるわけだ」ロバーツが吐き捨てた。

「先住民といえば」デフォーは、思わず声を上げていた。「パキスタン軍の資料には、ベースキャンプを設置したこの盆地を攻撃してこないのは、彼ら先住民の聖地のような場所だからだろうとありました。聖地を勝手に占領された上、仲間を殺されたのなら、彼らの怒りも当然かと思いますが」

ランシング教授が、何も言わずにじっと見つめてくる。デフォーも、それに負けぬよう見つめ返した。

教授は言った。

「未来のことを考えず、知ろうともせず、ただその場の感覚でかわいそうとか、きたないとか、感情論だけで行動するのはやめていただきたい。それを、偽善というのです」

その声はそれまでより少しだけ大きく、教授なりに感情が昂《たかぶ》っているのだろうと感じられた。

「誰かが決めて、誰かが犠牲にならなければ、このまま放射性廃棄物はたまる一方だということは、わかりますね？　私たち人類は、さらに未来へと文明を進歩させていかなければならない。過去へ戻ることはもちろん、停滞も許されないのです。先住民の文化が、学術的に貴重だとはわかります。しかし、過去と未来を比べるならば、私は未来を取る。進歩をやめることは、種の滅亡にも繋がることだと私は思います。だから、そのための犠牲は必要なのです。コラテラル・ダメージです」

その言葉は、デフォーの心を抉《えぐ》った。まさか知っていてその用語を使ったわけではないだろうが、それは特殊部隊員が救出作戦にかかわる際、必ず一度は悩むもの——やむを得ない犠牲のことだった。そして、デフォーはかつて実際にその犠牲を生み出した経験があった。それがもとでしばらく任務につけずにいたデフォーを拾ってくれたのが、チーム9、ベイカー大尉だったのだ。

「私は、私の信念に従う。百万年先の人類のことを考えて、あえてこの道を選びます。その間に救われる人間の数を思えば、何十、何百の墓標を築くことも厭《いと》わないつもりです。私も、その墓標の列に連なる覚悟はできています」

教授の言葉を聞いたデフォーの脳裏に、あの墓の情景が浮かんだ。積まれた石と、差された黄色い花。あれは、パキスタン軍から助け出されたものの、そこで命尽きた捕虜の墓だったのかもしれない。仲間たちは、どこか遠くで摘んできた花を、そっと供えたのだろう――。

「その墓に、花を手向《たむ》けてくれる人のことは考えないのですか」と思わず口にしたデフォーに、教授は冷たく答えた。

「お話は終わりです。皆さんは、軍隊でしょう。軍隊とはあくまで国益のために存在するもののはずです。そして、皆さんはそのための駒なのです。これ以上何も言わず、任務を果たしてください」

教授は背を向けて歩み去っていく。

――駒。駒か。そうだ、俺たちはただの駒でしかない。だが、駒にだってそれぞれ信じる正義はある。

6

静かな怒りが、デフォーを突き動かした。もう一度、ランシング教授の背中に呼びかける。

「待ってください」

その声を無視して去りかけた教授の腕に、突然木の枝が生えたように見えた。

誰もが目を疑い、もちろん本人も信じられないといった顔で、自分の腕を見つめている。わずかに遅れてから、教授はうめき声を上げて崩れ落ちた。

それは木の枝ではない。矢だった。そして、教授の苦しむ声を合図にするかのように、すさまじい勢いで矢が飛んできた。

「手近な物陰に入れ！　ああ、テントはだめだ！　貫通するぞ」

ベイカーが、科学者たちの盾になる位置で立ったまま指示を出した。その態度にデフォーは感服したが、ただ見ているわけにはいかない。近くでパニックに陥っていた科学者の腕をつかむと岩陰へ連れていき、その男へ覆いかぶさった。それから身体の向きを変え、M4カービンを構え直す。

　頭上の岩に当たって折れ曲がった矢が、足元に落ちてきた。その矢羽には、さっと筆を一払いしたような赤い線が入っている。

「おいおい、今回はマジだな。でも、ここは聖地じゃなかったのか」ロバーツが愚痴った。

「よっぽど怒ってるんだろうな」ウェストが答える。「俺たちゃいいとばっちりだ」

　隣の岩陰から、ランシング教授の苦悶《くもん》する声が聞こえてくる。衛生担当の隊員が、矢を抜いて応急処置をしているようだ。

　やがて、ベイカーの大声が響いた。

「退却！」

　矢の飛来が収まるのを見計らい、デフォーたちは渋るランシング教授たちを引き連れ、急ぎ足でベースキャンプを後にした。最低限の荷物しか持ち出せなかった科学者たちは文句を言い続けていたが、ベイカーが「彼らは今回、教授に矢を当ててきた。それだけ怒っているんだ」と一喝すると、おとなしくなった。

　盆地への入口である狭い鞍部を抜けた後は、氷河を横断し、さらに向こうの山を登らなければならない。普段運動に慣れていない科学者たちにとっては、ここへ来る際に通ってきた道とはいえ、特殊部隊と一緒のペースで行軍するなど拷問にも等しかっただろう。向かい側の山を峠まで登り終えると、科学者たちはもう動けないとばかりにへたり込んでしまった。

後を追ってくる者はいない。既に遠くなった盆地で、先住民らしき人影が動いているのがかろうじて見えた。

デフォーは思った。彼らはただ、大切な土地を守りたかっただけなのだろう。

往路に見た墓を探すと、乾いた花はまだそこにあった。差し替えてやりたくもあったが、あいにく周囲には草の一本すら生えていない。

ランシング教授は矢傷が痛むのか、ずっと黙ったままだった。

その時、遠くから足音が聞こえてきた。一人や二人ではない。デフォーたちは一斉に身を屈め、それぞれＭ４カービンを構えた。

何人かが周囲に散り、状況を確認する。氷河とは反対側の、行きに登ってきた斜面を偵察した隊員が叫んだ。

「パキスタン軍らしき歩兵部隊が接近中。百――いや、二百人規模」

「やっと来たか」教授が呟いた。

「どういうことですか」

「私が簡単に諦《あきら》めるとでも思いましたか？　皆さんには言っていませんでしたが、バジュワ中佐は増援を要請していました。アメリカ政府は、パキスタンを信用できずに皆さんを送り込んだようですが、結局は彼らのほうがましでしたね。特殊部隊とは、もう少し非情な人たちかと思っていました」

なんだと、と拳《こぶし》を固めたロバーツを、ウェストが抑えている。

「ある意味、パキスタン軍は清々《すがすが》しい。彼らは、人類の未来などどうでもいいようでしたが、金のためなら全力を尽くす。先住民の殲滅を完遂してくれるでしょう。私は、処分場を建設するという目的を果たせるのであればどちらでもかまいません」

自らの正義を固く信じるランシング教授の目には、ぎらぎらとした光が宿っていた。

「おおい、こっちだ」

科学者の一人が斜面を見下ろす位置に走り寄ると、大きく手を振り始めた。パキスタン軍からは、かなり目立つだろう。

突然、銃声が響いた。次の瞬間にはその科学者は弾き飛ばされ、うめき声を上げていた。隊員が駆け寄る。

銃撃はその後も続いた。はじめ散発的に撃ち上げられてきた弾は、すぐに天に向かって逆流する雨のようになった。皆が岩陰に隠れる。

「あいつら、気が立ってやがる。我々を先住民だと思っているのかもしれん」ベイカーが言った。

斜面を覗き込んだウェストが叫んだ。

「パキスタン軍が、兵力を分けている。半分はこの峠へ、半分は他の部分で稜線を越えるつもりらしい」

そうだ。何も自分たちが守っているこの峠を抜けなくとも、どこでもいいから山を越えてしまえば、氷河へ下りて盆地へ向かえるのだ。

「だったらこっちに来なくてもいいじゃねえか」と、ロバーツ。

「ここにいる先住民をまず始末しようと考えているんだろう。この山を越えていかれると、盆地にいる本物の先住民たちは一方的に撃たれる羽目になる。虐殺になるぞ」とベイカーが言った。

「でもこのままじゃ、その前に俺たちが虐殺されますよ」

M4カービンを構えた隊員たちが、斜面の際まで匍匐していく。

パキスタン軍を止められるのが、自分たちしかいないのならば——。

「撃ってはだめだ！　パキスタンの正規軍相手に戦争を始めるわけにはいかん」ベイカーが大声で言った。

「しかし！」

パキスタン軍は、岩陰に隠れて射撃しつつ前進してくる。八人対百人。いかに一騎当千の特殊部隊とはいえ、撃ち返すことができなければ本当に虐殺は免《まぬが》れ得ない。

雪面に伏せていた身体が、芯《しん》から冷えてくる。何人かが、破片で軽い怪我を負ったようだ。うめき声が聞こえた。

「くそっ、俺は海軍に入ったつもりなのに、なんで雪山でこんな目に遭ってんだよ」

怒りの形相を浮かべたロバーツが、ぼやいている。

何かの覚悟を固めたらしいベイカーが、隊員たちへ向かって言った。

「ここまで来たら、やばい橋を渡ってもいいか」

全員が頷《うなず》き、白い息を吐いた。

「もちろんです」

「俺たちをこんな場所に送り込んだほうが悪い」

「オーケイ。だが、下手《へた》したら軍法会議だぞ」

「生きてなければ軍法会議にも出られやしません。その時は大尉が責任を取ってくださいよ」

きつい冗談だ、とベイカーはやけくそ気味に笑った。

隊員たちは、M４カービンに弾を装塡《そうてん》し直している。調査隊の科学者たちは怯え切って、岩陰にひそんでいた。

一人だけ、大岩をよじ登っている者がいた。カトリだった。逃げるのか、やはり臆病者だったのかとデフォーは失望しかけて、カトリが背負っている大きな銃に気づいた。

対物《アンチ・マテリアル》ライフル、バレットM95SPだ。

——どうするつもりだ。

見ているうちに岩を登りきったカトリは腹ばいになり、パキスタン軍の押し寄せる斜面とは反対側、氷河の方向へ射撃姿勢を取っていた。M95SPの銃口は、氷河、さらにはその奥の盆地を見通すラインへ向けられている。

何を狙っているんだとデフォーが叫ぶ前に、M95SPの発砲炎がカトリの身体を一瞬だけ赤く染め、戦車砲のような鈍く重い音が轟いた。衝撃波すら感じる。カトリは、装填された五発の全弾を立て続けに射撃した。

戦車の装甲を貫通してから内部で炸裂、燃焼するよう設計された十二・七ミリHEIAP弾は、氷河の奥深くにめり込むとカタログ通りの威力を発揮した。氷河の中に等間隔の空間が穿《うが》たれ、そこから生まれた亀裂は、やがて巨大な切り取り線を形作る。

長く尾をひき、遠い山肌にこだました発砲音が聞こえなくなる頃、氷河の様子が変わり始めたのをデフォーたちは目撃した。かすかに聞こえていた、みしっ、という音は、耳を聾《ろう》する轟音《ごうおん》へと急速に成長していく。

氷河の、差し渡し数百メートルほどの部分に段差が生じ、ずりっと動き出した。氷と雪の欠片《かけら》が舞い上がり、白い煙が切断面を覆い隠す。数万年をかけて少しずつ進んできた氷河の流れは、劇的にその速度を上げた。

氷と雪でできた大河が、洪水のような速さで流れていく。白い煙は、デフォーたちのいる峠へも向かってきた。伏せた身体の周囲を、猛スピードで小さな氷片が飛び去る。無数の欠片が、肌に当たるのを感じた。

気づけば、パキスタン軍からの銃声は完全に止《や》んでいた。兵士たちは全員、固まったようにその光景を見つめている。もちろん、峠にいるチーム9の隊員たちもだ。

白煙がようやくおさまって視界が開けると、盆地へ通じる狭い鞍部は、無数の巨大な氷塊により埋め尽くされていた。氷塊は、鞍部の両側にそびえる峻嶮《しゅんけん》なピークと同じくらいの高さにまで達している。取り除くには大量の重機でも難しいだろうし、そもそもここまで重機を運ぶことはできない。道はなく、ヘリで運び入れようにも上昇限界を超えた高地なのだ。爆破しても、後から押し寄せる氷河が新たに崩落するだけだろう。

盆地――〝聖地〟へ物質文明を運び入れる道は、完全に閉ざされたのだ。

山裾を、パキスタン軍が撤退していくのが見えた。任務続行が不可能になったため、引き揚げるのだろう。もう二度と来てくれるなと、デフォーは願った。

「しかしお前、涼しい顔してとんでもないことをするな」

ロバーツが、岩から下りてきたカトリの肩を叩いている。

「いえ……。それより、昨晩は私の味方をしてくれてありがとうございました」

「けっ。気取ったインテリのやることは好かないってだけさ」

凶相の口角をわずかに上げて歩き去るロバーツと入れ違いに、ベイカーがやってきて言った。

「香取中尉、いい腕だが……君の立場で、あんなことをしてよかったのか」

「日本には、『義を見てせざるは勇無きなり』という言葉があります」

デフォーは、思わず二人の会話に割り込んでいた。「中尉って、カトリがですか」

ロバーツや、チーム9のメンバーも皆、カトリを見て固まっている。

「ああ……正体を隠していて、申し訳ありません。アメリカ陸軍の所属というのは、偽装でした。自分は、本当は日本の陸上自衛隊員、階級は二尉――他国でいうところの中尉なんです」

カトリは、隊員たちへ向き直ると少し照れ臭そうに告白した。

驚く皆に、ベイカーは言った。

「すまん、俺は知っていたんだが……。まあ、香取中尉の国では、いろいろとあるようでな」

「大きな声では言えませんが……我々自衛隊員に実戦経験を積ませるため、ごく少人数ずつですがアメリカ軍特殊部隊への出向が行われているのです。ベトナム戦争の時代から続いていると聞きます」

「へえ……。バレたら大ごとじゃないのか」

「まあ、そうでしょうね」と、珍しく笑い顔を見せたカトリは、再び真顔になって言った。「放射性廃棄物処分場の計画には、日本政府もかかわっていたのですよね。おそらくですが、今回私がここにいるのも、そのあたりが絡んでのことだと思います。同盟国としての義務を果たすとかなんとか……」

声を落とすカトリの肩を、ベイカーが叩いた。

「まあ、いい。いろいろ事情はあるようだが、君の力はよくわかった。十分、我々のチームの一員として認めるよ」

他の隊員たちが頷く。デフォーももちろん、大きく頷いた。

「おいおい、士官だったのかよ。やべえな」ロバーツの呟きが聞こえた。

ランシング教授は、パキスタン軍の銃弾の破片で負傷していた。矢傷もあり、満身創痍《そうい》といった様子だ。さすがに痛むらしく、モルヒネの注射を打たれて横になっている。

取り囲むデフォーたちを見上げ、教授は言った。

「君たちは、大変なことをしてくれた。いったい、どう責任を取るつもりなんだ。こうしている間にも、放射性廃棄物はたまっていく」

まあ落ち着いて、という仕草をしたベイカーが答えた。「原子力の恩恵を受けている者として、我々には責任があります。ただ、自分のところのゴミを、誰に相談もなく人の家の庭に捨てていいものではないんじゃないですか？」

それを聞いた教授が、顔をそむけて呟く。

「私を、置いていってくれ。私は、私の信じる正義に殉ずる。墓標に連なる覚悟はあると言っただろう」

「そうはいきません。あなたに信念があるのはよくわかったが、この世に絶対の正義なんてものはないんだ。あまり凝り固まるのは、身体によくないですよ」ウェストが言った。

「俺たちは何も、正義の味方を気取ってるわけじゃない。だいたい今までだって、よそ様の国に潜入してあれやこれやと口にはできないこともしてきたんだ」ロバーツは、偽悪的な台詞を口にする。

満足そうな表情を浮かべたベイカーが、まとめるように言った。

「我々は偶然発生した氷河の崩落から、調査隊を間一髪救出した。パキスタン軍が誤射してきたが幸いにして戦死者はなし。なお、出向の自衛隊員は相手の人員に対し一切発砲していない。それでいいな」

カトリが、ベイカーに深々と礼をした。ベイカーが握手を求める。

「いや、助けられたのは俺のほうだ。ありがとう」

カトリの顔を見たデフォーは、なんだ、東洋人の表情もわかるようになるものだな、と思った。

7

「ああ、アネハヅルがもう来ている」ウェストが、双眼鏡を覗きながら言った。

「また……鳥……見てんのかよ」座り込んでそう言うロバーツは、苦しげだ。今になって高度障害の症状が出てきたらしい。

「このあたりは、ユーラシア大陸とインドやアラビア方面を行き来する渡り鳥のルートなんだ」

「鳥には国境がないとか言い出すんじゃないだろうな……。あのな、俺たちがそういうこと言うのは、自己否定だからな」

ははは、違いない、と笑ったウェストは双眼鏡から目を離し、ロバーツの顔を見て言った。「ひどい顔してるな。大丈夫か」

「この顔は生まれつきだよ」

「しかしお前、大活躍だったじゃないか。お前があのパソコンのパスワードを解読してなけりゃ、どうなっていたことか」

「何だよいきなり気持ち悪いな……ま、お前も戦死しないで済んだな。早いとこ大学でもどこでも行っちまえ」

「もうちょっと、お前らと付き合うことにするよ」

「魂胆はわかってるぞ。まだ世界中の鳥を見てないからだろ」

さてな、とウェストはぐらかすように笑った。

太陽は西空へ移り、純白の峰々をオレンジ色に染め始めている。

パキスタン軍が完全に撤退するのを見届けた後、迎えがやってきた。アフガニスタンのアメリカ軍基地から、国境沿いに空中給油を受けつつ飛来した空軍特殊作戦コマンドのCV－22オスプレイだった。ヘリでは上がってこられない高度でも、回転翼の角度を可変させて普通の航空機のように飛行できるオスプレイは、ぎりぎり到達できる。

意気消沈した科学者たちとともにチーム9の全員が乗り込むと、オスプレイはすぐに離陸した。小さな窓越しに、氷に埋もれた谷の向こうの盆地と、その周囲の様子が見下ろせた。

デフォーの隣で、食い入るように窓外の景色を見ていたウェストが呟いた。

「なるほど……。盆地へは、あの谷しか入口がなかったようだ。険しい山脈と深い谷で、他の地域から隔絶されているんだな」

「まるで、『ロストワールド』だな」ベイカーが、自らも窓の外へ視線を送りながら言った。

「ええ。一見、不毛の地ですが、崖《がけ》や氷河の張り出しの下には高山植物が自生している場所もあるようです。飛行機や衛星からは観測しづらい、閉鎖された特殊な生態系が維持されているんでしょう」

「あれを見てください！」

カトリが指さす先、霧に覆われ始めた盆地の隅に、数人の人影が見えた。例の先住民だろうか。動物の毛皮のような服を着て、オスプレイを見上げている。何人かは、身長が他の者に比べてかなり低く、子供のようだ。家族なのかもしれない。

そして、彼らは積まれた石を囲んでいるように見えた。その石の上には、小さな黄色いものがあり――。

オスプレイが機体の向きを変え、その姿は窓から消えた。

「彼ら、いったい何者だったんでしょう」デフォーは誰に言うともなく言った。

た口調だ。

「やっぱり、イエティじゃないか」ロバーツは苦しそうなくせに、相変わらずふざけ

「もしかして……デニソワ人だったんじゃないか？」

ウェストが、急に大声を出した。

「なんですか、それ」

「我々、ホモ・サピエンスと同じヒト属だよ。四十万年以上前に現生人類の祖先から分岐し、ネアンデルタール人よりも我々に近いとされている」

「そんなの、とっくの昔に絶滅したんじゃないのか」と、ロバーツ。

「デニソワ人が分布していたとされるのは、このあたり、中央アジアだ。ネアンデルタール人だって目撃談が絶えないんだ。可能性はある」

「なんだよ、イエティは信じなかったくせに……。まあいいや、それなら、かえって面白いじゃねえか」ロバーツは悪人面《づら》をますます歪めて笑った。

「聞いたことがあります」カトリが言った。「デニソワ人やネアンデルタール人は、私たち現生人類と共存していたそうですね。現生人類は、必ずしも優れていたから生き残ったわけじゃない。それは、単に偶然だった可能性があるとも聞きました」

「場合によっては、あそこにいるのは俺たちだったのかもしれないってことですか」

デフォーは言った。

その時、カトリが皆に気取られぬよう、窓の外へ手を合わせたのが見えた。さっきの黄色い花を、彼も見ていたのだろうか。

氷に閉ざされた、はるかな祖先の時代、運命のめぐりあわせがほんの少し違っていたのなら。百万年後の誰かには、もっと別の何かを遺《のこ》せたのではないか？

あるいは、百万年の時の彼方で待つのは、また異なる者なのだろうか。我々現生人類とて、所詮はこの間氷期というわずかな期間、繁栄を許されただけなのかもしれない——。

再び目を向けた窓の外は、ただ白く深い霧が流れているだけだった。

解説

末國善己

一九五四年十月三十日、江戸川乱歩は自身の還暦祝賀会で、探偵作家クラブ（現在の日本推理作家協会）に百万円の寄付を行うと発表、これを基金として江戸川乱歩賞が創設された。第一回と第二回は探偵小説の発展に貢献した人物、団体を顕彰する功労賞だった乱歩賞だが、一九五七年の第三回から長篇小説を公募して最も優秀な作品に贈る形式になり、現在に至っている。ちなみに公募形式の初の受賞作は、本格ミステリでありながら明朗で洒脱な作風が人気を集め、松本清張『点と線』と共に戦後のミステリの普及に大きな役割を果たした仁木悦子『猫は知っていた』である。

ミステリ作家の登竜門として歴史を積み重ねてきた乱歩賞は、二〇二〇年までに四回、受賞作なし（第六回、第十四回、第十七回、第六十三回）になっている。特に二〇一七年の第六十三回は、四十六年ぶりの受賞作なしとして話題になった。そのため第六十四回は否応《いやおう》なく注目を集めたが、見事に受賞したのが斉藤詠一（公募時のペンネーム齋藤詠月を改名）のデビュー作となった本書『到達不能極』である。

選評によると、一部の設定を再検討する必要があると指摘する選考委員もいたが、「職業作家としてやっていける十分な筆力がある」（池井戸潤）、「非常に読み応えのある作品でした」（辻村深月）、「南極の寒さ、そこで生活することの辛さがきちんと伝わってきて、実際に行ったことがあるのかと思えるほどでした」「過去と現在の軍事に関する描写も的確で、きちんと調べて書いているのだろうと察せられました。小説の腕は、候補者一番でした」（貫井徳郎）、「専門的な用語も出てくるのに、混乱することなく読み進めることができました」（湊かなえ）と、全員が高く評価している。特に今野敏は、「とにかく文章のリズムが抜群にいい。ぐいぐいと興味も引かれる。オーパーツ（当時の技術では製作が不可能に思える人工物―末國註）マニアが喜びそうな素材や、近代史上の謎とされている事柄をうまく絡めている。航空機や拳銃など正確でよく調べてあると思う。南極の臨場感もある」と絶賛している。

物語は、二〇一八年二月、世界各地から集まったツアー客を乗せ、遊覧飛行のため南極に向かうチャーター機の中から始まる。

ヨーロッパには古くから南半球に巨大な大陸があるとの伝承があり、大航海時代にはその探索も行われたようだが、存在は確認できなかった。十九世紀の初頭、ようやく南極大陸が発見されると（発見された年、発見した人物には諸説ある）、未知の大陸を探検し、南極点に到達するため各国が探検隊を送り込むようになった。白瀬矗《しらせのぶ》が率いた日本南極探検隊の活躍（一九一〇年〜一九一二年）、ノルウェーのアムンセン隊とイギリスのスコット隊による南極点到達争い（一九一一年十二月十四日に、アムンセン隊が南極点に到達）、昭和基地に取り残され一年後に救出された樺太犬《からふとけん》タロとジロの物語などは、伝記やノンフィクションで読んで感動した読者も多いはずだ。

苛酷な自然環境が人類を阻み、現在も調査研究が続く南極はロマンをかき立てるのか、ジュール・ベルヌ『氷のスフィンクス』、H・P・ラヴクラフト『狂気の山脈にて』、ジョン・W・キャンベルの短篇「影が行く」（クリスティアン・ナイビイ監督の映画『遊星よりの物体X』、ジョン・カーペンター監督の映画『遊星からの物体X』の原作として有名）、小松左京『復活の日』などの舞台になってきた。二〇一八年には、民間の観測隊の同行者になり南極を目指す日本の女子高生たちを主人公にしたアニメ『宇宙《そら》よりも遠い場所』が制作され、国際的にも高く評価されている。

昔は探検家、今は研究者といった選ばれた人しか立ち入れないと思われがちな南極だが、実は一九七〇年代から観光地になっており、一時的な中断はあったものの現在では、クルーズ船で南極半島を周遊しポートロックロイ島などに上陸したり、飛行機を乗り継いで南極点を目指したりするものまで、多彩なツアーが実施されている。作中には、オーストラリア発着の航空機を利用した南極の周遊飛行が描かれているが、これも手軽かつリーズナブルな南極観光の手段として人気を集めているようだ。

南極遊覧の飛行機に乗っていたツアーコンダクターの望月拓海は、自分が担当する老人に興味を持ったランディ・ベイカーに声を掛けられる。同じ頃、日本南極地域観測隊の伊吹哲郎たちは、雪上車で航空拠点に向かっていたが巨大なクレバスに行く手を阻まれた。雪上車の迂回路を探すため伊吹はドローンのピューマAEを飛ばすが通信が途絶、拓海が乗った飛行機でも外部と交信ができない非常事態が発生する。

このまま南極で事件が進むと思いきや、舞台は太平洋戦争末期の一九四五年一月、熱帯のマラッカ海峡に浮かぶペナン島に移る。十八歳の星野信之は、前線に送られる前の最終教育を受けるためペナン島の第一三《ひとさん》海軍航空隊へ配属されていた。まだ日本軍が制空権を握っているペナン島には長閑《のどか》な空気が流れ、信之は、ホテル・ベルリンで働くユダヤ人の少女ロッテ・エーデルシュタインにほのかな恋心を抱いていた。

一方、拓海たちが乗った飛行機は南極の内陸部深くに不時着、そこで救助を待つことになった。この航空機事故は、一九七九年十一月、ニュージーランド航空機が、南極のエレバス山に墜落し、乗員乗客二百五十七人全員が死亡した事件がモデルのように思える。南極観光が一時的に中断されたのは、この事故の影響ともいわれている。

不時着場所は閉鎖されたアメリカのプラトー基地に近く、ベイカーと拓海は、緊急用の物資を取りに行くなどするため基地へ向かった。ベイカーが基地にあったアマチュア無線機で救助を呼びかけると、伊吹たちが応答する。このエピソードは、ウイルスによって人類が滅亡していくプロセスを、ウイルスが活動できない南極で各国の観測隊員がアマチュア無線の交信を通して知る『復活の日』へのオマージュだろう。ベイカーと拓海が、無人のプラトー基地を探索する静かながら緊迫感に満ちたシーンは、『遊星からの物体X』を彷彿《ほうふつ》させるなど、作中には名作SFやホラーのエッセンスが取り込まれているので、それらを探しながら読むのも一興である。

こうして拓海たちのサバイバルが始まるのだが、まずは著者が描く南極のディテールに圧倒されるのではないか。拓海たちの飛行機が墜落したのは、夏場の南極。夏の南極といえば、観測隊員がペンギンの群れを撮影したり、野外で日光浴をしたりするほのぼのとしたシーンを、ドキュメンタリー映像で目にした読者も少なくないはずだ。ただ、これは沿岸の一部のことで、内陸部は夏であっても厳しい自然環境にある。拓海たちは、最初に想像を絶する寒さと風雪に悩まされることになる。

地球儀では目立たない南極だが、実際は、伊吹たちの雪上車が直線距離で約二百キロ離れたプラトー基地に到着するまで、順調にいっても三日かかるほど広大である。雪上を軽快に走る印象がある雪上車も時速はわずか八キロ、シティサイクル（いわゆるママチャリ）は平均時速で十二から十五キロは出るので、あまりの遅さと、それでも雪上車を使うしかない南極の現実には、多くの読者が衝撃を受けるように思える。

著者は、こうした細部を積み重ね、南極の自然とそこで活動する難しさを活写している。タイトルの到達不能極は、陸上で海から最も遠い点、海上で陸地から最も遠い点のことである。実際に南極に足を踏み入れたかのような臨場感が、南極の到達不能極近辺で繰り広げられるサスペンスをより魅力的にしているのは、間違いあるまい。

一方、信之は、航空隊司令の権田中佐から、名パイロットとして名高い台場大尉のペア（チーム）の一員として、長距離偵察用の試作機・一式陸上攻撃機二三丙型に乗り込み、同盟国ドイツのため、ある荷物をある場所に届けるという極秘任務を与えられた。その荷物とは、科学者のハインツ・エーデルシュタインと娘のロッテだった。ちなみに一式陸上攻撃機には、二二型、二四型、二四丁型はあるが、二三丙型は存在していない（実在を裏付ける史料が、今後、発見される可能性はあるが）。著者が重要な役割を果たす一式陸上攻撃機を二三丙型にしたのは、二二型と二四型はあるのに、二三型がないことに着目した遊び心であり、時代考証も細部に目が行き届いていることがよく分かる。後半にも、著者のミリタリー好きをうかがわせる展開が用意されているので、特に〝同好の士〟は注目して欲しい。

ベイカーは何者で、なぜ拓海がアテンドしている老人に興味を持っているのか？　伊吹たちは無事に不時着地点にたどり着けるのか？　信之たちが与えられた極秘任務にロッテはどのようにかかわり、一式陸上攻撃機二三丙型の目的地はどこか？　何より、一九四五年のパートと二〇一八年のパートは、どのように繫《つな》がってくるのか？

こうした謎が物語を牽引《けんいん》するだけに、まさに〝巻《かん》を措《お》く能《あた》わず〟の興奮が味わえる。

地球の内部には空洞があり、そこには別の世界があるとする地球空洞説は十七世紀頃から語り継がれ、内部への出入り口が北極、南極にあるとされるなど南極をめぐるオカルトは少なくない。一九三八年、アルフレート・リッチャー率いるナチスの遠征隊が南極の内陸部へ向かい、四千メートルを超える山脈、火山活動のため凍らない湖などを発見した。ここまでは史実だが、その後、ナチスは、リッチャー隊の調査を基にして南極に秘密基地を造り、極秘裏に新兵器を開発していたというまことしやかな伝説がある。降伏後にドイツのUボートが南米のアルゼンチンで投降したり、戦後、アメリカが南極で不可解な調査を行ったりした史実が、南極のナチス秘密基地の存在の査証だと主張するオカルティストもいるほどである。

本書は南極でのサバイバルを描く冒険小説、太平洋戦争末期の航空アクションとして始まるが、二〇一八年と一九四五年の意外な接点が浮かび上がってくるに従って、南極をめぐるオカルトを使って現代史を読み替える伝奇小説、信之とロッテの恋の行方を追う恋愛青春小説、レトロな雰囲気の空想科学ミステリ、派手な展開が続くミリタリーアクションが渾然一体《こんぜんいったい》となっていく。様々なジャンルを自在に横断していくのが本書の魅力であり、どのジャンルが好きな読者も満足できるように思える。

作中では謎が謎を呼ぶ異様な事件が起きるが、それに巻き込まれるのは、旅行会社に勤務して五年、そつなく仕事はこなしているが権威や出世には興味がない最近の若い世代の価値観を体現したかのような拓海、大学卒業後、昔ながらの職人気質で機械部品メーカーの仕事に取り組んできたがマネジメントに興味がないため出世は頭打ちで、上司に南極派遣を打診された伊吹と、等身大の人物ばかりである。その中にあって、若いながらも航空兵で死を覚悟している信之は例外のように思えるかもしれないが、敷かれたレールに乗りながらも疑問や葛藤を感じ、極限状態の中でも恋愛で人生を豊かにしたいと考えているところは、自由に生きられるといわれながらも、社会的なルールによって様々な規制を受けている現代の若者とさほど変わりはない。

十代の信之、二十代後半の拓海、四十代の伊吹は、それぞれの世代が直面する普遍的な悩みや迷いを抱えているので、本書は幅広い世代の読者が楽しめるし、困難に立ち向かうことで輝き、新たな一歩を踏み出す登場人物たちには共感も大きいだろう。

やがて第二次大戦が醸成した怨念が、拓海たちの直面した悲劇の原因だったことが分かってくる。この怨念は、第二次大戦中よりも現在の方が増大しているかもしれないので、本書を読むと、怨念を生み出さず社会を平穏にするためには、何が必要かを考えることになる。その他にも、地球温暖化、核エネルギーとの向き合い方といったアクチュアルなテーマがさりげなく盛り込まれていることも、忘れてはならない。

乱歩賞受賞後第一作として発表された短篇「間氷期」は、『到達不能極』に登場したある人物の過去を描くスピンオフで、今回が書籍への初収録となる。インドとパキスタンが国境紛争を繰り広げている山岳地帯に、学術調査隊をイスラム過激派から守るため、アメリカ海軍の特殊部隊SEALs《シールズ》のチームが極秘裏に派遣された。SEALsのメンバーは、発見した奇妙な死体、調査隊を率いるランシング教授の言葉から、自分たちが巨大な陰謀に呑み込まれつつあることを知る。

オカルトとミリタリーアクションが詰め込まれているのは前作と同じだが、「間氷期」には、集めた手掛かりを使ってロジカルに真相を導き出す謎解きの要素を加えるなど、新機軸を打ちだしている。日本人が、今こそ真剣に向き合わなければならない社会的なテーマに切り込んだところも、鮮やかである。

乱歩賞の歴史をひも解いてみると、受賞作なしの翌年に受賞したのは、本格ミステリだけでなく中国史を題材にした歴史小説にも傑作が多い陳舜臣（第七回）、『腐蝕の構造』『人間の証明』など謎解きと社会的なテーマを融合させたミステリのほか、歴史時代小説も数多く手掛けている森村誠一（第十五回）、〈赤かぶ検事〉シリーズや〈告発弁護士〉シリーズなど法廷サスペンスの名手だった和久峻三（第十八回）と、いずれもミステリ史に偉大な足跡を残している。斉藤詠一も間違いなくこの列に加わってくるはずなので、今後の活躍に、ぜひとも注目して欲しい。

本書は、二〇一八年九月に小社より刊行され、文庫化に際し、「間氷期」（小説現代二〇一八年一〇月号掲載）を新たに収録しました。

|著者| 斉藤詠一　1973年、東京都生まれ。千葉大学理学部物理学科卒業。2018年、本作で第64回江戸川乱歩賞を受賞しデビュー。

到達不能極《とうたつふのうきょく》
斉藤詠一《さいとうえいいち》

2020年12月15日第1刷発行

講談社文庫
定価はカバーに
表示してあります

発行者――渡瀬昌彦
発行所――株式会社　講談社
東京都文京区音羽2-12-21　〒112-8001
電話 出版（03）5395-3510
販売（03）5395-5817
業務（03）5395-3615

デザイン―菊地信義
本文データ制作―講談社デジタル製作
印刷――大日本印刷株式会社
製本――大日本印刷株式会社

Printed in Japan

ISBN978-4-06-522096-2

講談社文庫刊行の辞

二十一世紀の到来を目睫に望みながら、われわれはいま、人類史上かつて例を見ない巨大な転換期をむかえようとしている。

世界も、日本も、激動の予兆に対する期待とおののきを内に蔵して、未知の時代に歩み入ろうとしている。このときにあたり、創業の人野間清治の「ナショナル・エデュケイター」への志を現代に甦らせようと意図して、われわれはここに古今の文芸作品はいうまでもなく、ひろく人文・社会・自然の諸科学から東西の名著を網羅する、新しい綜合文庫の発刊を決意した。

激動の転換期はまた断絶の時代である。われわれは戦後二十五年間の出版文化のありかたへの深い反省をこめて、この断絶の時代にあえて人間的な持続を求めようとする。いたずらに浮薄な商業主義のあだ花を追い求めることなく、長期にわたって良書に生命をあたえようとつとめるところにしか、今後の出版文化の真の繁栄はあり得ないと信じるからである。

同時にわれわれはこの綜合文庫の刊行を通じて、人文・社会・自然の諸科学が、結局人間の学にほかならないことを立証しようと願っている。かつて知識とは、「汝自身を知る」ことにつきていた。現代社会の瑣末な情報の氾濫のなかから、力強い知識の源泉を掘り起し、技術文明のただなかに、生きた人間の姿を復活させること。それこそわれわれの切なる希求である。

われわれは権威に盲従せず、俗流に媚びることなく、渾然一体となって日本の「草の根」をかたちづくる若く新しい世代の人々に、心をこめてこの新しい綜合文庫をおくり届けたい。それは知識の泉であるとともに感受性のふるさとであり、もっとも有機的に組織され、社会に開かれた万人のための大学をめざしている。大方の支援と協力を衷心より切望してやまない。

一九七一年七月

野間省一